创意写作译丛

陈彦辉 主编

实用剧本创作指南

［英］诺埃尔·格雷格 著
罗长青 译

南京大学出版社

Playwriting: A Practical Guide by Noël Greig / 9780415310444
Copyright © 2005 Noël Greig

Authorized translation from English language edition published by Routledge, part of Taylor & Francis Group LLC; All rights reserved. 本书原版由 Taylor & Francis 出版集团旗下，Routledge 出版公司出版，并经其授权翻译出版。版权所有，侵权必究。
Nanjing University Press is authorized to publish and distribute exclusively the Chinese (Simplified Characters) language edition. This edition is authorized for sale throughout Mainland of China. No part of the publication may be reproduced or distributed by any means, or stored in a database or retrieval system, without the prior written permission of the publisher. 本书中文简体翻译版授权由南京大学出版社独家出版并限在中国大陆地区销售。未经出版者书面许可，不得以任何方式复制或发行本书的任何部分。
Copies of this book sold without a Taylor & Francis sticker on the cover are unauthorized and illegal.
本书封面贴有 Taylor & Francis 公司防伪标签，无标签者不得销售。
江苏省版权局著作权合同登记　图字：10 - 2022 - 309 号

图书在版编目(CIP)数据

实用剧本创作指南 /（英）诺埃尔·格雷格著；罗长青译. — 南京：南京大学出版社，2023.8
（创意写作译丛 / 陈彦辉主编）
书名原文：Playwriting: A Practical Guide
ISBN 978 - 7 - 305 - 26908 - 0

Ⅰ. ①实… Ⅱ. ①诺… ②罗… Ⅲ. ①剧本—创作方法—指南 Ⅳ. ①I053 - 62

中国国家版本馆 CIP 数据核字(2023)第 070845 号

出版发行	南京大学出版社		
社　　址	南京市汉口路 22 号	邮　编	210093
出版人	王文军		
丛 书 名	创意写作译丛		
丛书主编	陈彦辉		
书　　名	**实用剧本创作指南**		
著　　者	［英］诺埃尔·格雷格		
译　　者	罗长青		
责任编辑	施　敏	编辑热线	025 - 83596027
照　　排	南京南琳图文制作有限公司		
印　　刷	江苏凤凰通达印刷有限公司		
开　　本	787 mm×960 mm　1/16　印张 21.5　字数 261 千		
版　　次	2023 年 8 月第 1 版　2023 年 8 月第 1 次印刷		
ISBN 978 - 7 - 305 - 26908 - 0			
定　　价	78.00 元		

网址：http://www.njupco.com
官方微博：http://weibo.com/njupco
官方微信号：njupress
销售咨询热线：(025) 83594756

* 版权所有，侵权必究
* 凡购买南大版图书，如有印装质量问题，请与所购图书销售部门联系调换

总　序

中文系的师生们常会面临创作与学术的冲突：中文系究竟是培养作家的，还是训练学者的？在这个经典之问背后，其实潜伏着另一个问题：创作（或者说创意写作）能教吗？一种观点认为，创作关乎天才，没有哪个文学天才是大学教出来的。在此观点之下，许多大学虽然开设了写作课，但很少将主要精力投入创作型人才的培养中。创作固然关乎天才，但创作同样关乎写作技术。我们固然无法预测或培养天才，但至少我们能通过对写作技术的系统性讲解与训练，来为怀揣作家梦的年轻写作者排除峭壁小径，让他们不至于在文学创作的莽莽深林中暗自迷茫。我在北美及欧洲访学时，接触到了创意写作专业，并较为系统地考察了他们的办学模式。回国以后，我们于2012年在广东外语外贸大学开设了汉语言文学（创意写作）本科专业，这也是中国大陆地区第一个创意专业写作方向本科学位授予点。

经过十余年的探索，我们积累了经验，但也深感不足：作为一个年轻的学科，创意写作仍然缺乏系统的理论谱系。基于此，我们策划了"创意写作译丛",选书范围涵盖创意写作总论及各文体分论,希望借它山之石,攻中国创意写作之玉。愿译丛能够帮助未来的作家打磨写作技巧,积累写作经验,将中国故事讲得更加精彩纷呈。

译事艰难,吾辈当勉力为之。

2022.10

陈彦辉

剧本创作

如何在舞台呈现故事？本书旨在为那些从事现场演出文本创作的人员提供一份实用指南。为了帮助读者熟悉剧本创作的完整流程与详细步骤，书中包含大量练习，并分为如下几个部分：

- 创建主题和议题
- 塑造人物角色
- 寻找故事
- 完成第二稿

本书的实践性练习用途广泛，既可以为个体创作者提供循序渐进的指导，又可以为教师或讲习班负责人提供便捷的教学资源，还可以为团体合作构思剧本激发创作灵感。全书练习都可以根据需要进行调整。对任何从事编剧创作，或将故事搬上舞台的人们来说，本书是一份完美的指南。

本书作者诺埃尔·格雷格有30年戏剧从业经验，曾担任演员、导演和编剧,曾讲授剧本创作、戏剧表演、戏剧史等课程;他积极参与青年戏剧创作活动,既与青年人合作编写,又为他们创作青年戏剧,此外还与全球青年团体开展合作,鼓励新人新作。

诺埃尔·格雷格是一位有才华的编剧和教师,他提出了一系列编剧流程,这些流程不仅清晰明确,而且富有独创性,能满足各种群体的编剧需求。他的杰出才华令人惊叹。我曾目睹,在他的指导下,从未将自己当成作家的人创作出精彩的剧本;我也见证过,新晋知名编剧视他为编剧顾问和导师。

库利·蒂亚雷,艺术总监,莱切斯特,海马克特剧院

我职业生涯的半辈子都在等待这本书的问世。诺埃尔·格雷格是具有原创性的伟大沟通者、剧作家、人生导师、课程导师、支持者、辅导教练和灵感启发者。他的知识和才能被人们视为英国的国家财富。诺埃尔的口头禅是"唯有沟通"。你只要与他有所交流,就会这么去做,迄今为止,无一例外。请购买此书,你将为之感到惊艳。

奥拉·阿尼马沙温,伦敦皇家宫廷剧院青年作家项目部副主任

没有谁比诺埃尔·格雷格更适合当老师或做导师。如果他都不能教你写剧本,那就没有人可以教你了。

哈雷什·夏尔马,新加坡实践剧场常驻剧作家

我关注到，诺埃尔·格雷格的戏剧创作流程开启了激动人心的创作之门：从15岁的孩子探索戏剧创作的乐趣，到成熟的剧作家寻求新的突破。

无论是未成年人，还是成年人，他们都为诺埃尔·格雷格的戏剧力量所感动，因而对人性产生具有同情心的洞见。诺埃尔·格雷格是一位促进意见表达的大师，也是描述我们这个时代复杂性的大师，其作品各方面核心始终是严谨、优雅和敏锐。

罗莎蒙德·赫特，导演，伦敦戏剧中心

在与诺埃尔·格雷格共事的二十余年当中，我不断受到启发，且在他与世界各地不同背景作家的合作当中，均是如此。

诺埃尔·格雷格的创作方法不仅对作家产生了极大影响，而且对我们伦敦皇家宫廷剧院培养新晋剧作家的许多工作产生了重要作用。

爱丽丝·道奇森，伦敦皇家宫廷剧院国际部主任，副导演

本书对表演戏剧文本创作进行了精彩介绍。诺埃尔·格雷格不仅介绍了编剧训练，而且为个体作家和致力于合作构思剧作的团体提供了分步骤的编剧流程。对于戏剧作品欣赏，本书也有精彩介绍，因为格雷格揭开了神秘的面纱，让人们了解知名剧作家如

何与新晋作家一样需要处理同样的问题。如同薇欧拉·史波琳①和奥古斯托·鲍尔②的即兴剧场游戏文本那样,本书也是戏剧研讨主持人的必备!

扬·科恩·克鲁兹,纽约大学

---

① 薇欧拉·史波琳系美国戏剧理论家、教育家、表演教练,其创造出一系列关键方法来帮助演员如同真实生活一样进行即兴表演,后来她将这些方法概括为"剧场游戏",其出版的《剧场即兴表演》被认为是"即兴剧场的圣经"。

② 奥古斯托·鲍尔是巴西戏剧理论家和政治活动家,推动激进的左翼大众教育运动,系被压迫者剧院的创始人,出版过《被压迫者剧场》等著作。

献给特雷弗·约翰,他教会了我思考

和

献给维克·李,他教会了我知悉文字价值。

前　言

进入剧场看剧,观众可能会感受到我们共同存在的批判性和自我意识。大家聚在一起观看表演,庆祝我们的能力——我们的需求——从而反思我们是(或者不是)人的原因。个人感受到大众的关注,不可见的东西变得可见。在我作为戏剧从业者的工作过程中,我切实感受到人类根深蒂固的仪式需求,这种需求在广泛的背景下表达了我们共同的人性。无论是在学校礼堂里集体创作的戏剧、大型社区的庆典戏剧、印度的政治街头戏剧、非洲的歌舞剧,还是在图书馆、停车场、海滩和废弃建筑中表演的限定场所戏剧、专业和业余表演戏剧、全球性的代表戏剧、实验性戏剧作品,以及出现在小型工作室或大型舞台上的新剧,我对这些作品的功能都不进行区分。一部在教室里创作和表演的小场景剧或许只存在一个下午,此后再也没有人听说过;一部由专业作家创作的新戏在国家大剧院的舞台上演出,日后有可能演变成为全球名作。尽管如此,这些作品都能够将我们带到一起,促成我们彼此进行交流,在这个意义上的价值是对等的。

本书适用对象

本书适用于所有现场演出剧开发过程参与"文字"工作的个人或团体。

本人曾广泛参与英国和国际戏剧社团,包括教育和青年剧院、

(地域或兴趣)社团、专业和业余团体，书中创作实践即源于此。无论创作何种用途的戏剧文本，本书的创作实践均能适用，而且鲜有例外，书中的全部练习可以运用在各种场景。我在南非乡镇指导个别作家所使用的练习，也适用于在英国城市指导青年剧团创作。我指导小学生时所使用的练习，也适用于文学硕士的戏剧创作课程。在附录 A 当中，我还将对书中的练习改编提供一些指导。

如何使用此书

本书共分为九章。第一章提供了一系列练习，这些练习既能够让初学者接触到剧本创作的基本要素，又能够为团体合作提供创作素材。随后的几章详细介绍了创作技巧的各部分内容：人物塑造、剧本结构等。其中部分内容对个体编剧或创意写作团队有益，但大多数内容将在集体构思和团队合作过程中发挥作用。最后一章提供关于大型团体设计或合作撰写剧本项目的部分案例。附录 B 包括团队指导和负责人的注意事项。

每项练习均以循序渐进的方式开列，并且附有示例和效果。在适当的地方，我为练习标出了粗略的时间框架。我也标明了哪些练习适合个体完成，哪些练习适合团体完成。虽然有几个练习(练习 15、练习 16、练习 17、练习 19 和练习 90)我迄今只用来指导小学生创作，但我并不希望这部分练习仅作此用；与此同时，我也希望其他部分练习可以用于指导小学生年龄段创作。

使用本书的方式可以多样化：

- 作为个人或团队创作过程中建构整体叙事的分步骤指南。
- 作为非周期性研讨会或课程的"沉浸式"素材。
- 作为大型表演项目的参照模式。

在整本书中，我提及某些现有的戏剧作品，用来解释如何运用练习案例，通常是阿瑟·米勒、哈罗德·品特、威廉·莎士比亚等人的公认名作。我之所以选择这些作品,一方面是因为我参与和指导演出过程,非常熟悉这些作品,另一方面是因为这些作品易于获取,任何读者均能获得。就文化多样性而言,这些作品有其局限,所以在你完成练习的时候,请尽可能地运用你所熟悉且蕴含丰富文化的代表性作品。

  接触来自不同文化背景的作家作品,这对我的发展至关重要。虽然米勒等人可能演示过一些剧本创作技巧的基本原则,但不能说这些就是指导、启发和评价创作的唯一来源。美国黑人作家洛琳·汉斯贝瑞的戏剧《阳光下的葡萄干》①中的露丝·杨格是虚构人物,其在芝加哥的家庭却让我联想自己在英国的家庭,一样感触良多。伟大的叙事作品都具有全人类的普遍性(在此也包含伟大的寓言、民间故事和童话。在本书当中,我经常参考和使用这些作品内容)。记得我在加拿大时,曾聆听过汤姆森·海威的讲演。汤姆森·海威不仅是原住民作家,而且是当地一流剧本创作家。他谈到英国的简·奥斯汀和勃朗特姐妹,谈到这些英国作家对他创作和思想的影响,觉得这些作家与其他作家一样与他精神相通。英国黑人剧作家夸梅·奎-阿玛②最近写道:

  对我来说,所要接受的挑战就是将舞台变成论坛。这个论坛上,我的文化棱镜能够使普世性话题闪耀并折射出人性

---

  ① 洛琳·汉斯贝瑞为首位在百老汇上演戏剧的非裔女作家,其成名作为《阳光下的葡萄干》,系"第一部在舞台上表现非裔美国人生存现状"的剧作,因为"永久性地改变了美国戏剧史"而成为美国戏剧经典作品。

  ② 夸梅·奎-阿玛为英国演员、剧作家、导演、歌手,因在BBC医疗剧《伤亡》中扮演护理人员声名鹊起,他也是第二位在伦敦西区上演戏剧的英国黑人。其导演的电影作品包括《沃尔特的战争》等。

之光。我觉得,这会比几百项为改善种族关系的立法效果更好,因为这使得我们大家都成为人类大家庭的一员。

没有差异,

这就是政治①。

夸梅·奎-阿玛,《卫报》,2003年9月

在我主持的研讨会上,一个15岁的女学生曾这样写道:"在茫茫宇宙当中,我们使用一把小提琴演奏不同曲子。"英国黑人哲学家塞利尔·莱昂内尔·罗伯特·詹姆斯也曾这样写道:"贝多芬是德国人,但西印度人也像德国人一样喜欢贝多芬,这是因为贝多芬的音乐已经成为人类文化遗产的组成部分。"

能够与许多来自不同文化背景的作家开展合作,这是一种莫大的荣幸。当前的即时电子时代使得人们越来越不需要进行深刻反省,但仍然有不少人(也许有越来越多的人)期望通过创造性写作来表述自己的内心世界,这极大地鼓舞了我们。我期望本书能够在反抗媒体宣传轰炸以及在抵制政治陈词滥调方面,给大家带来鼓舞。

注:为了国际发行便利,本书标题使用的是"剧本创作"(playwriting),而在本书正文当中,作者运用的是"编剧"playwrighting②。在英国,人们更倾向于运用"编剧"playwrighting。

---

① 作者引述此文旨在说明,伟大的文学作品都具有全人类的普遍性。

② "wright"源自古英语、古撒克逊语和高地德语,表示"工作"和"制作"。本书作者认为,像制造者必须熟悉工艺那样,剧作家必须了解戏剧创作原则。作者用playwrighting"编剧"来描述编剧是一门匠活。

鸣 谢

本书中的许多练习来源于我与其他戏剧从业同行（含作家、演员、导演、设计师和作曲家）主持项目或参与研讨的过程。在这个领域工作的所有人相互启发、彼此借鉴。我想感谢以下朋友和同事，正是他们促成了我作为教师和导师的职业成长。

奥拉·阿尼马沙温

沙比娜·阿斯拉姆

约翰·宾尼

贝基·查普曼

玛雅·乔德瑞

菲尔·克拉克

特蕾莎·柯林斯

西蒙·迪肯

卢克·迪克森

爱丽丝·道奇森

劳伦斯·埃文斯

罗斯·福德姆

罗莎蒙德·赫特

迈克尔·贾奇

利比·梅森

托尼·麦克布莱德

迈克·麦科马克

卡尔·米勒

布伦达·摩尔

斯图尔特·穆林斯

菲利普·奥斯曼

凯特·欧文

玛丽·罗布森

沙布南·沙布纳兹

哈雷什·夏尔马

库利·蒂亚雷

菲利普·泰勒

曼金德·维尔克

米歇尔·旺多

摘自诺埃尔·格雷格所著的《最终货物》，材料由纳尔逊·索恩斯出版社提供，系2004年版。该著此前由托马斯·纳尔逊(沃尔顿·泰晤士)出版社于1994年出版，安迪·肯普负责编辑工作。

目 录

1 起步与热身 / 1
  记忆 / 2
  即兴创作 / 6
  塑造人物角色 / 15
  寻找故事 / 33
  对话 / 41
  情节 / 51
  主题 / 58
  场景/地点 / 61
  一日之末 / 63
  语言和意象 / 65

2 主题 / 68
  设置议程 / 69

3 议题 / 74
处理议题 / 75
交通运输工具 / 76
变议题为主题 / 88

4 塑造人物角色 / 92
如何具体描述人物 / 92
设定人物行动 / 118
结语 / 128

5 寻找故事 / 130
变化 / 131
潜台词 / 139
结构1：传递信息 / 150
结构2：引信和炸弹 / 161
最终结局 / 168
总结 / 177

6 地点/场景 / 178
作为人物的地点 / 181
作为故事—事件的地点 / 184

7　个性化语言 / 195

　　作为音乐的语言 / 198
　　语言抓住本质 / 211
　　人体感觉与语言 / 222
　　你的声音/他们的语言 / 224
　　日常生活中的诗意 / 229
　　为艺术表达而奋斗 / 233
　　谨言慎行 / 236

8　第二稿 / 237

　　全局观念 / 237
　　剖析文本 / 244
　　持续转变 / 254
　　剧作基础 / 257
　　"因为"或者"如果" / 262
　　次要情节 / 266
　　人物角色目标 / 267
　　场景形态 / 269
　　故事形态 / 274
　　体裁/类型 / 274
　　故事类型 / 285
　　俳句 / 287

9 表演项目 / 292

　　将练习变成项目 / 292

　　孪生作品 / 295

附录 A：适应工作环境 / 298

附录 B：引领进程 / 300

译后记 / 306

译著附录 1　人名对照表 / 312

译著附录 2　作品名对照表 / 316

译著附录 3　术语对照表 / 318

1　起步与热身

在排练之初,演员要进行身体和声音方面的热身。这有助于他们摆脱日常的纷扰与不安,让身体和大脑都专注于排练空间,进而为排练任务做好准备。作家也需要一些清除自己杂念的策略,以便在创作过程中大脑、双手和纸张(或屏幕)配合流畅。这可能包括某些体力活动。例如,我的一个朋友在家里写作,但她需要把工作与洗漱分开,她早上梳洗完,然后出去散步,最后"步行上班"。如果是参与团队合作,那我通常会从体力活动或游戏开始。面对白纸(或者空白屏幕),久坐桌前,搜肠刮肚,还是无从下笔。即便如此,快速启动写作训练也可能有些作用。接下来就是一系列旨在锻炼"写作肌肉"的练习。前面几个是一般性"热身"训练,此后我将切换成"导引"训练,在接下来的各章也会更详细地讨论这些练习。根据你的需要,本章有不同的作用,例如:

- 当成入门编剧课程的练习模板。
- 当成非周期研讨会的可选议题。
- 在团队构思过程中,当成激发创作灵感的材料。
- 在你早晨散步归来,当成"启笔"的系列训练。

记 忆

如同许多其他事情一样,写作也是一种记忆方式。这不仅包括记录个人生活或经历,而且包括用文字记录我们对周围世界的感受。对那场雨有何感觉?那个女人非同寻常的表达方式是什么?与其他行程比较,今天上班或上学行程有何特殊之处?

练习 1　出去散步

参与者:各种团体,个人(10~30 分钟)

1. 出去散步。围绕街区或者公园转转。如果你是在学校,那就绕着操场或运动场。注意你的所见所闻,注意你的身体在空间的移动,注意你的呼吸方式,注意你脚下的地面,以及你周围的空气。你看到什么,听到什么,感觉到什么?"聆听"脑海中浮现的词汇,让词汇自发地汇聚成短语,让你的步伐与脑海当中的词汇同频共振。如果你开始说点什么,那就说吧。
2. 散步回来。
3. 记录:
- 你看到的十件事。
- 你听到的五种声音。
- 你经历的三种感觉。
- 你所见、所闻、所感引发的一个问题。

练习2 席地而睡

参与者:各种团体,个人(5~10分钟)

1. 以舒适的姿势躺在地板上,闭上眼睛。聆听楼外或者室外的声音。大约一分钟之后,再听听室内的声音。最后,听听你自己身体里的声音。让你的听觉在上述不同距离内往返切换,区分辨认具体声音。

2. 记录:
- 你听到的声音类型和品质。
- 关于你听到或者有感而发的一个问题。

练习3 思考你的生活

第一部分

参与者:各种团体,个人(5~10分钟)

1. 在房间里走一圈(如果空间比较小,那就坐到舒服的位置)。放松自己,敞开心扉。思考你的生活,全部生活。将生活当成一条在你身边流淌的河流,让回忆在这条河流当中回溯。找到你能回忆出来的兴趣点——某个事件、某个时刻、某个图像——开展探索。然后用一个词、几个词或一个句子将之记录下来。

2. 再次去散步(或者再回去坐坐)。让生活的记忆之河重新流淌,忘却刚才已记录过的回忆。如同播放一段视频那样,回忆你去年经历的生活。从中寻找你感兴趣的事情,寻找你觉得重要或者有意义的事情,将这些场景重播几遍。先用几个词或一句话概括,然后记录下来。

3. 回忆你今年经历的生活,然后重复这个过程。

4. 回忆你上周经历的生活,然后重复这个过程。

5. 看一看你所写的材料,依据其中的单词和短语提炼出三至四个问题,然后将这些问题记录下来。

第二部分

参与者:各种团体(10~20分钟)

1. 开始并完成练习3(第一部分)。

2. 再次在房间里走动。关注周围的其他人,但要独立完成作品。

3. 去看一看你记录的第一段记忆。闭上眼睛,自言自语。一边在房间走动,一边将记忆告诉房间里的椅子、窗户、墙壁或房间里的任何其他物体。

4. 寻找一个搭档,聆听他们的记忆。复述和熟悉这些记忆。再将你的记忆告诉搭档,让搭档复述并熟悉你的记忆。

5. 交换记忆。忘却你自己的记忆,因为你已经将自己的记忆交给了他人。默念搭档的记忆,你再在房间里走一圈,现在你搭档的记忆就成了你的。

6. 所有人都聚集在房子中间,尽可能地靠近,但不要相互接触。每个人都有了别人的记忆。闭上你的眼睛,尽可能多地向大家讲述你的记忆。既不要急于求成,也不要彼此交流,而是要专注于你正在讲述的。这样大家的记忆彼此都能听到,而你自然不可能在脑海里将之全部记下来,只能记住其中的一些片段或图像。

7. 自己动笔,尽可能多地记录你能记住的所有内容——单词、影像、短语、零碎的信息。以"我记得……"作为开头,利用这些笔记写一篇短文。将你草草写下的笔记收入文章当中,重新整理并在需要之处增添新的内容。

8. 提交个人作品供团体分享。比较不同个人的作品,分别采用了哪些相似/不同的方法?哪些形象最为突出?

第三部分

参与者:各种团体(每个阶段6~8分钟)

1. 重复练习3(第二部分),回顾去年的记忆,今年的记忆,以及上周的记忆。一遍遍地聆听、记忆、然后写出作品,这个过程应该越来越流畅。

2. 将写出的作品大声朗读出来。不同团队成员运用相同材料有何差异?是否有一些形象多次出现?

练习4 个人记忆和共同记忆

参与者:各种团体(5~10分钟)

练习3(第一、第二和第三部分)的记忆可以替换为任何类型。比方说,你可以辨析以下三类记忆:

1. 个人化记忆,即世界上其他任何人所没有经历过的;
2. 地方性记忆,即你所在社区、街道、学校等区域人们分享过,且只为当地所独有的记忆。
3. 世界性记忆,即全球许多人共同拥有的记忆。

效果

完成这些基础性练习,我们对"记忆"有了更多的了解,也知道如何用文字将记忆记录下来。对我们这样的创作者而言,这帮助我们解决了一系列问题:什么是记忆?我们如何记忆事物?我们记得什么,为什么?什么是美好记忆,什么是糟糕记忆?什么是真实记忆,什么是虚假记忆?当我说,"我们就是我们所记忆的,我们也是我们如何记忆的",我的目的是什么?

即兴创作

在创作过程当中,某些阶段并不需要计划。事实上,"预先计划"通常不利于创作冲动的形成。在学校里,学生通常因为害怕"做错"而丧失想象力,但接下来的练习可以帮助他们排除这种恐惧(这对所有作家也是适用的)。

练习5 计时写作

参与者:各种团体,个人(2分钟)

1. 用数 10 个数的时间思考,然后描述一下你的外貌。
2. 用数 20 个数的时间思考,然后描述今天的天气状况。
3. 用数 50 个数的时间思考,然后描述你昨天所做的事情。
4. 用数 100 个数的时间思考,然后详尽描述你现在所在的房间。

练习6　粉象效应

参与者:各种团体,个人(3分钟)

　　了解"粉象效应"①,记录下你昨天所做的事情。

练习7　我正在写

参与者:各种团体,个人(3~5分钟)

　　在完成练习5和练习6时,你并没有提前进行思考。这次也一样,你"只管写"就行,不指定话题,没有字数要求,自然没有"粉象效应"。

　　1. 你只是准备好写作,在写作之前,你对所写的内容也一无所知。

　　2. 以"我正在写……"作为开头写下去,不要停下来。

　　3. 如果遇到脑海中一片空白,那就写"我正在写,我正在写,我正在写……"无论时间长短,你就这样写下去,直到脑海出现其他可写的东西。

　　4. 不要计划,不要自我审查,只管一直写。

　　5. 准备好,静下心开始写(参见示例7.1)。

　　6. 当你完成之后,将你特别喜欢的单词、短语和句子用下划

---

　　① "粉象效应"为著名的心理学效应,由认知语言学创始人之一乔治·莱考夫最早提出,主要是指越是强调不要去想,人们越是会这样想。

线标出来(参见示例7.2)。

> **示例7.1**
>
> 　　在我写作此书的第一天,那天早上开始工作之前,我就做过这个练习。写出来的内容乱七八糟,语法和拼写也存在问题:我正在写,因为要开始写这本书了。什么是书,书是介于封面之间的,不,它是封面和封底之间,我的背现在很疼,所以我不想坐在机器前打字,我的背确实很疼,我想躺下来,但我不能躺下,因为我必须继续完成这本书,这本书,这本书我想不起来了,哦,是的,我可以等等。

> **示例7.2**
>
> 　　从我个人的努力来看,我喜欢这个节奏,"纸封面和被称为平装我的背"①。

效果

　　在此过程当中,即便是极为简单的步骤,我们也能从中感受到,编剧应该注重原创性和独特性,也应该相信直觉。

---

① 示例7.1和示例7.2均为即兴式写作,作者认为"只管写下去",就会思绪泉涌。示例当中存在语法和逻辑错误,中文译本对这些语法和逻辑错误不作修改。

练习8　音乐与文字

参与者：各种团体，个人

音乐和韵律对写作有较好的促进作用。

1. 闭上眼睛，用一段时间听一段音乐。
2. 继续播放音乐，同时完成一篇某个主题的即兴演讲稿，如战争、和平、爱情、足球等。注意是即兴写作，所以不要提前计划。让音乐渗透进你写的讲稿、使用的文字中……

练习9　即兴书籍

参与者：各种团体，个人（2～3分钟）

1. 在你面前放着一本想象中的书。
2. 书里有一个全新的故事，而且你以前没有读过或听过这个故事。
3. 打开这本书，翻至该书的第一页，写下故事的前三句话。
4. 现在翻至第三页，手指移动到该页的第三段。
5. 写下该段的前三句话。
6. 现在再翻一页，该页有一幅插图，请你描述一下这幅插图的内容。
7. 现在翻到最后一页，在该书末尾写下最后三句话。
8. 合上书，在该书标题位置写下这本书的标题。

练习10 即兴诗歌

参与者:各种团体,个人(2~3分钟)

1. 我是一名巫师,一会儿我将使世界上所存在的词语消失,仅留下四个词语。

2. 如果让你选择,你要保存哪四个词语?将这些词语记录下来。

3. 我是一名巫师,我决定再大方一点,你可以再保留四个词语。

4. 你又要保存哪四个词语?将这些词语记录下来。

5. 现在你有八个词语,即将成为世界上仅存的八个词语。如果你把这八个词语变成一首诗,那么其他所有的词语都会被保存下来。

6. 为了便于创作,你可以重复运用这八个词语,但你也只能运用这八个词语。

效果

做得很棒,你已经拯救了世界上所有的词语。

我不再是一名巫师,但你是一位诗人。

练习 11　回应词语

参与者：各种团体，个人（4～6分钟）

对任何作家来说，即兴写作都是一种解脱。假如是即兴写作，即便是初阶作家想要写出有趣的短语和新颖的措辞，他们也不必坐在那里盯着稿纸，等待写作灵感的到来。事实上，"等待灵感"是我们最无奈的选择；当我们重新起草和调整作品结构，静坐和思考就会持续很久。最为紧要的是写出来，不管是以什么样的方式写，都可以活跃我们的批判性思维。这个练习可以使我们在这条路上走得更远。

1. 在一张纸的左侧画上一列。

2. 在练习结束时，你将得到一份我给你的词语清单。

3. 你在这一栏写下第一个词语。

4. 根据所写词语的启发，立即写下一个简短的短语或句子（绝不能只有一个词语），例如一个想法、一个问题、一段记忆、一句废话。

5. 但在你写的短语或句子中不要出现这个词语（参见示例11.1）。

6. 请在10秒钟之内完成这条即兴短语。

7. 10秒钟过后，请转向第二个词语。停止第一个即兴短语的写作，在栏目中写下第二个词语，然后开始写第二条即兴短语。

8. 再继续写下去，事先不要计划，如果你的脑海一片空白，那就写"我在写，我在写"，直到有可写的东西再继续写。

9. 下面就是词语清单：绿色、冰块、电视、红色、沙子、爱情、宗教、香蕉、电话、死亡、海豚、伦敦、鞋子、蓝色、母亲、海洋、飞机、夏天、汉堡、粉色、战争。(请团队负责人注意:词语清单通常有20～25个,其中含颜色、感觉、物体、抽象概念和地名,但绝不含有代词,以所有团队成员均熟悉的词汇为最佳。)

10. 大声朗读其中的一些即兴短语(参见示例11.2)。

示例11.1

如果这个词是"绿色",我可能会写"那件破旧的校服外套"(因为我的校服外套是绿色的,我母亲在上面缝了皮革臂章)。

示例11.2

与我共同工作的一个团体写下的部分短语:
- 绿色:翡翠城,我在写,这座城市。
- 爱情:痛苦和肿胀,嫉妒和开花。
- 香蕉:嘲弄和疯狂。
- 电话:启示和八卦。
- 死亡:黑暗,悲伤,恐惧,我正在写我变得自由。
- 战争:黑暗,褴褛的边缘,织物上的洞,泪水。

效果

在基础写作训练方面,这个练习为我们开启了一扇对话之门:人人都能运用词汇个性化地表达自我。将"战争"描述为"布料上的洞",这是关于战争的全新形象。对写下这句话的作者来说,这是独一无二的。这个练习鼓励写作者信赖自己的内心,认识个人原创性作品远比模仿和复制他们以前读过或听过的东西更为有趣,哪怕是20~25个短语中的一个也是如此。同样,"即兴"练习也暗示写作者,他们已经具备了完成练习的能力,而无须怀疑自己是否具备写作能力。

练习12 集体诗词

参与者:各种团体(10~20分钟)

  1. 从练习11第一个词语开始。围着圈子绕一周,听听作者对词语的解释。

  2. 第一遍的效果往往不尽人意,所以回过头来,再将这个词语解释一次。这次请作者说得更大胆一些,认真聆听团队成员不同的看法。

  3. 讨论哪些形象栩栩如生且引人注目,作品的整体感觉和氛围是什么样的,作品中的哪些句子搭配得比较好。

  4. 绕着圈子再读一遍。对每个词语都重复上述过程。最终形成一系列集体创作诗歌,如《绿色之诗》《爱情之歌》等,且每首诗都不乏作者洞见。

练习13 从诗歌到演出

参与者:各种团体(10~20分钟)

  1. 再次阅读练习12中的一首诗歌。稍微深入地分析这首诗：这首诗不仅是诗行的自由组合，而且是具有整体意义的诗作。这首诗有什么样的氛围和韵律？诗行之间的关系是怎样的？

2. 现在整个团队成员各自记录全部诗行。

3. 遇到"我在写，我在写"这句话，也要记录下来，因为这也是诗作的一部分。

4. 如此一来，整个团队成员都有了同一份集体创作诗歌（参见示例13.1）。

5. 在练习12那些为数不多的词语范围内，选择并重复上述步骤。

6. 整个团队按3~5人的规模再细分为小组。每个小组选择其中一首诗。

7. 无论采用哪种风格都行，构思如何将诗歌呈现出来。你可以加入动作、声音、重复、朗诵等，记住，这样做的主要目的是让作品更具活力。

8. 各个小组向整个团队分享作品。

示例 13.1

翡翠城，我正在写，城市、苹果、树木和雨水
树和草，我正在写，我嫉妒地，坐在角落
草地和它上空的乌云
……

效果

通过练习11和练习12的训练，团队成员具备了多种经验：

(a) 个人写作、(b) 集体写作、(c) 分小组合作、(d) 完善自己所写作品。

练习 14　即兴写作，即兴诗歌

参与者：个人（4～6分钟）

　　对任何作家来说，练习12和练习13所述的活动都是有益的写作热身。随便翻开一本字典、一本杂志或一本小说，随机地找几个词语，然后记录你对这些词语的回应。一如既往，不要事先计划，中间不要停顿，你只管写下去。到了最后，你会写出20～25个短语。从中选出五个你最满意的短语。调整这些短语的先后顺序，创作出一首诗歌。试一试，在一周之内每天都这样练习：五天，五首诗。这些作品记录你这周做了什么，这些作品反映了你的哪些思考，你在这些作品当中运用了哪些创作手法。

塑造人物角色

　　欣赏戏剧如同观察人类行为的可控实验。物理学家将元素与化合物混合，作家将不同人物放在一起，就是要看即将发生什么，两种情况都有爆炸的可能。为爱痴狂的人可能会说，"我们相遇时发生了化学反应"。这并不是巧合，剧评也会提及演员之间的"舞台化学反应"。

　　将人物放在故事当中，看有什么事情发生。这类"实验"有些比较简单，可以预测结局。一个言情故事，我们知道结局是有情人终成眷属;一部通俗的情节剧,我们知道英雄会打败恶棍。不同类型的故事就是在不同层面探讨故事的角色。小红帽没有哈姆雷特那么复杂;阿加莎·克里斯蒂①故事中的角色可能比玛雅·安吉罗②的角色更为单一,所有这些人物角色都有一个共同点——他们是被塑造出来的。有时人物角色的基础薄弱,我们看到的是刻板印象,一流作品则截然不同:作者的观察极为深刻,人物角色非常具有原创性,作品植根于对人类心灵和精神的洞察。

我们如何开始塑造"一个角色"? 塑造角色的核心是认识到人的多面性。我们仍然被哈姆雷特所吸引,不是因为我们知悉故事的结局(他和其他人都死了),而是因为每次聆听这个故事,我们都会发现哈姆雷特性格的新特征。即使是小红帽(正如我们稍后将看到的那样)也可能不仅仅是"不听母亲劝告的傻傻的小女孩"。

我将以这三个练习开始角色系列的训练,虽然这些训练曾是我为小学年龄组专门开发的,但这些练习和许多更为复杂的练习一样具有启示意义,揭示着人类行为的矛盾和人性的易变。

练习 15 今天我的手

参与者:小学生(1~3 分钟)

1. 在一张纸上画出你手掌的轮廓。
2. 回忆一下你今天用手做过的事:平常事、感觉良好的事、感

---

① 阿加莎·克里斯蒂为英国女侦探小说家、剧作家,系三大推理文学宗师之一,代表作品有《东方快车谋杀案》和《尼罗河上的惨案》等。
② 玛雅·安吉罗为美国传奇作家、诗人、编剧和黑人民权运动家,出版过多部自传、散文、诗集,编过多部戏剧、电影、电视节目剧本。

觉不好的事等等。

3. 在所画手掌轮廓的周围写下五个句子,每句均以"今天我的手……"开头。

4. 分析一天当中我们用手所做的全部事情,包括自己起初都没有觉察过的事情。在很大程度上,手做过的全部事情能透露出我们是谁,以及我们是什么样的人。

效果

这个简单练习说明,同样一个人一天当中既可以做一些友善的事情(例如,抚摸我的猫),也可以做一些恶意的事情(例如,扯我妹妹的头发)。这为我们提供了讨论话题,故事中的多样性角色是如何塑造出来的,取决于人物角色和谁在一起,他们在做什么,他们的感受怎么样,等等。

练习 16　内在与外在

第一部分

参与者:小学生(3~6 分钟)

1. 回忆你所认识和喜欢的人。描述一下他们的外貌特征,争取做到我看过你们的描述之后,见到他们就能认出来的程度。尝试运用五官印象描述。他们是大个子还是小个子,他们的声音听起来像什么,他们穿什么样的鞋子,他们如何走路,等等(参见示例16.1)。

2. 画出一个人的大概轮廓,这是一个虚拟人物。在轮廓的周围,尽可能多地写下对人物身体的描述。尽量写得详细些,越详细越好。如果他穿着一件蓝色衬衫,是浅蓝色,还是深蓝色?如果他是黑头发,是短而卷的黑头发,还是长而软的黑头发?你还有哪些不同的方式来描述他的声音?我们现在对这个人的外貌有了一定了解。这让我们知道了他是谁,也知道了他是什么样的。

3. 现在,请你在人物形象轮廓里面做记录。在头部所在的位置写下全部用以描述"思考"的词汇和短语(参见示例16.2)。

4. 在心脏所在的位置,写下全部用以描述"感情"的词汇和短语(参见示例16.3)。

示例 16.1

他的手很粗糙,声音很高,鞋子很亮,腿很长……

示例 16.2

计划、脑力劳动、思想、数学、想法、兴趣……

示例 16.3

友爱、悲伤、痛恨、感觉良好、快乐……

第二部分

参与者:小学生(3~6分钟)

1. 画出一个人的大概轮廓,这是你正在编造的人物角色。

2. 利用"内部事物"的清单,写下这个人有什么想法,以及是什么让这个人有不同的感受。

> **示例 16.4**
>
> - 宇宙有多大？她对此深感兴趣。
> - 当不得不和朋友说再见时,她感到非常难过。
> - 她认为,长假这个主意不错。
> - 她不喜欢别人叫她上床睡觉。

效果

虽然"外在"部分决定了这个人被描述的形象,但"内在"的部分透露了更多,使得人们知道他可能是一个什么样的人。在为故事或戏剧塑造人物时,我们需要从"外在"角度想象人物形象,同样,甚至更加需要从"内在"角度开展想象。

练习 17　行动、感觉和想法

参与者:小学生(每个故事 1 分钟)

1. 完成练习 16 之后,再返回练习 15 "今天我的手"。
2. 你有了亲手完成五件事情的原始资料。现在的任务是给这五个行动分别加一种感觉(参见示例 17.1)。
3. 你现在有了五个极为简短的故事,每个故事都包含一个动作和一种感觉。

4. 现在试着在每个故事当中加入一番思考(参见示例17.2)。

5. 你现在有了五个小故事,每个故事均包括一个动作、一种感觉和一点想法。

示例 17.1

- 我今天用手扯了妹妹的头发,感到很内疚。
- 我今天用手摸了我的猫,觉得很平和。

示例 17.2

- 我今天决定弄疼妹妹,所以我扯了她的头发,然后我感到很内疚。
- 我今天用手摸了我的猫,我觉得很平和,我想知道这只猫在想什么。

效果

- 练习15至练习17均表明,在创造故事人物的时候,我们需要知道人物做了什么(扯了头发),为什么做(决定弄痛别人)和结果(感到内疚)。
- 故事应该具有独创性,有趣的故事不一定是他人故事的翻版。故事也可以从你自己知道的事情开始,在此基础上逐步完善。
- 虽然比较简单,但这些练习给幼年孩子们培育这样的理念:无论什么情况下,故事都是自然而然出现的,他们通过努力就可以逐步完善故事,也使故事变得更为有趣。

- 深入考察人物的"内在"变化,这能很好地增长我们关于情绪、感觉和想法的知识。

这些练习为我们打开了一扇大门:讨论人物行为所带来的后果以及由此带来的情感冲击。

练习18　访谈

参与者:各种团体(8~12分钟)

与此前的大量练习一样,通过观察周围环境可以帮助我们研究"如何塑造人物"这个问题。即从我们所处环境的角度看待我们身边的人。

1. 写一个简短的问题清单。假如为杂志做访谈,那么你可能会这样去问访谈对象:喜欢什么?不喜欢什么?最害怕什么?最快乐的时刻?对世界大事的看法?你安排的这些问题能使更多的读者粗略了解你的访谈对象。

2. 一对一开展活动。采访你的搭档(每人2~3分钟),但不要将采访变成日常交流。

3. 如果采访对象偏离访谈主题,说些毫无益处的趣闻轶事,那你可以将其引导至下一个问题。

4. 将采访对象的回复用笔记录下来。

5. 根据采访记录,为你的访谈搭档撰写一篇100字左右的报道。尝试让报道更为流畅,如同杂志上的文章那样。为了吻合杂志文章的风格,你可以重新进行调整。

6. 插入一些虚构的资讯和事实,重写这篇短文报告。尽量用你的描述增强采访人物的可信度,但人物也要有一点戏剧性、神秘感等。

7. 大声朗读你完成的作品。加入的虚构资讯中,哪些似乎与被描述的人物格格不入?哪些似乎与被描述的人物完全一致?

效果

这个练习可以引导我们讨论塑造人物的基本纲领:无论赋予人物何种特征,这些特征都必须是可信的。这并不是说心平气和的路人就不会变成大屠杀的刽子手,而是说,只有在我们发现可怕真相的前提下,才能据此说出"毫无疑问……"。在这个时候,我们对人物的全部认知,才能得到合理解释。

练习 19 姓名和人物

第一部分

参与者:小学生

你准备为故事创建一个人物角色。这个人与你所认识的任何人都不一样。你首先要为这个人取一个名字。这个名字你以前可能听说过,也可能从未听说过。

1. 写下你自己的姓名。
2. 在每张小方格纸上分别写下你姓名的每个字母。
3. 自由调整每个字母,组成新的姓名。
4. 列出姓名清单。
5. 在清单当中为你书写的人物选择一个姓名,选择一个你此前从未听说过的姓名,这样往往会更为有趣(参见示例 19.1)。

6. 在练习 16 至练习 18 当中,寻找更多关于这个人物的资讯。

例 19.1

- Noel：Leo，Leon，Len，Eno，Lon，etc.
- Charlotte：Lotte，Carl，Cloe，Chloe，Atto，Tote，etc.①

第二部分

参与者:小学生

你可以利用姓名发现更多关于人物的信息。

1. 在纸边一栏里写下你自己的名字。

2. 以姓名的每个字母开头,就你喜欢的事物列一份清单(参见示例 19.2)。

3. 同样以姓名的每个字母开头,就你不喜欢的事物列一份清单(参见示例 19.3)。

4. 依据你自己姓名提取的新名字,重复完成这个练习。

5. 如果你参与的是团队训练,那就将团队成员拟出的所有人物都讨论一遍。人物的"喜欢"和"不喜欢"事物清单能够提供关于人物的什么线索?

---

① 汉语可以考虑同义或近义替换的方式为作品人物命名,如李卫国、李卫民、李卫军;王大麻、王小麻;也可以考虑以谐音方式为人物命名,如《红楼梦》中的"冯渊"谐音"逢冤","霍启"谐音"祸起","单聘仁"谐音"善骗人"等。

> **示例 19.2**
>
> 我喜欢的事物。
> - N：Newspapers　报纸
> - O：Oranges　橙子
> - E：Elephants　大象
> - L：Lightning　闪电
>
> **示例 19.3**
>
> 我不喜欢的事物。
> - N：Nightmares　噩梦
> - O：Oil-spills　石油泄漏
> - E：Envy　妒忌
> - L：Ladders　梯子

练习 20　特征

参与者：各种团体，个人（4 分钟）

"特性"的定义：与众不同的一种品质、属性或特点；也就是说，与一个人关联的情绪、情感和行为方式。

1. 列出你可能用于描述一个人性格品质的词语清单（参见示例 20.1）。

2. 请你浏览清单，从中找出一对似乎相互矛盾的词，然后对人物进行粗略的速写，其中的人物须具有一系列特征（参见示例 20.2）。

示例 20.1

愚蠢、聪明、有趣、愤怒、机智、善变、专横、乐于助人……

示例 20.2

- 他很愚蠢,却又聪明。
- 她有点专横,但乐于助人。
- 有时她会很生气,让人难以捉摸,但她很聪明。

效果

在故事当中,一个"愚蠢"的人可能有趣,一个"聪明"的人也可能有趣,但一个"愚蠢却又聪明"的人将会非常有趣。莎士比亚笔下的小丑就经常是戏剧当中最聪明的角色。

练习 21 类型

参与者:各种团体,个人(5分钟)

"类型"的定义:代表某种特殊品质的角色。与"特征"略有不同,"类型"表明的是角色的核心品质,涉及角色的整体表现。

1. 用来描述人物类型的常用或通行短语有哪些?列出一份这样的短语清单(参见示例 21.1)。

2. 运用练习 20 中的"愚蠢但又聪明"的例子,创造包括(a)两个"特征"词和(b)"类型"短语的人物描述(参见示例 21.2)。

3. 人物用来描述自己的短语有哪些？列出一份这样的短语清单（参见示例21.3）。

示例 21.1

- 她是个天生的领袖。
- 他真是一个讨厌鬼。
- 她像鳗鱼一样滑溜溜的。
- 那个人有点趾高气扬。
- 她是一个潇洒的人。
- 他是一个十足的暴君。
- 他总是心不在焉。

示例 21.2

- 他很傻，但又聪明，他总是有自己的方式。
- 她可能很专横，但她乐于助人，并且活得潇洒。

示例 21.3

- 我从来不在生活面前屈服。
- 在生活中，我总是小心翼翼行事。
- 我是一个天生的乐观主义者。
- 我要争取第一。
- 无论生活给我带来什么难题，我都会迎刃而解。

效果

• 我们现在已经开始探究,"角色"可能有不同侧面,通常不同侧面是相互矛盾的。角色"类型"可能是角色的主要表现方式,但这可能存在深浅浓淡和变化差异。

• 在戏剧中,角色描述自己,也描述其他人,而且可能存在强烈的矛盾。正如我们将在第四章中看到的,角色对自己的评价可能与别人对他们的评价大相径庭。

练习22 名字里有什么?

参与者:各种团体,个人(5~10分钟)

你最后都要为戏剧或故事中的人物起名字。这并不是一件轻而易举的事情,不比你的父母或监护人给你起名字更为容易。我们在很大程度上由自己的名字界定,因为名字与自我身份和个人历史密切相连。当压迫者决定根除被压迫者的身份时,他们首先要做的事情之一,通常是消除被压迫者原来的名字。这并非巧合。美国奴隶主给他们奴隶的命名非常西方化。在20世纪30年代,所有德国犹太妇女都必须以"莎拉"这一名字注册登记。可能有人会说,那些想为自己创造新生活的人实际上是怎样的? 在为自己创造新生活的过程中,他们都会改变自己的名字吗?

上述内容看上去与"如何为一个虚构的故事塑造一个人物"问题相去甚远,但研究我们自己的名字将会为我们思考姓名问题提供重要启发,本练习正是基于此点进行设计。一位朋友给我寄来的生日卡上,写有这样一句非洲谚语:"你能走路,就能跳舞;你能说话,就能唱歌。"我又补充了第三句:"你能写出你的名字,就能讲出一个故事。"

1. 写下你的名字,以及你对名字的了解和感受(参见示例22.1)。

2. 在你对自己名字的描述当中,提取一些你觉得极为关键的词语,用这些关键词创作一首诗。重新调整关键词的前后顺序,直到你满意为止。通过这种方式,你将描绘出一个浓缩版的关于"你"的实质(参见示例22.2)。

示例 22.1

每当我使用这个练习,我总是以自己的名字为例,借以说明"名字"和"性格"是密切关联的。我一般不全盘借鉴,而是根据编剧情形适当调整。以下是一个相当完整的介绍:

- 我的名字是 Noël Greig(诺埃尔·格雷格)。
- Noël(诺埃尔)是圣诞节的法语单词。在其他语言中,Noël 的说法是 Nowell(古英语)、Manuel(西班牙语)、Emmanuel(希伯来语)、Nollaig(凯尔特语)、Manolis(希腊语),这些都是词组"First Born"的变体。
- 我在1944年圣诞节出生,所以取了这个名字,那是第二次世界大战的最后一年。

- 与我同一天生日的名人有：电影明星亨弗莱·鲍嘉①、耶稣基督。

- 我年轻时并不喜欢自己的名字。在我长大那个小镇上，没有其他人与我同名，这让我觉得有些特立独行，特别是到了圣诞节的时候，学校唱着颂歌《第一个圣诞节》(*The First Noël*)，这让我因不好意思而脸红，这也是为什么我现在仍然容易脸红。诺埃尔这个名字听起来也有点像女孩的名字，在我幼年和童年时期，这个名字让我感到很不舒服。

- 另一方面（与上述情况完全相反），我也喜欢这个名字，因为这个名字确实让我感到"特别"（也许甚至有点"耶稣基督情结"，希望改造这个世界）。与著名的剧作家诺埃尔·考沃德(Noel Coward)同名，这又增加了我对这个名字的好感②。

- 我还有各种昵称。诺利(Nollie)、诺丽(Noelie)、奈丽(Nelly)。我喜欢这些昵称，这让我想起朋友们用这些昵称称呼我时的亲切感。

- 我的姓氏 Greig（我的父姓）来自苏格兰的 MacGregor 部族。

---

① 亨弗莱·鲍嘉系美国男演员，1944年凭借出演爱情影片《卡萨布兰卡》奠定其在影坛的地位，1952年凭借爱情影片《非洲女王号》获得第24届奥斯卡金像奖最佳男主角奖，1999年被美国电影学会列入"百年来最伟大的男演员"且居首位。

② 诺埃尔·考沃德爵士为英国演员、剧作家、流行音乐作曲家，以结合时尚和风度的个人风格而闻名，1943年因影片《与祖国同在》获得奥斯卡荣誉奖。

- 这个部族曾因反抗英国人而被其宣称为非法,部族名字和语言都被禁止使用,各家各户选择了 Greg、Gregg、Greig 等变体,许多部落人为了逃避英国人的压迫而移民到了其他地方,挪威作曲家爱德华·格雷格(Edward Grieg)①的出身可能也类似。

- 人们总是拼错或念错我的名字(Grieg 的-eeg,而不是 Greig 的-egg),这让我非常生气。我还记得有个幼儿园的老师,我告诉她记错了我的名字,她居然惩罚我。时至今日,我仍然对此事愤慨不已。

示例 22.2

我在诺丁汉任教时,班上有一名九岁的学生,他将自己的想法和感受写成了一首诗,下面就是他写的这首诗。

我不知道自己姓名的寓意,
但我希望它意味着伟大。
我觉得,这个名字的颜色是蓝色的;
我觉得,这个名字的形状是正方形的;
我觉得,这个名字的动物是狗;
我觉得,这个名字来自越南,
　　这个名字在越南很普遍;

---

① 爱德华·格雷格系挪威作曲家,为 19 世纪下半叶挪威民族乐派代表人物。曾与挪威民族音乐倡导者理查德·诺拉克等人共创"尤特皮"音乐社,创作并介绍斯堪的纳维亚国家的民族音乐。

> 我很喜欢我的名字
> 　　虽然我不知道我为什么叫米娜哈(Minh)
> 我觉得,这个名字如敲鼓的节奏,
> 　　听起来有胜利的意味;
> 　　听起来也像我妈妈的名字李哈娜(Lihn)
> 我觉得,这个名字的食物是米饭。

效果

仅仅通过使用名字作为控制因素,我们就揭示了很多关于我们自己的信息。9岁的米娜哈运用大量意象来表述,而我则是以自我介绍的方式。虽然有所差异,但都包括个人经历、家庭背景、民族起源等历史背景。这个练习充分揭示出"塑造人物角色"的要求:如同我们自己的生活有丰富的历史背景一样,作品中的虚构人物也是如此。如同我们可以通过名字来讲述我们自己的故事那样,名字也应该可以用来讲述作品中的虚构人物的故事。我们已经明白,"人物"和"故事"是如何密不可分的。

练习23　庆祝名字

参与者:各种团体(10~15分钟)

本练习是此前练习22的延伸,只是最后一个阶段略有差异,不是写关于自己的诗,而是写关于别人的诗。

1. 两人一组,仔细阅读你写在名字上的笔记。讨论几分钟,然后相互交换名字上的笔记。

2. 现在坐到另外一边,远离你的搭档(这一点非常重要,确保不再与搭档交谈)。

3. 根据搭档名字笔记的内容,请你创作一首赞颂他名字的诗歌。这首诗大约有五至六行,因而要从你搭档的笔记所写内容当中挑选,挑选那些能让你感受到这个人本质的一些短语、画像、句子等。为了更好地完成诗作,你可以将材料重新排序,也可以补充一些词语,但你要始终记住,你运用的是搭档给你的材料,你在赞颂他的名字。

4. 请将诗作作为礼物送给你的搭档,或者读给你的搭档听,并将诗作贴在房间四周。

5. 诗作中的哪些形象能够很好地"捕捉"人物的本质?

效果

练习22和练习23涉及"人物塑造"的一个方面,稍后也还会谈到捕捉人物的本质。通过将材料浓缩为诗行,你已经了解到这个人的本质,知道了是什么让他们与众不同。

就个人与团体之间的创作互动而言,"名字诗"也是极为宝贵的拓展工具。我在一个项目中首次使用"名字诗",该项目是英国一所小学的班级与新加坡一所小学的班级"结对"。学生们远程学习,从交换姓名和交流对姓名的看法开始,然后是诗歌创作。这为两个截然不同的群体之间的创造性对话奠定了基础。在一个混合多元文化的群体当中,对"名字诗"的运用架起了相互理解和相互吸引的重要桥梁(该项目详情请见第九章)。

即便对名字起源"不知情",名字也具有重要作用。名字为我们探索家谱、地理、历史等,提供了绝佳的背景线索。

寻找故事

"故事"的定义：在日常意义上，讲述亲身经历的一系列事件或者虚构性叙述都可以称之为"故事"。检验一个故事优劣的标准是看它是否可以"概括"出叙述内容的本质。几个示例：

•《罗密欧与朱丽叶》：来自两个敌对家族的年轻人诚挚相爱，却因家族世仇而受到阻挠，不惜以命抗争，但最终失败。在他们死后，他们的家族最终决定消除积怨走向和解。

•《小红帽》：小女孩不听母亲的劝告，在迷路过程中遇到了大灰狼。大灰狼已经吃掉了小红帽的外婆，但猎人最终将小红帽救了出来。

•《东区人》[①]：酒吧女郎爱上了自己丈夫的弟弟，恋人却在酒吧里对其拳脚相加，所以她最后觉得，最爱的人还是自己的丈夫。

这些都是发生在超级虚构世界的故事，《东区人》《加冕街》[②]等肥皂剧也属于故事，这没有什么不妥。如果我们要研究"如何让一个故事取得成功"这个问题，从周围世界进行思考是非常有益的。词典释义提到的"日常"是恰当的，事实上，我们一直在生活中讲故事。我们对故事习以为常：八卦、轶事、荒诞不经的事、彻头彻尾的

---

① 《东区人》系一部英国电视肥皂剧，首次在1985年由英国广播公司播出，曾是英国收视率最高的系列剧之一，全剧讲述的是阿伯特广场周围居民的故事。

② 《加冕街》系20世纪60年代英国出品的电视剧，主要描述劳工阶层人们生活的喜怒哀乐。该剧是全球电视史上播映最久的连续剧之一，至今仍有较高的收视率。

谎言、回忆、笑话、教学指导等。回忆一下我们用来描述和评论讲故事的那些短语:"他在给你讲故事""全部是事实,有且只有事实""那是一派胡言""这是个老套故事""现在你听我说"等等。

剧作家贝尔托·布莱希特①创作了一系列关于戏剧和讲故事的诗歌。在其一篇文章《论日常戏剧》中,曾建议演员牢记,讲故事的艺术建立在每天发生的日常活动之上,如八卦闲聊、讲历险记、报告事故、讲笑话、撒谎等等。演员们永远不应该忘记与现实世界的联系,从而超越剧院非自然状态的世界。作为作家,遵循布莱希特的建议是有益的:我们身边无时无刻不在讲述着故事,这是我们的财富,因为我们总能从中汲取营养。

练习 24 日常故事

参与者:个人(24 小时)

全天 24 小时,你都带着笔记本。记录你在这段时间内听到(或讲述)故事的方式②,或者故事的片段。不是记录电视、广播或报纸上的那些故事,而是记录你在家、工作场所、学校、公共汽车上、商店等场所现场听到的故事。

---

① 贝尔托·布莱希特为德国戏剧家与诗人,为现代戏剧史上极具影响力的剧场改革者、剧作家及导演,被视为当代"教育剧场"的启蒙人物,其剧作及戏剧理论对当代戏剧产生过轰动影响,并由此成为各国戏剧家的重要研究对象。

② 此处应该是故事的类型,包括此前提及的八卦闲聊、历险记、笑话、谎言等。

练习 25　即兴故事

参与者:各种团体,个人(每人 30 秒)

1. 写下这三样东西:水仙花、猫、厨房。
2. 用一句话将三样东西串联成一个简短的故事,且保持它们的顺序不变。以"昨天……"作为开头,定期地开展这类故事训练(参见示例 25.1)。
3. 试试这些词语:
   - 香蕉、足球、电话
   - 树、笔、河
   - 电视、鸡、床
   - 电脑、鳄鱼、烤面包
   - 书、鞋、企鹅
4. 尝试不同的开头
   - 今天我想……
   - 我不明白,为什么……
   - 世界将会变得更好(参见示例 25.2)。

示例 25.1

　　昨天我摘了一朵水仙花,但是猫把它吃了,然后猫在厨房里生了病。

示例 25.2

- 今天我想放一张香蕉皮在足球队长的鞋子下面,然后给报社打电话说我取代了他的位置。
- 如果我们能看到一棵树,那就用笔为它写一首诗,而不是把它砍下来送到河边的锯木厂,这个世界将变得更加美好。
- 我不明白,为什么电脑会给出所有关于鳄鱼的信息,但这并没有影响我继续烤吐司。

效果

写作创造意义。通过新的方式将已有词语组合在一起,我们就创造了新的意义、新的形象和新的表达方式。电脑、鳄鱼和吐司之间有什么关联?这个练习告诉我们:将看似毫无关联的事物组合在一起,我们可以创造出前所未闻的故事。

练习 26　接下来会发生什么?

参与者:各种团体,个人(10~15分钟)

所有的故事都会邀请我们提出问题。"接下来会发生什么?"这个基本问题是《小红帽》的核心,也是《俄狄浦斯王》的核心。故事越复杂,问题就越复杂。就《小红帽》这部作品来说,我们想知道小红帽能否逃脱大灰狼的魔爪。俄狄浦斯困境提出了一个重大同时也无法回答的问题。面对即将到来的灾难,我们感受到其来临的迹象，或者是面对灾难的无能为力，抑或是拒绝承认灾难来临的事实。最好的问题往往是那些能引发问题的问题。戏剧创作也可以看作是这样一个过程，即作家设置问题，然后观察这会导致什么其他问题。

1. 运用此前练习中的一些方法，快速构思一个人物。记下关于这个人物的两三件事：他们做什么，他们可能有什么特征，他们是什么类型的人物（参见示例 26.1）。

2. 写下一个关于这个人物的问题，可以是一个"大问题"或"小问题"（参见示例 26.2）。

3. 写下由第一个问题引发的三至四个问题（参见示例 26.3）。

4. 请不要试图回答任何问题。再就每个问题思考出这个问题所引发的三至四个问题。最后，你将会得到关于人物的大约二十多个大大小小的问题：他们是谁？他们在生活中做什么？

5. 选择那些对故事构思最有用的问题，甚至不要试图去想这个故事会是什么样子，你所做的一切只是探索"接下来会发生什么"。

6. 试着在这些初始问题后面再加上五六个其他问题。

- 这个学生为什么逃学？
- 护士把药藏哪里了？
- 老妇人想要见谁？
- 士兵从战场上带回来的是什么？

示例 26.1

他是一位银行经理。他很有好奇心，又谨小慎微。他不乐意被人愚弄。

> **示例26.2**
>
> - 银行经理的重大秘密是什么？（大问题）
> - 银行经理今天早餐吃了什么？（小问题）

> **示例26.3**
>
> - 谁在怀疑银行经理有事需要隐瞒？银行经理犯了什么错误？银行经理为什么害怕？
> - 银行经理的早餐在哪里吃的？银行经理吃完了他的早餐吗？银行经理吃早餐的时候在想什么？

练习27　故事的形态

参与者：各种团体，个人

所有的叙述都有一个形态，我们将在第八章中详细讨论这个问题。这是一个探索（圆形故事）故事形态的练习，这个练习可以用于团体或个人，作为创造一连串小故事的模型。

1. 大家坐在一起，围成一个圆圈。如果你是个人训练，那就画一个大圆圈。

2. 圆圈周围是故事中的一些人物，我们对这些人物一无所知。

3. 选择一件具有多种用途并且可以轻松拿在手中的常用物品，讨论这个物品可以用来做什么（它的主要用途和次要用途）（参见示例27.1）。

4. 列出一份清单,记录这个物品可能的易手方式(参见示例27.2)。

5. 将这个物品绕着圆圈顺时针移动,直至返回起点。

6. 每次物品易手时,描述或写下(a)它的用途和/或(b)它是如何易手的(参见示例27.3)。

7. 现在,你不仅完成了"物体之旅",而且会发现:围绕物体所发生的事件开启了戏剧性情境。考察其中的一些戏剧性情境,并用简短的笔记记录下来,你能推荐哪些有激烈冲突的情节?(参见示例27.4)

8. 故事中的每个情节是怎样扩展成为简短场景的?请讨论这个问题并记录下来。

示例 27.1

一把剪刀:

- 剪东西:头发、纸、布、绳子、糕点、蔬菜……
- 获取瓶盖,刺穿铁罐……
- 紧急用途:作为螺丝刀,作为打孔器……
- 做记号:在树上刻名字,在门上划痕迹……
- 伤人和杀人(此处的规则是,只能用一次剪刀,而且很可能是发生在最后的交换过程中)。

示例 27.2

被盗、丢失、作为礼物(生日、婚礼等)、出售、以物易物、扔掉、没收、交换、典当等。

示例 27.3

• 角色 A 正在为角色 B 剪头发。角色 B 离开时,她把剪刀偷偷放进自己的手提包。

• 角色 B 在机场,剪刀在她的手提包里。在安检处,角色 C 没收了剪刀,并将其装入自己的口袋。

• 角色 C 意识到他忘记了角色 D 的生日。他急忙把剪刀包起来,然后把它交给了角色 D。

示例 27.4

我们看到角色 A 在发廊里为角色 B 剪头发。角色 A 对剪发工作心不在焉,还吹嘘他最近的假期。角色 B 显然对剪发效果不满意,但角色 A 坚持说他剪得很好。角色 B 很不情愿地付了钱,然后趁角色 A 去收银台的时候,把剪刀放进自己的手提包。

效果

写作的过程就是一个设置问题并试图解决这些问题的过程。我们通过提出问题来进行叙事。问题越深入,故事就越复杂,也就越能让观众满意。

对　话

当我们阅读一部戏剧,印象最为深刻的就是对话,而且对话数量尤其多。我经常听到这样一句话,"我实在是害怕对话写作"。确实,坐在一张白纸(或屏幕)面前,等待着"对话"的出现,这样的想法本身就很可怕。通常情况下,戏剧不会像这样。在出现对话之前,情景、故事和人物就已经在作家脑海中基本形成,可能会出现一些演讲,一些对话,一些短语,但完整的场景只能从具有成熟人物的深刻故事当中自然地流露出来。对话往往在最后进行,但任何初始阶段都要有编写对话的信心,这也是非常有益的。这些练习可以自己独立完成,也可以与合作者共同完成。与此前一样,不要提前计划,只管写下去。

练习28　字母表一对话

参与者:各种团体,个人(5~8分钟)

1. 在页面顶端,写出 A—Z 的字母表。

2. 你要写出两个人物之间的对话。你不知道他们是谁,他们在哪里,或者正在发生什么事。

3. 每句话用一个字母开头,从 A 开始,一直到 Z(参见示例 28.1)①。

---

① 中文创作建议用声母表代替字母表,依照汉字拼音的首字母进行练习。

4. 对于 Q、X 和 Z，你可以破例：如果你找不到以该字母开头的单词，那就以在其他位置出现该字母的单词代替。

5. 看看 A—Z 的对话提供了什么线索，又揭示了什么问题。这两个人物可能是谁？他们可能是什么关系？故事里可能发生了什么事？故事可能是关于什么的？（参见示例 28.2）

示例 28.1

我在几年前曾管理一个大学生创作训练团队，下面就是该团队一名成员创作的一段对话：

甲：**A**nyone can swim. **B**y human nature.
任何人都会游泳。根据人类的天性。

乙：**C**an't be bothered really.
确实烦不胜烦。

甲：**D**on't give me that. **E**verybody can do it, I've said that already.
别跟我说这个。人人都能做得到，我已经说过了。

乙：**F**orget what you've said, you're wrong.
忘记你说过的话，你错了。

甲：**G**ordon can't swim, he'd sink.
戈登不会游泳，他会沉下去的。

乙：**H**ow do you know Gordon?
你怎么认识戈登的？

甲：**I** just do.
我就是知道。

乙：Just is a very inexact word.
　　"就是"这个词非常不明确。

甲：Kitchen is inexact, what's your point?
　　"厨房"这个词是不确切的,你想说什么?

乙：Leave it off, OK? Mind your own business.
　　别管它了,好吗? 管好你自己的事。

甲：No, come on, tell me.
　　不,来吧,告诉我。

……

示例28.2

根据引用的11行对话,我们可以联想到:甲乙是朋友,彼此之间存在激烈的竞争关系;他们与戈登也存在竞争关系,后来可能涉及游泳的悲剧性事件;这个故事的主题可能是友谊。

效果

字母表的"限制"训练有以下几个作用:

• 作为一项任务驱动型训练,它通过要求作者集中注意力完成任务,避免陷入"撰写对话"的精神困扰。

• 字母表训练提供了一个框架,对话必须在这个框架中进行。当然,A—Z只是一个基本的框架:正如我们将要看到的那样,戏剧场景直接影响最终结局。无论是多么简短的场景,字母表训练总是有它的"A"和"Z",因而也就有场景的开始和场景的结局。

• 字母表训练树立了这样一种理念:撰写对话并不是再现"现实生活"中人们的谈话。人们在"现实生活"中确实说过的话,我们可能听到并且在写作当中运用,但戏剧对话是人为构建的。作家利用"现实生活"存在的对话交流模式,但绝不是再现"现实生活"中的对话。在"现实生活"当中,没有人会像奥斯卡·王尔德戏剧中的人物那样说话,没有人会像塞缪尔·贝克特小说里的主人公那样独白,也没有人像电影《东区人》中的人物那样说话。这些人物的聪明之处在于——无论你是否喜欢他们——他们的对话"听起来很真实"。

练习29 与地点相关的对话

参与者:各种团体,个人(5~8分钟)

1. 回忆一下你居住的城市、城镇等。

2. 记录与该地相关的五个位置、五种颜色和五种事物(动物、植物或矿物)。你可以增加其他类别,如感觉、抽象概念等,使清单更为丰富(参见示例29.1)。

3. 按字母顺序重新调整这份清单(依据首字母)(参见示例29.2)。

4. 写一段对话,其中包含清单中的词汇,并且按照清单中的先后顺序出现。同样,当你开始写的时候,你并不知道人物是谁。看看与该地点关联的词语是否能给你一些线索,让你联想起他们可能是谁,或者发生了什么事情(参见示例29.3)。

1 起步与热身

示例 29.1

Brighton：Pier, Marina, Pavilion, Station, Beach, Green, Turquoise, Grey, White, Cream, Pebbles, Litter, Driftwood, Seagulls, Chewing gum.

布莱顿：栈桥、码头、展馆、车站、海滩、绿色、绿松石、灰色、白色、奶油、鹅卵石、垃圾、浮木、海鸥、口香糖。

示例 29.2

Beach, Cream, Chewing gum, Driftwood, Green, Grey, Litter, Marina, Pier, Pavilion, Pebbles, Station, Seagulls, Turquoise, White.

海滩，奶油，口香糖，浮木，绿色，灰色，垃圾，码头，栈桥，展馆，鹅卵石，车站，海鸥，绿松石，白色。

示例 29.3

甲：Do you fancy a walk down the beach?
你想去海滩上走走吗？

乙：Only if you'll buy me an ice cream.
除非你给我买个冰激凌。

甲：I paid for the chewing gum, it's your turn now.
我买了口香糖，现在轮到你了。

乙：Driftwood! That's all I am to you.

漂流木！对你来说，我就是这样。

Green stuff, grey stuff, I'm just a bit of litter chucked up by the sea.

绿色的东西，灰色的东西，我只是被大海抛弃的一堆垃圾。

甲：Who paid for that meal down the Marina? Who paid for the rides down the Pier?

谁支付了码头上的那顿饭钱？谁为码头上的游玩设施买了单？

Etc.

等等。

练习 30　填补空白

参与者：各种团体，个人（2~3 分钟）

1. 有三行对话：
你的母亲曾经来过这个地方。
请不要破坏规矩。
他们来了。

2. 你有两至三个角色。

3. 简要地检查一下这些台词，寻找诸如此类的线索：何人（Who）、何地（Where）、何事（What）等。

4. 撰写一则简要对话，其中必须包含这三句话，且要按照给定顺序依次出现（参见示例 30.1）。

5. 尝试一下：

这些天我极为孤独。

我的卧室需要粉刷。我想这是一朵蓝色的花。

和

狗躺在床上。

你在下午茶时间赶火车。它就在纸袋里。

示例 30.1

甲：你的母亲去世之前来过这个地方，她喜欢这里。

乙：爸爸，你答应过不再提到她。请不要破坏规矩。

甲：每次我们来到这里，我都忍不住……

乙：他们来了。泪水……

练习 31　词语清单

参与者：各种团体，个人（5～6 分钟）

此前，我们已经借助词语拓展过我们的想象力。在此，我们可以借助词语编造彻底的虚构对话。

1. 使用这个词语表：蓝色、火焰、电视、冰块、汽车、绿色、喜欢、雨水、食物、手、母亲、香蕉、历史、歌曲、战争、家、红色、报纸、希望、树木。

2. 撰写一段关于两个人物的对话。你既不知道他们是谁，也不知道当时的情况怎么样。人物对话应该含有清单上的词语，并且先后顺序应与清单保持一致。首先出现"蓝色"，接着出现"火"

等其他词语,如果这个词已经使用过,也可以在对话的任何地方再次出现。

3. 不要提前计划,直接从第一行开始写,看看这些词语把你引向何处。

示例 31.1

甲:I saw a sheep that had **blue** dye on it.
我看到一只羊,上面有**蓝色**的染料。

乙:Yeah, maybe it got burnt in a **fire** with blue flames.
是的,也许它是在有蓝色**火焰**的火中被烧死的。

甲:It could have rubbed up against a **television** when that blue movie was on.
它可能是在播放蓝色电影时蹭到了**电视**。

乙:Or someone could've spilt some of that blue **ice** drink on it.
也可能是有人把蓝色**冰**饮洒在了上面。

甲:I spray painted my **car** blue, then I got some on my leg—does that make me a sheep?
我把我的**汽车**喷成了蓝色的,然后我的腿上沾了一些——这会让我成为一只羊吗?

乙:Your car is **green**.
你的车是**绿色**的。

甲:You're avoiding the question.
你在回避问题。

> I **love** it when you do that.
>
> 我**喜欢**你这么做。
>
> Tell me if you think I'm a sheep.
>
> 如果你认为我是一只羊,请你告诉我。
>
> 乙:Well, stand out in the **rain** and if your skin shrinks, then maybe you are a sheep.
>
> 好吧,站在**雨水**中,如果你的皮肤收缩了,那么也许你就是一只羊。
>
> And if you are a sheep I'll give you a **hand** to find some grass.
>
> 如果你是一只羊,我会伸出援助之**手**,帮你找到一些草。
>
> ……

练习32　从十到一的对话

参与者:各种团体,个人(2~3分钟)

1. 现有两个人物,但不知道他们是谁。
2. 两人将有十句对话,但不知道对话会说些什么。
3. 第一行将有十个词语(单词),第二行有九个词语(单词),以此类推,直到第十行,只有一个词语(单词)。

示例 32.1

> 甲：Have you got any bananas for sale today, mister Smith?（10）
>
> 史密斯先生，您今天有香蕉卖吗？（10 个英文单词）
>
> 乙：Sorry, I don't have bananas, but I've got apples.（9）
>
> 对不起，我没有香蕉，但我有苹果。（9 个英文单词）
>
> 甲：Those apples you sold last week were rotten.（8）
>
> 你上周卖的那些苹果已经烂掉了。（8 个英文单词）
>
> 乙：So are you calling me a cheat?（7）
>
> 所以你说我是骗子吗？（7 个英文单词）[1]
>
> ……

效果

通过以上练习，我们明白了所有故事发展都贯穿这样一条核心原则：哪怕是最为简单的文本，也含有进一步完善的潜在种子。与作家一起创作剧本时，我发现向前推进的最好办法就是利用好文本已经提供的那些线索。人们通常会有这样倾向，觉得此前的思考和想法没有吸引力，便将它们置于一边不予理会。事实上，只有经实践锤炼，想法才会变得有趣，所以最重要的是不断去发掘，直到我们完全确认这些思考和想法实在没有作用为止。即使是这

---

[1] 楼梯式写作，字数越来越多，或者字数越来越少，依次递进。

种情形，此前的思考和想法也仍然可能会有一些价值。我们提交的任何书面文字都有价值和潜力，这是我们必须重视的事实。

情　节

虽然我们刚刚接触到对话，但对话往往是戏剧创作的最后一步。在完整的对话开展之前，人物、情境和故事就已经规划好了。这适用于长篇剧本创作者、小品设计团队，抑或是参加半小时写作课程的学生。获得了故事的初步想法，探索人物发生些什么事，再借助人物语言展示出来。如果完成了练习26中"银行经理的问题"，那你已经开始这个领域的探索了。

稍后，我们将详细探讨"故事"这个词的多种含义。现在，让我们更多地关注"接下来会发生什么"，也就是更多地关注"情节"。

> 情节：叙事或戏剧作品中的事件和情境范式，即经过选择和安排突出事件之间的因果关系，从而引发读者或观众的特定兴趣，如惊喜、悬念等。
>
> （《牛津文学术语词典》）

Plot这个词语本身也透露情节的基本含义：我们"策划复仇"（plot revenge），我们"在地图上策划要点"（plot the points on the map)。① 如果说"故事"是画面的全貌,那么"情节"就是故事的细节,即所谓的"情节点"。

练习 33　行程:门到门

参与者:各种团体,个人(10～15 分钟)

1. 如果是异地办公,请你想想从自己家门口到现在所处建筑物门口之间这段行程。如果是居家办公,请你出去走走然后回来。

2. 按顺序写下你在此过程中看到、听到或做过的十件事。将行程想象成一根晾衣绳,沿着这根晾衣绳依次挂上十件事。在你的行程故事中,这些事件就是你的"情节点"(参见示例 33.1)。

3. 与我类似,你的行程也很可能是例行公事,并且平淡无奇,所以请你沿着晾衣绳找一找,在何处插入一件没有发生过的事。就像此前关于"特征"的练习那样,把插入事件限定在你已设定的框架范围内(参见示例 33.2)。

4. 思考这件没有发生的事件可能具有哪些特征:不同寻常、神秘莫测、令人震惊、发人深省。

5. 在这个节点,将与新事件关联的新人带入故事之中。不要受火星人抵达地球、惊悚连环谋杀、与明星不期而遇这类描写的影响,而是要尽可能地确保你所描述的世界符合现实。

6. 根据新事件重写故事的最后部分。允许它去它需要去的地方;但你总是以进入你正在前往的门来结束(参见示例 33.3)。

---

① 英文 plot,其作为名词含义有情节、阴谋、故事情节、密谋、布局、(专用的)小块土地等;其作为动词的含义有密谋、暗中策划、设计情节、(在地图上)标出、绘制(图表)、绘制(曲线)等。

7. 列出一份问题清单,记录你希望这个故事目前所能回答的问题。

8. 列出一份事件清单,记录接下来可能发生的事情。

9. 就故事中的两个人物,撰写一段简要对话。

示例 33.1

这是今天早上发生在我身上的事情:
- 我离开家去了商店。
- 我看了看海。
- 我走过公园,看了看秋天的树木。
- 开始下雨了,于是我在一栋公寓的门廊里躲雨。
- 我决定卷一支烟,烟纸却是湿的。
- 我开始希望我今天没有出过门。
- 雨吹到门廊里了,所以我又继续走。
- 一辆汽车经过水坑,溅了我一身水。
- 太阳突然出来了。
- 在商店里,我买了一些酸奶和面包。
- 我决定买一块巧克力,让自己振作起来。
- 我回到了家。

示例 33.2

与示例 33.1 全部相同,直到开始下雨[①]:

[①] 此处的含义为,以示例 33.1 中的"开始下雨了,于是我在一栋公寓的门廊里躲雨"为界,示例 33.2 的前半部分与示例 33.1 相同。

- 开始下雨了,于是我在一栋公寓的门廊里躲雨。
- 门边有一把崭新的雨伞。
- 我正要去拿雨伞的时候,有人从公寓里走了出来。

示例33.3

- 门边有一把崭新的雨伞。
- 我正准备拿走它时,一个男人从公寓里走了出来。
- 那人指责我是小偷,然后将雨伞拿走了。
- 一位老年妇女从公寓里出来,寻找着她的雨伞。
- 我解释说有人拿走了雨伞。
- 她变得极为不安。
- 她向我解释说,公寓里有个男人骚扰她,还偷她的东西。
- 我将电话号码给了她,告诉她,我会代她给警察打电话。
- 她回到了屋里。
- 我试图卷起一支烟,烟纸却是湿的。
- 等等。

效果

这个练习告诉我们,没有必要舍近求远,在自己的家门口也能找到构成故事的要素。请你忘掉那些火星人、谋杀者和电影明星,转而关注自己的日常生活,基于日常生活创作故事。确保你创作出来的故事内容吻合现实,如果你确实需要在故事中出现小绿人①或者麦当娜②,那就要让虚构或现实的"超人"在故事中发挥恰当的作用。

这个练习也介绍了一个重要的创建故事的原理,我们将在稍后讨论这个原理:将事件放置在作品开头,从而开启这个故事。在这个示例当中,正是由于加入了被骚扰的妇女,会晤才产生了一连串戏剧性事件。

练习 34 情节和对话

参与者:各种团体(15~20 分钟)

    1. 团队成员按四至五人规模分成小组。

    2. 将每个小组设为一个"家庭"。

    3. 确定好家庭成员角色及其扮演者。

    4. "家庭"中的所有成员都在做些日常生活琐事。你可以选择一些家务事(在家里看电视),但考虑一下其他可能性:在公园野餐,观看狂欢节游行……

    5. 你将创建一系列固定的"情节瞬间"来展示整个故事。如同一连串的相机快照那样,这些固定的"情节瞬间"也是以静态图

---

① MSN Messenger 系美国微软 Microsoft 公司推出的即时通信软件,曾拥有大量用户,小绿人为 MSN Messenger 设计的人形图标,寓意"真实、可信、时尚、进取"。MSN 定位于职场即时通信工具,一度拥有大量用户群。随着移动互联网时代的到来,受 MSN 应用程序冲击而逐渐退出市场。

② 麦当娜·路易丝·西科尼系意大利裔美国女歌手、演员、词曲作者、儿童作家,吉尼斯纪录销量最高的女歌手和个人巡演收入最高的保持者,成为全球仿效的"百变女王"。

像形式存在的。这个故事涉及冲突如何产生且最终如何得到解决。请你集中关注心理层面所发生的事情,避免肢体冲突。

6. 事件的排列顺序如下：
- 所有家庭成员都投入各自的休闲娱乐活动当中。
- 一个误解或者分歧导致了不愉快的事情的产生。
- 事件导致了一场激烈冲突,且每个家庭成员都卷入冲突之中。
- 人们试图去解决这场冲突。
- 这场冲突最终得到了解决(参见示例 34.1)。

7. 各个小组向整个团队分享小组作品。

8. 选择其中一个小组的作品,展示出作品中一系列固定的"情节瞬间"。在这次展示的过程中,想象每个人物角色头上都有一个空白的"语音气泡"。

9. 听众可以针对"语音气泡"的具体内容提出建议(参见示例 34.2)。

10. 所有小组重复这个过程。

11. 现在,各个"家庭"小组将剧本写出来,在不限制故事发展的情况下,运用"语音气泡"练习中的提议,填补主要情节事件之间的空白。

示例 34.1

- 一家人正在海滩上野餐。
- 爷爷不让小女儿下海。
- 每个人都站在一旁。
- 父亲建议他们都去划船。

- 他们都脱掉鞋子,走到海边,划起船来。

示例 34.2

固定图像 1:一家人正在海滩上野餐。

女儿:等我们吃完饭,我们要下水吗?

妈妈:我从报纸上看到,那里的水不是很干净。

儿子:我可以再吃根香蕉吗?

爸爸:你已经吃两根了,最后一根是给你妹妹的。

爷爷:啊,这就是生活。

等等。

固定图像 2:爷爷不让小女孩下海。

女儿:我要到海里游泳。

爸爸:先吃你的香蕉吧。

爷爷:你待在这里,小丫头,别去那片肮脏的淤泥地。

儿子:是的,那是一片肮脏的淤泥地。

妈妈:确实,报纸上也是这么说的。

等等。

效果

我们现在明白,人物对话是如何支撑起一连串与情节相关的事件的。如果我们知道故事是什么形态,也知道戏剧时刻位于何处,那也就自然地产生了使故事变得更为丰满的人物对话。

主 题

如果说情节是"发生了什么",那么主题则是"关于什么"。

主题:在讨论文学作品题材内容时所运用的一个抽象概念。如果说用于描述题材的行动是具体的(例如"一个新来者在大城市的冒险"),那么用于描述主题的概念则是抽象的(例如爱情、战争、复仇、背叛、命运等)。一部作品的主题有可能是直接的,从作品中直接体现出来,但在大多数情况下是间接的,通过作品中反复出现的主旨大意表现出来。

(《牛津文学术语词典》)

《麦克白》的主题可能是"从荣誉加身到耻辱不堪——一个男人的人生旅程";《小红帽》的主题可能是"从安稳的家庭到广阔的世界——一名儿童的危险旅程"。

练习 35　从清单选择主题:单口相声

参与者:各种团体,个人(10~15 分钟)

1. 列出一份清单,其中包含 20~25 个词语,按以下类别分类。

• 十一件"对象"(动物、植物、矿物;自然或人类制造;不包括人)。

- 六种颜色。
- 五种感觉或心情(参见示例35.1)。

2. 现在再写一份清单,将不同类别的词语混合在一起,按字母顺序进行排列(依据单词第一个字母,也就是说,先写下以字母A开头单词,再写下以字母B开头的单词,等等)(参见示例35.2)。

3. 围绕特定主题或重大事件,例如"战争",写一篇演讲稿,练习需遵守两条规则:不能点名道姓地直接说出主题,并且清单中的词语必须严格按照先后顺序出现在演讲稿中。第一个出现的必须是"蚂蚁",最后一个出现的必须是"动物园"(参见示例35.3)。

4. 在此的建议仍然是,不要提前制定计划,直接投入就行,让清单中的词语引导你持续写下去。这些关键性词语是龙骨,而你所用的其他词则是龙骨之间的连接器。如果演讲稿看上去没有"逻辑意义",那你也用不着担心。其实,哪怕演讲稿毫无逻辑可言,或者稀奇古怪,只要它能让你发笑就行了,而且笑得越厉害越好。

5. 试着用相同的词语清单来探讨不同的主题:教育、艾滋病、忠诚、内疚、信任等等。千万不要在写作过程中提到主题名称,而是要让主题名称引导你去创设形象和选择表达方式。

6. 在相同词语清单练习完成之后,思考不同主题的实施是如何促进新意象的产生,以及前所未有的意象是如何形成的。

示例 35.1

Gun, Ant, Eiffel Tower, Moon, Desk, Cat, Grass, Answerphone, Bluebell, Zoo, Mat, Red, Green, Blue, Yellow, Pink, Black, Envy, Joy, Love, Hate, Misery.

枪,蚂蚁,埃菲尔铁塔,月亮,书桌,猫,电话答录机,蓝铃花,动物园,垫子,红色,绿色,蓝色,黄色,粉色,黑色,嫉妒,快乐,爱,恨,痛苦。

示例35.2

Ant, Answerphone, Bluebell, Blue, Black, Cat, Desk, Eiffel Tower, Envy, Gun, Grass, Green, Hate, Joy, Love, Mat, Misery, Moon, Pink, Red, Yellow, Zoo.

蚂蚁,电话答录机,蓝铃花,蓝色,黑色,猫,书桌,埃菲尔铁塔,嫉妒,枪,草,绿色,恨,快乐,爱,垫子,痛苦,月亮,粉色,红色,黄色,动物园。

示例35.3

我将上述词语清单给了一位作家,要求她围绕"战争"主题写一个短篇故事。那么,一只蚂蚁、一台电话和一株蓝铃花与战争有什么关系呢?她构思出这样一个开头:

蚂蚁爬过泥土,走向尸体。死者的手中握着一部电话。他的脚边是一朵被碾压的蓝铃花。

这是一个极为出色的示例:运用三个看上去并没有关联的词语打造出全新的战争形象。

练习36　从清单中选择主题：对话

参与者：各种团体，个人（每人3~4分钟）

使用相同的词语清单，围绕背叛、复仇、欺凌、死亡中的任一主题，写一段两人对话。再次强调一遍，不要在写作过程中提到主题名称，而且对话中的词语出现顺序应该与清单中的词语出现顺序相同。请记住这样一种真实状况：虽然主题只有一个（从未提及主题名称），但人物可能对这一个主题有截然不同的看法。

效果

这些练习说明，主题不仅可以被"谈论"，而且通常是以富有启发性和诗情画意的方式被"谈论"的，这与学术论文的"论述"截然不同。再一次，"限制性"清单训练从创新角度启示了主题创作。

场景/地点

故事地点即事件的发生地，它对精彩内容的讲述至关重要。正如我们此后将会看到的那样，地点不仅是叙述的背景，而且是故事的萌芽。正因为如此，故事才得以逐渐形成。

练习 37　物品和地点

参与者：各种团体，个人(5～10 分钟)

1. 想象有一个日常物品。
2. 将这个物品放到其通常不会被放置的地方(参见示例 37.1)。
3. 就这个形象进行提问，但不要尝试回答问题(参见示例 37.2)。
4. 思考："在此之前发生了什么？"再想想几个其他问题(参见示例 37.3)。

示例 37.1

形象：一台电视机放在半山腰上。

示例 37.2

- 这座山在哪里？它看起来是什么样子的？
- 现在是一年当中的什么时候？
- 现在天气如何？
- 这是一台什么类型的电视机？
- 电视机处于什么状态？
- 等等。

示例 37.3

如果这台电视机是被放在这座山上,在这样一个日子里,在这样一种天气状况下,处于这样一种状态,请思考如下问题:

- 它是如何到达那里的?
- 电视机的主人是谁?
- 他们现在何处?
- 是他们自己把电视机放在山上的吗?
- 还是别人把它放在那里的?
- 他们为什么要把它放在山上?
- 这座山有什么特别之处吗?这座山的历史,这座山的神话和故事,以及这座山所在位置有什么特别之处吗?
- 等等。

效果

我们已经意识到,"地点"可以成为独立角色。诚如我们此后将会看到的那样,地点可以是故事的积极参与者。如同对待人物那样,你也需要对地点进行彻底考察并展开充分想象。

一日之末

当你参与团队训练时,整理线索用以结束工作,这样做是极为有益的。这里给出一些建议。

练习38　创作是……

参与者：各种团体，个人（1分钟）

以"创作是……"作为开头，尽可能地写出更多的短语。

练习39　即兴创作要素

参与者：各种团体，个人（3～5分钟）

　　你刚刚被要求为当地剧院写一个剧本，遇到的唯一难题是，他们希望立即获得一些剧本相关信息。在接下来的几分钟内，如果你能拿出以下材料，他们就将剧本排练出来。
　　1. 两个主要人物的名字以及他们的具体情况。
　　2. 故事和部分关键性情节的发展。
　　3. 主题与主题如何发展。
　　4. 场景以及场景如何影响人物行动。

练习40　使演员满意

参与者：各种团体，个人（2～3分钟）

　　当地剧院计划排演你的剧作，拟请两个主要演员进行表演。现在你遇到的唯一难题是，演员们希望有一个示范性对话，以作为他们排练对话的参照。在接下来的几分钟之内，如果你能拿出确实具有原创性的对话,那么演员就会同意参与戏剧演出。请参照练习30。

练习41　一分钟戏剧

参与者:各种团体,个人(每人1分钟)

  1. 该剧自"你好"开始,至"再见"结束。纸板箱之于人物行动的意义重大。
  2. 该剧自"再见"开始,至"你好"结束。故事发生在一个停车场。
  3. 该剧自冲马桶的声音开始,至狗叫的声音结束。
  4. 该剧自有人跳舞开始,至有人哭泣结束。
  5. 该剧自措辞"我不懂"开始,至措辞"我还是不懂"结束。

语言和意象

  我曾经问过我的一个演员朋友,当他接到一个新剧本准备阅读之时,他期望从剧本中看到什么？他回答我说,首先,他要寻找一种诗歌的意境和掌控语言的感觉,核心在于词语、运用词语的方式以及句子是如何结合在一起的。尔后,他再去寻找极为出色且具有戏剧性的人物,或者是引人入胜的故事。他坚持认为,语言运用是第一位的:"如果句子沉闷乏味并且意象毫无生气,那么你就只有人物和故事。"作为一位作家,我们应该切实地意识到,我们正在创作陌生读者阅读、背诵或谈论的作品。如果作品不能给读者带来全新的语言体验,我们有什么权利向他们提供作品呢?

　　我一直在伦敦和一群人一起工作,团队成员均是为现场演出创作的新手。其中一个来自阿尔巴尼亚的年轻人希望能够提高自己的英语水平,便参加了团队的训练课程。起初,他在创作作品的时候,使用的不是"标准英语",还因此道歉。尽管如此,他运用语言的能力非常强,以至于我和团队其他人都说,他没有什么好道歉的。我们都说,没错,他确实需要学习正确的格式和语法(我们在这些方面帮助过他),但他绝不能失去他原本拥有的语言运用直觉和诗意。在项目结束之时,团队正是基于他的创作打造出了一个剧本。以下是团队剧本的一段摘录,这段文字就是由他创作的:

　　　　生活阻碍了我。这份爱在我心里。突然,它从我的灵魂中消失。我感到空虚、寒冷和悲哀。巨大而又冰冷的孤独在我周围堆积。它们倾泻出仇恨和愤怒。在一个被压扁成两极的球中,谁在茫茫宇宙维持着已知的空间,一只黑猫的嘶叫,孕育着充满仇恨的灵魂,黑色成熟的饥饿。他们渴了,他们饿了,我被咸咸的眼泪覆盖。他们在我的眼睫毛上超载,弄断了我的睫毛。有些东西在我体内被屠杀。我的灵魂正在挣扎。上帝啊,请帮助她、我们和我,以化解这种耻辱。来,来,饥渴的精灵,来喝我的血液,将毒液注入我的血管,让它成为最后的渴望。来,来,吃我的肺,来撕我的胸膛,让它成为最后的饥饿。

　　我把这段摘录给我的演员朋友看,他说:"完全正确。"
　　创作是一门技艺,而戏剧创作技艺则尤为苛刻。在开篇的第一章,我们已经着手研究过这门技艺的简单部分。在接下来的章节中,我们还将更深入地去挖掘、领会和掌握关于结构、人物塑造、情节等方面的知识,这些是戏剧创作的基础(无论是制作五分钟的小品,还是三幕悲剧均是如此),但至关重要的还是这位阿尔巴尼亚年轻人向我们展示的:从我们所使用的语言中创造新内涵的勇气和决心。

2　主题

　　戏剧主题可以用行动来描述：在意大利维罗纳市，一对年轻男女不顾家庭反对执意相爱，最终殉情而死（《罗密欧与朱丽叶》）。无论是一个主题还是多个主题，都是用更抽象的术语来描述的，涉及人类的普遍问题：爱情、复仇、责任、家族忠诚等（《罗密欧与朱丽叶》）。主题也可能蕴含在重大的社会问题或道德问题当中，在叙述中处于绝对中心的位置：当我们将狭隘的家庭责任置于社会整体健康之上，那会发生什么？

　　戏剧主题不一定会明确表达出来，但一定会融入戏剧情节中。《哈姆雷特》之所以被认为复杂，并不是因为它的主题复杂。事实上，这部作品的主题可以简洁地表述为："青年王子没有报复谋杀他父亲的凶手，这给整个宫廷带来了死亡和毁灭。"其复杂表现在主题如此之多，如此之密——自由意志的问题，疯狂的本质，个人的极限……我们可以说，《哈姆雷特》的主题是"关于"什么，但要最终确定"关于"什么东西，那就不容易了。

　　这个原则适合于所有的表演性文本。我曾经为一家英国公司创作一部大型社区戏剧，该剧讲述了一座众所周知的废弃大豪宅之历史（《仲夏夜之梦》首场演出就在那里举行）。在实地巡回演出中，剧中出现过当地的神话和传说、伊丽莎白女王一世、20 世纪的家庭。随着故事逐步发展，我们越来越意识到：在历史事件主题和当代事件主题之下，"谁在决定历史？"这个深刻的主题问题也在推进。还有一次，那是我和小学生共同编写他们部落冲突的史诗故事，"在什么情况下，对群体的忠诚会导致群体内部的矛盾？"这一重大问题开始浮现。

主题是故事"关于"的对象，我在第八章还将更详细地讨论。不过，无论是对个人还是对团队创作训练而言，一开始就接触并参与"主题"训练是非常重要的。只是说，就像其他表演性写作的技艺一样，主题相关技巧并不是"说来就来"。当构思故事框架并通过人物行为来充实故事框架时，你可能不会思考这部戏剧最为核心的重大理念。这可能是好事。正如美国剧作家山姆·夏普德①所说，"戏剧产生思想，但思想不能产生戏剧"。当你有了故事和人物之后，那也该看看你的探索理念，这个理念也可能是无意识的。不过，现在让我们看看，如何从一开始就设定主题，且将主题贯穿在整个剧作当中。

设置议程

剧本开头的交代旨在提醒观众，该剧的故事有什么令人期待之处。同样的道理，创作伊始就标示、透露或暗示全剧主题。你正在为即将到来的事情设置议程。

---

① 山姆·夏普德是一位集编剧、演员、电影电视导演于一身的全能艺人，为美国当代戏剧界重要戏剧家之一，一生著有40余部戏剧作品，其剧作以冷峻而诗意的超现实主义元素闻名，被认为是那个时代剧作家中最具原创性的人物之一。

练习42　开幕场景和主题

第一部分

参与者:各种团体,个人

1. 从一部知名的古典戏剧或者现代戏剧当中,选择一个开幕场景。

2. 通读一遍,找出其中的关键词或主要表达方式。不要将注意力放在故事或人物上面,而是要关注这些词语。在此没有对错之分;你要找的是那些在你看来有意义的词语。

3. 把所有词语都写在清单上面,如果你拿的是剧本的复印件,那就把词语圈起来。有些词语可能会多次出现,这种情况每次都必须记录下来(参见示例42.1和示例42.2)。

4. 你会发现词语之间具有关联,可以根据相同的问题、主题等进行分类。请你将词语重新分组归类。同样没有对错之分,你根据你的直觉分组归类。如果你是参与团队训练,那请看看不同团队成员的词语清单,比较不同团队成员对主题的看法存在哪些共识和分歧,这样做是非常有趣的(参见示例42.3和示例42.4)。

5. 在该练习的基础之上,辨别戏剧场景揭示了哪些重要主题(参见示例42.5和示例42.6)。

示例42.1　《海鸥》,安东·契诃夫著

黑色,不幸,丧事,生命,健康,父亲,富裕,小康,生活,卢布,养老金,扣除,丧事,金钱,贫穷,幸福,母亲,姐妹,兄弟,工资,

---

卢布,吃,喝,茶,糖,烟草,刮,节省,表演,玩,爱,灵魂,创造,艺术,灵魂,爱,渴望,一无所有,冷漠,金钱,家庭,结婚,感动,爱情,鼻烟,雷雨,哲学,金钱,不幸,衣衫褴褛,乞丐。

示例 42.2 《论诚实的重要性》,奥斯卡·王尔德著

演奏,先生,演奏,演奏,表达,钢琴,科学,生命,先生,科学,生命,黄瓜三明治,女士,先生,勋爵,先生,餐饮,先生,瓶子,香槟,消费,瓶,品脱,成为单身汉,仆人,饮料,香槟,质量,葡萄酒,已婚家庭,香槟,一流,婚姻,意志低沉,已婚,家庭生活。

示例 42.3 《海鸥》

- 黑色,不幸,丧事,丧事,一无所有,冷漠,雷雨,不幸。
- 生活,健康,生活,快乐,表演,玩耍,创造,艺术。
- 父亲,母亲,姐妹,兄弟,家庭。
- 富裕,舒适,卢布,养老金,扣除,钱,穷人,工资,卢布,刮,攒,金钱,金钱,破布,乞丐。
- 吃,喝,茶,糖,烟草,鼻烟。
- 爱,灵魂,灵魂,爱,渴望,结婚,感动,爱。
- 哲学。

示例42.4 《论诚实的重要性》

- 演奏,演奏,演奏,表达,钢琴。
- 先生,先生,女士,先生,主人,先生,先生,仆人。
- 科学,生命,科学,生命。
- 黄瓜三明治,餐饮,瓶子,香槟,消费,瓶子,品脱,饮料,香槟,葡萄酒,香槟。
- 成为单身汉,已婚,家庭,婚姻,已婚,家庭生活。
- 质量,一流,意志低沉。

示例42.5 《海鸥》

根据所提供的证据,我们概括出作品的四个重大主题:死亡、金钱、爱情和艺术。

示例42.6 《论诚实的重要性》

根据所提供的证据,我们概括出作品的三个重大主题:社会等级、婚姻和消费。

效果

从上述示例来看,作家都会在文本中加入一些词语或者词组,用以表现重大或常规主题。戏剧文本当然不会具体阐明主题,但就像精心设计人物行动所能解析的那样,主题也被嵌入开场的对话中。我们可以把这些看作是作家针对此后内容的"设置议程"。每位作家都会用不同方式处理作品,但你贯彻这个基本原则是有好处的。

第二部分

从我的示例当中任意选择一个清单,写一段两至三人的对话。对话中必须出现清单中的全部词语,且词语必须按照清单所列先后顺序出现。

"主题"是叙事所扎根的土壤。"题材"是被行动充实的叙述。"议题"连接主题和题材两个领域:基本上是"大家感兴趣的话题或者是供讨论的话题"。我们在接下来的一章还将探讨,在表演性叙事作品创作过程中,议题和主题如何相互影响。

3 议题

当代社会问题剧或政治问题剧目的在于引导或鼓励变革,这一认知在全球各地根深蒂固。问题剧不仅形式多样,而且背景多元。在印度,我看到演员们在棚户区为数百人演出,戏剧主题接近观众生活:妇女地位不平等、政府腐败、公共交通拥堵不堪等。在巴西,奥古斯托·鲍尔开创论坛剧场,邀请观众参与舞台行动,进而影响辩论结果。问题剧被当成社会变革工具,出现在工厂、社区甚至是与巴西政府的斗争当中。正因为如此,我们应该记住:"剧场"和"戏剧"并不一定在舒适的艺术中心安家,它们总是同社会和政治斗争有历史联系。那些有意识的戏剧教育活动,通常不被注意或没有被记录下来,但这些运动在我们的技艺中占据着中心位置。在过去的几十年中,英国的团体和个人通过戏剧创作表达他们的关切,从而引发更大范围的社会关注:出狱者谈论监狱状态和司法系统缺失;流浪者表示他们不仅仅是一个标签;黑人和亚洲艺术家创作自己的叙事作品并形成一定的作品风格。这些案例可以在不同程度上证实,我们需要借助富有想象力的表演能力,才能够向公众展示出"议题"。

20 世纪 70 年代,英国最早出现一种将作品置于教育环境中的戏剧形态:教育戏剧(Theatre-in-Education,TIE)。这类戏剧通常是"单一问题",通过包含丰富的信息和极具启发性的方式提问,同时在提问前后进行讨论。在课堂上,教师通常不是直接表达,而是借助戏剧形式强而有力地表达出对现实问题的关注,这些问题包括种族关系、欺凌、性行为、毒品、艾滋病等。早期教育戏剧通常是集体创作的,并且更倾向于提供更多的"信息",而不是复杂故事和人物心理。随着运动的发展,教育戏剧造就了几代作家。现在它不仅被视为"起点",而且被当成创作领域,一个能够找到最优秀和最具价值戏剧的创作领域。有人曾对我说:"你不觉得'议题'方面会有拘束吗?"我的回答是,亨利克·易卜生不会觉得写地方政府腐败问题存在拘束[1];萧伯纳不会觉得武器制造问题存在拘束[2];詹姆斯·鲍德温不会觉得写种族主义问题存在拘束[3]。

在这一章,我们将探讨几个"基于议题"的创作项目,同时探讨如何以一种富有想象力的方式,将看似枯燥的主题转变为完整的戏剧表演。

处理议题

在接下来的训练当中,我们将探讨看似具有束缚性的议题如何转换成原创性戏剧。在很多方面你都可以用到它:

---

[1] 亨利克·易卜生为挪威戏剧家,系欧洲近代戏剧的创始人,揭示官员腐败的《人民公敌》为其代表性剧作之一。

[2] 乔治·伯纳德·萧为爱尔兰剧作家,为近代杰出的现实主义戏剧作家,幽默与讽刺语言大师,积极的社会活动家。1925年因作品具有理想主义和人道主义而获诺贝尔文学奖,揭示战争残酷性的《武器与人》为其代表性剧作之一。

[3] 詹姆斯·鲍德温系美国黑人作家、散文家、戏剧家和社会评论家。作为一名黑人和同性恋者,鲍德温的不少作品关注美国种族和性解放问题,代表性剧作《黑人怨》主要揭示种族不平等问题。

- 用于促进个人剧本创作。
- 用于促进团队（如你的班级）合作剧本创作。
- 用于工作坊作为参考案例。

交通运输工具

练习43　项目的背景

参与者：各种团体，个人

首先，我们需要阅读两份假设材料。

假设1. 委托

你受一家剧团委托，前去一个学校创作剧本。这是你的创作简报：

- 该剧面向11～13岁孩子创作。
- 全剧为一堂课时长；50～55分钟。
- 你可以有三位演员。
- 该剧涉及年轻人极其关切的问题，并以此为中心进行叙述。
- 当地学校已经加入你的研究和探索当中，观看该剧的学生也能够参与创作过程。你同学校的师生花费一段时间，围绕两个领域展开详细讨论：(a) 戏剧的主题事件；(b) 创作过程的故事构思。
- 这些学校今年参与了以"交通运输工具"为主题的教育项目。
- 该剧及其创作过程均被纳入交通运输工具教育项目，巡回演出资金也由教育项目支出。

• 你可以自由决定研究主题的某个方面,并将其纳入研究和创作过程。

假设 2. 自行车

• 你将自行车作为首选交通运输工具。你之所以这样做,是因为该剧至少要将一个年轻人物角色放在故事的核心位置。虽然许多学生可能没有自行车,但自行车理论上是这个年龄段能够驾驭的交通工具。将一辆自行车搬进学校礼堂,这比搬动汽车或飞机要容易得多。

• 将设计好的研究练习带到学校。这个设计应该(a)尽可能地激发学生多样的学习兴趣;(b)开始就故事情节提出可行性建议。

练习44　关于自行车

1. 写下一个清单,列出制作自行车的全部材料(参见示例44.1)。

2. 写下一个清单,列出这些材料可能的来源(参见示例44.2)。

3. 写下一个清单,列出哪些人可能参与了材料的获取或制造,他们的社会地位是什么样的,他们可能赚多少钱,他们工作的状况可能是怎样的(参见示例44.3)。

示例44.1

钢铁、橡胶、皮革、塑料、石油……

示例44.2

马来西亚橡胶、中东石油、英国皮革……

示例44.3

马来西亚橡胶种植园工人：工资低，地位低，没有就业保护。

工厂钢铁工人：体面的工作，定期工作，但受到工厂破产威胁。

石油公司老板：社会地位高，工资很高，但总担心利润下滑。

……

练习45　自行车形象

描述大量的自行车形象（或者收集自行车图片），越多越好。想一想现代世界的、历史上的，以及全球各地的自行车形象。想一想自行车的用途。

示例45.1

大奖赛，双人自行车，一分钱，中国工人成群结队地骑车上班，山地自行车，难民们的随身物品堆积在自行车上……

练习46 作为象征的自行车

车轮是自行车的主要部件。车轮是圆的。记录一下,当说到"circle"①或"circular"时,我们能联想到什么?单词、图像、短语、文化符号、社会事件、神话等等。越多越好。

> **示例46.1**
>
> 月亮、太阳、季节、旋转木马、"有得必有失"、马戏团圆环、婚礼戒指、窗帘环、圆圈舞、幸运之轮等等。

练习47 自行车的问题

记录一份清单,列出自行车可能出现的问题。

> **示例47.1**
>
> 刹车失灵,轮胎爆裂,车轮打滑……

效果

在(虚拟的)学校研讨会上,你用不起眼的自行车打开了一扇

---

① "circle"有多种含义:圆圈,圈,圆,圆形;环,圆周;圆形物,环状物,弧形楼座;圈子,阶层,圈界等。"circular"也有多种含义:供流通和传阅的通知、通告;派给多人的印制广告,传单。

思维的窗,了解课程中的大多数主题:历史、地理、经济、神话、社会结构等等。你还收集了大量原始素材,一个创造性叙事作品将从这些材料起步。

练习48 自行车和故事

利用以上所有研究,写下故事构思,其中自行车和年轻人居于事件的核心位置。如果你无法写出具体细节,或者没有想到结局,那也没有关系。尝试去寻找事件的主要冲突,并使自行车置于中心位置。有些内容会非常充实,但有些可能只有几行。

示例48.1

这是我在研讨会上提出的一个真实故事构思。我在新加坡与一群作家共同工作,其中一些人想为学校撰写剧本。当谈到自行车形象练习时,一位作家决定创作这样一个故事,人物主要是一个年轻的日本士兵和一个12岁的马来西亚男孩。这名士兵的自行车坏了,因此落单被困。附近有一个无人居住的村庄,村庄里只有这个12岁的小男孩。小男孩是一个孤儿,他的梦想是去英国。他从一位英国传教士那儿得知英国一年"四季分明",而马来西亚不同,气候一年四季都差不多。男孩能背诵华兹华斯关于水仙花的诗句。士兵也知道这首诗,因为士兵曾在大学里面学过文学。士兵的梦想是成为一名诗人。在男孩帮助士兵修理自行车的过程中,他们对彼此有了一定了解。原来,士兵并不想打仗,但他此前从未告诉过任何人。男孩决定,等战争结束之后和士兵一起去英国。由于担心村民会回来报仇,士兵很焦虑。男孩似乎在故意放慢维修速度,他希望士兵能躲在村子里,直到战争结束。时间过得很快,余下的时间不多了,士兵对男孩极为生气……

效果

在上述示例中,坏掉的自行车是士兵和男孩之间短暂友谊的催化剂,也是美好梦想即将破碎的隐喻。通过生活、战争和想象暗示"旅行"是一个主题。如果充分开发和编写,该剧会含有关于战争的历史细节,并且提出关于战争的问题。该剧涉及种族偏见(一个不想打仗的日本士兵和一个引用英国诗歌的马来西亚乡村男孩)。该剧引发一个问题,实用技能(维修自行车)和创造力(诗歌)哪个更为重要?

练习49 更多的议题

请运用这个范例或者范例的变体探索其他议题或者话题。例如,毒品、艾滋病、当地历史的某个方面、捕鱼业、欺凌等等。如同上述示例中的故事构思,我们期待创作出一个新鲜而复杂的故事,而不是一本立体的小册子。

健康项目

下面的作品可以作为大型社区戏剧的范例。

练习 50 项目的背景

参与者:各种团体

我们再一次从阅读假设材料开始。

假设 1. 社区戏剧

你在一个地方政府工作,接受了一部大型社区戏剧创作任务,现需解决以下问题:如何打造一个健康的社区?

假设 2. 社区

为了研究和推动构思,你将与该地区具有代表性的各行业人士开展合作,如卫生工作者、居民、教师、社区工作者、学生等,此外也要兼顾年龄、体能、阶层、种族等方面的多样性。

假设 3. 过程

戏剧构思和部分文本来自一个在周末举办的创作研讨会。你将与一个团队开展合作,其中包括一名导演、一名动作艺术家、一名设计师和一名音乐家。你的职责是引领作品,包括构思故事和撰写文本。在这之后,你将继续完善文本,将其打造成叙事作品。

练习 51 开始行动

与你一起工作的许多人,他们都没有在此状况下写东西的经历。选择第一章中的部分"开始"练习。如果有帮助的话,你可以根据项目题材调整这些练习。例如"社区"和"健康"(参见示例 51.1 和示例 51.2)。

示例 51.1　社区

从第一章开始,完成练习3(第一部分至第三部分)。这有助于为参与者创造一个公平的环境,以便他们分享经验和记忆,也有利于参与者将训练聚焦于自己生活的地区。

示例 51.2　健康

写一份20～25个词语的清单,从中选择那些与"健康"(或者相反)有关的单词,直接或间接相关均可。例如,护士、床、空气、信心、天空、微笑、香烟、信任等等。

练习 52　普遍需求

1. 独立列出一份清单,尽可能多地记录维持生命的必需品(参见示例52.1)。

2. 在小组当中,比较不同成员的清单。请记住,我们是为了维持生命,寻找的是普遍且必需的物品。圈出那些不符合这些定义的词语(参见示例52.2)。

3. 在小组当中,看一看清单上所有未被圈出的词语。找出10～12个你认为维持生命普遍且必需的物品。使用记号笔,在每一张A4纸上写下一个词语,直至写出全部词语①(参见示例52.3)。

---

① 英文原文为:"使用记号笔,按照大写格式,在每一张A4纸上写下一个单词,直至列出全部单词。"

4. 现在每个小组都有 10~12 张写有关键词的 A4 纸。接下来在地板上为它们绘制一张地图。该地图将由同类事物的词语聚合而成。这个过程需要慢工出细活。首先由一个人开始，然后第二个人加入，以此类推(参见示例 52.4)。地图的布局可以反复协商并不断调整。最终所有团队成员，就普遍需求清单达成一致。写出最后的清单(参见示例 52.5)。

示例 52.1

　　爱、食物、水、温暖、交流、创造力、触觉、光、避难所、空气、灵性、空间、绿色植物、自我表现、运动、他人、隐私、反射、金钱、希望、梦想、好奇心、欲望、健康、笑声、性、教育、刺激、名字、身份、自我价值、音乐等。

示例 52.2

- 他人：在各个时代都存在完全脱离社会的人。
- 绿色植物：有些文化位于没有绿色植物的地区。
- 隐私：在某些文化中，西方的"隐私"概念没有任何意义；在拥挤的监狱里，生活仍在继续。
- 等等。

示例 52.3

　　食物、水、光线、避难所、空气、灵性、运动、希望、刺激、身份

示例 52.4

一张地图,加上每个人的贡献,可以是这样的。

食物	氧气	保护	
水、粮食	空气、光线	避难所、温暖、休息	
交流	空间		
教育、爱	隐私、自我表现		
运动	身份	灵性	创造力
		超越	梦想、希望、刺激

示例 52.5

最后的清单可能是:粮食、空气、光线、休息、创造力、身份、超越、爱、交流、避难所、创造力。

效果

我们从非物质需求的角度定义"健康"。人们对创造性和精神性的需求,与对食物和住所的需求是一样的,二者都是必需的。在解决"我们如何建设一个健康的社区?"这一问题的过程中,我们将全方位地探索人们的需求。

练习 53 满足需求

1. 辨析每一项需求,标注出(a)真实需求和(b)非真实需求(参见示例 53.1)。

2. 找出该地区或社区哪些地方可以提供这些需求(包括真实需求和非真实需求),以及如何提供(或不提供)(参见示例 53.2)。

3. 本步骤使用第二章中的练习 22。以小组为单位进行训练。想一想你所居住的地区。想一想可能生活在你所在社区的某一类人。为这一类人画一张缩略图。

4. 判断一下,他们如何度过一天。写下(a)当天真正得到满足的三项真实需求,和(b)当天未能得到满足的三项非真实需求(参见示例 53.3)。

示例 53.1

- 食物:水(真),可乐(假)。
- 空气:未受污染(真),空调(假)。
- 灯光:自然(真),霓虹灯条照明(假)。
- 休息:午睡(真),安眠药(假)。
- 创造力:自己跳舞(真),模仿流行歌手的动作(假)。
- 身份:说出你的想法(真),说出你认为能取悦别人的东西(假)。
- 等等。

示例 53.2

- 当地商店里有矿泉水,但学校里有可乐自动售货机。
- 有一座山,可以吹到新鲜空气,但它的三面都被高速公路包围。
- 这里没有高大的建筑物,所以阳光无处不在,但晚上的路灯挡住了观看星星的视线。
- 这里有一些创造性的晚间课程,但要比租赁一个录像带过夜的花销要贵。
- 等等。

示例 53.3

- 她在一间有空调和条形照明灯的办公室里工作了一整天,她在这一天喝了三罐可乐。
- 她晚上去参加一个现代舞教学班,随后在酒吧里喝了矿泉水。当有人发表种族主义言论时,她对发言者表示质疑。

效果

我们现在开始确定(a)当地社区特有的"健康"特征,以及确定(b)社区内可能存在的人物和他们如何满足自己的基本需求[①]。

[①] 在此之前的示例52的"效果"部分已经提到"我们如何建设一个健康的社区",在解决这个问题的过程中,我们将全方位地探索人们的需求。作者在此是指,正如示例53所说明的那样,建设"健康"社区的目标与人们满足自己需求的方式存在矛盾和悖论。

这两种情形不仅存在矛盾和悖论,而且这个矛盾和悖论极为有趣。当前你已经具备了叙述基础:在可靠的、戏剧性的情境框架之内,去解决居于创作项目核心位置的实践议题。

我们现在将研究另外一种拓展辩论/讨论领域的方法,看看这种方法在生成主题过程中如何发挥作用。

变议题为主题

在遇到"议题"的时候(无论是在课堂上、餐桌旁还是在写作团队中),人们都倾向于发表自己的观点,如果让事实证据作为观点的支撑,那么这将会使所讨论内容更为明确。尽管如此,如果我们不仅希望作品为主题服务,而且希望创作出一部令人满意的深刻作品,那么我们还必须尽力超越表层次的议题,探索更深层次的主题。本章的第一个练习将为如何实现这一目标提供范式。这篇练习运用本书中出现的一个技巧,从而完成将议题转化为主题的任务:先提出问题,再引出其他问题。

练习54 引发问题的问题

参与者:各种团体,个人

1. 列举一个具体的议题:这个议题能够解决一个引发社会关切的重大问题(参见示例54.1)。

2. 写下这个议题在你脑海中引发出来的三个问题(独立完成)。这些问题可以是直截了当的提问,也可以是反问形式的提问

(参见示例54.2)。

3. 针对第二步中的每个问题,再写下由它们引发的三个问题。现在你有九个新问题了(参见示例54.3)。

4. 对于第三步中的每个问题,照样写下由它们引发的三个问题。对你来说,这些问题可以是极为个人化的,哪怕看上去与此前问题的关联性不强也不要紧。这是一件好事。相信你的直觉,始终牢记你不是寻求答案,而是要使问题越来越多,越来越广。现在你有二十七个新问题了(参见示例54.4)。

5. 将每一个问题写在一张纸上。在地板或墙壁上制作一张问题地图。在问题地图当中,产生了哪些问题群组?暗示出哪些具有广泛性和普遍性的主题?

6. 从所有的问题群组当中,圈出三个或四个关于"儿童权利"且具有广泛性和普遍性的问题群组,这些问题群组也许会暗示(a)合适的叙述和(b)普遍的主题。

示例54.1

年轻人的权利。
- 活体动物和科学研究。
- 时尚服装和"血汗工厂"劳工。

示例54.2

年轻人的权利。
- 年轻人有权利吗?
- 什么是权利?

- 什么是"年轻人"？

示例54.3

年轻人有权利吗？
- 年轻人应该有权利吗？
- 年轻人有义务吗？
- 年轻人在乎他们有没有权利吗？

什么是权利？
- 谁决定我们所拥有的权利？
- 如何知道我所拥有什么权利？
- 我能决定我想做什么吗？

什么是"年轻人"？
- 年轻比年长好吗？
- 为什么"年轻人"被看作是一个问题？
- 我们所说的"青年文化"是什么意思？

示例54.4

年轻人应该有权利吗？
- 什么让你感到快乐？
- 我有获得幸福的权利吗？
- 年轻人应该有多少钱？

年轻人有义务吗？
- ［你自己的例子］

- [你自己的例子]
- [你自己的例子]

年轻人在乎他们有没有权利吗?

- [你自己的例子]
- [你自己的例子]
- [你自己的例子]
- 等等。

效果

- 通过不断拓展询问范围,我们开始意识到,与议题相关的主要话题包含丰富的主题:幸福、年龄、文化、权力、责任、知识等。通过这样一种提问但不回答的范式,我们深化了对主要话题的思考。
- 在大型团体创作当中,这种方法特别有用,因为在团体创作过程中,可能会存在各种各样的意见,同时这些意见需要被接纳、被探索,甚至是被质疑。与即兴式回复的问题答案和解决方案比较,大量问题更加能够反映出真实的感受和态度。

在第二章和第三章中,我们已经探索过整个叙事的演进,包括个人创作和团队创作两种情况。作为整个叙事进程的一部分,我们参考了第一章中的部分练习。在接下来的章节中,我们将仔细研究如何创作出完整的表演文本,以及表演性戏剧叙事的基本原则。

4　塑造人物角色

在第一章中,我们已经探讨过如何利用日常生活中触手可及的素材来塑造虚构性人物。在此,我们开始探讨"人物"的组成部分:内在和外在生活、个人历史、性格特征等。现在,我们将创造一个圆形人物,整个戏剧性叙述文本将由这个圆形人物故事发展而来。

本章全部练习既可供个人创作使用,又可为团队合作提供支持。

如何具体描述人物

我们将从极为成熟的剧本开始,看看作者是如何向我们展示"人物"的。在此选择安东·契诃夫的《海鸥》和阿瑟·米勒的《推销员之死》作为分析案例。[1] 你在完成这个练习时,也可以选用其他文化背景的知名剧作。

---

[1] 《推销员之死》是美国剧作家阿瑟·艾许·米勒创作的两幕剧,作品描写有30余年经验的推销员威利,幻想通过商品推销得到不切实际的名望,以至吹嘘、夸耀、谎言连篇,结果至死都未能功成名就,而且对失败原因浑然不知。该作被誉为"战后美国最伟大的剧作",为米勒赢得了托尼奖、普利策奖和纽约剧评界奖。

练习 55　关于人物的事实

参与者：各种团体，个人

1. 从几部大型戏剧中挑选一个开头场景。
2. 再从所选场景当中确定一个主要人物。
3. 仔细阅读剧本，在此基础上记录我们对该人物的了解。(a)人物 X 对自己的评价；(b)其他人物对人物 X 的评价(参见示例 55.1～示例 55.4)。
4. 要求从戏剧文本当中，寻找到具体证据并记录下来。请注意，我们要寻找的是作家给出的关于这个人物的事实，而不是我们对这个人物"可能是什么样"的看法或猜测①。

示例 55.1　《海鸥》玛莎对自己的评价

在戏剧《海鸥》的开场中，(教师)梅德维登科和年轻女人玛莎有一段交流。让我们看看，玛莎在这次交流中透露出了什么。

- 她觉得，自己的生活极为不幸。
- 她认为，哪怕是一名乞丐也可以得到幸福。
- 梅德维登科爱她，她非常感动。
- 她无法回报梅德维登科的爱。
- 她吸鼻烟。

---

① 此处意为，寻找的是基于戏剧文本的事实证据，一方面是指事实，而不是观点或者看法；另一方面是强调文本证据，而不是猜想或者推测。

示例55.2 《海鸥》梅德维登科对玛莎的评价

- 她总是穿黑色衣服。
- 她的父亲并不富有,但也不差钱。
- 她与梅德维登科没有灵魂交集。
- 她对梅德维登科表现得很冷漠,尽管梅德维登科每天步行三英里去看她。

示例55.3 《推销员之死》威利对自己的评价

在《推销员之死》的开场中,威利·洛曼(一个巡回推销员)结束工作后提前回家。他正在和妻子琳达交谈。这些是他在交谈过程透露出来的与他有关的事情。

- 他累得要命。
- 他无法[开那么远的车去上班]。
- 他突然不能再开车了。
- 他穿的鞋垫使他痛不欲生。
- 他有许多奇怪的想法。
- 他是一个新英格兰人,而不是一个纽约人[在他工作的时候]。
- 他应该在第二天早上见到他的老板。
- 他工作了一辈子才把房贷还清。
- 那天早上,他没有对自己儿子发脾气。
- 他不记得自己在离开前是否向儿子道过歉。
- 他认为他儿子在浪费他的生命。

- 他认为他的儿子很懒。
- 他想知道为什么他儿子要回家生活。
- 他准备劝说他儿子成为一名销售员。
- 他更加喜欢瑞士奶酪,而不是美国奶酪。
- 他总是遭到别人驳斥。
- 他曾经和他的儿子一起在花园里荡秋千。
- 他不断回忆起他们终于有个像样的花园的日子。
- 他认为人口已经失去控制。
- 他的后盾与支持来自琳达。
- 他再不会和他儿子吵架了。
- 他相信他的儿子。
- 1928年,他有了一辆红色的雪佛兰[汽车]。

示例55.4 《推销员之死》琳达口中的威利

- 他看起来极为糟糕。
- 他从没有更换过眼镜。
- 他现在的状态不能持续下去。
- 他的思维过于活跃。
- 他没有理由不在纽约工作。
- 他已经60岁了。
- 他太包容了。
- 那天早上他对儿子发了脾气。
- 他的儿子很佩服他。

效果

在上述示例当中,我们拟定一系列关于人物的详尽"事实"。

- 他们穿什么衣服(黑色衣服、鞋垫)。
- 他们喜欢什么(鼻烟、瑞士奶酪)。
- 他们的经济状况如何(既不富裕也不差钱的家庭的女儿、挣扎拮据的推销员)。
- 他们的内心世界是怎样的(觉得自己生活极为不幸、有许多奇怪的想法)。
- 他们的个人关系是怎样的(对爱慕者的冷漠、对儿子的关心)。

其中部分"事实"包括人物持有的观点和信仰(或者,当前看来是持有的),他们保留的记忆,等等。这些也让我们开始感受到人物的矛盾性。玛莎允许梅德维登科每天见她,却对他漠不关心;威利声称他没有对儿子发脾气,但琳达说他发了脾气。这些充满矛盾的"事实"看似随意地放在文本当中,但事实并非如此。这些"事实"都经过作家的刻意选择,其目的是使我们感受到人物个体的独特与复杂。玛莎不是一名普通的年轻女人,她对一个年轻男人的关注无动于衷,她总是穿黑色衣服并且吸鼻烟;威利不仅是一位疲惫的巡回推销员、一个整日为自己的儿子感到担忧的父亲,他还是个1928年穿着鞋垫和开红色雪佛兰汽车的男人。

契诃夫和米勒都以事实细节的具体明确作为写作目标,所以这也是你塑造所有戏剧人物时所要完成的任务。具体明确也可能表现在灵魂或精神的"宏大事件"方面(玛莎觉得自己生活极为不幸,威利有许多奇怪的想法),但它也存在于日常生活琐碎小事当中(鼻烟和鞋垫)。

这两部戏剧都是自然主义创作模式,即在符合常理的社会环境当中展示人与外在环境和内在情感的冲突。那么更为抽象的戏剧呢,我们能否从中找到类似的参照模式?这样一种"他们所说(人物自己的评价)/关于他所说的(他人对人物的评价)揭示人物"的原则是否仍然适用?

练习 56　人物的更多事实

参与者:各种团体,个人

如果是一部形式上较为抽象的戏剧,那么戏剧人物在社会地位、经济状况、情感状态等方面似乎不那么"确定"。我使用的是塞缪尔·贝克特的《等待戈多》,但其他非自然主义文本也都适用。所有非自然主义文本都可以这样分析。戏剧文本揭示了哪些关于人物的确凿事实?

示例 56.1　《等待戈多》埃斯特拉冈对自己的评价

在《等待戈多》的开头,我们在一条乡间小路上遇到两个人。埃斯特拉冈坐在一个土丘上。弗拉基米尔进来了。开场动作是埃斯特拉冈试图脱掉他的靴子。这两个人以及周围环境没有给我们提供任何线索。既没有说明他们是谁,也没有说明他们的处境如何。这些是我们从埃斯特拉冈那里了解到的关于他的事情。

- 他昨天晚上在沟里过夜。

- 有一帮人打了他。
- 他不知道（打他的人）是不是同一帮人。
- 他正在挣脱那只让他觉得脚很疼的靴子。

示例56.2 《等待戈多》弗拉基米尔对埃斯特拉冈的评价

- 如果没有弗拉基米尔，你早就成了一堆枯骨①。
- 他曾经受人尊敬。
- 他不会被允许登上埃菲尔铁塔。
- 他以为只有他在受苦。
- 他不听弗拉基米尔的话。
- 他认为他是唯一受苦的人。
- 他没有做过伤害弗拉基米尔的事情。

示例56.3 《等待戈多》弗拉基米尔对自己的评价

- 他开始倾向于同意"无事可做"的看法。
- 他一生都在努力把这种意见"从他身上"抹掉［忽略它］。
- 他与［无事可做］的看法"开展斗争"。
- 他很高兴见到埃斯特拉冈。
- 他以为埃斯特拉冈已经永远离开了。

---

① 弗拉基米尔曾说过："我只要一想起……这么些年来……要不是有我照顾……你会在什么地方……（果断地）这会儿，你早就成一堆枯骨啦，毫无疑问。"

- 他不知道,在没有他的情况下,埃斯特拉冈会在哪里。
- 他认为,现在丧失信心没有任何好处。
- 在他年轻的时候,在 90 年代[1890 年代],他应该有这种想法。
- 在 90 年代的时候,他想象着和埃斯特拉冈一起从埃菲尔铁塔上跳下去。
- 他曾经受人尊敬。
- 如今,他不会被允许登上埃菲尔铁塔。
- 他认为靴子必须每天脱掉。
- 他很累。
- 他想知道,为什么埃斯特拉冈不听他的话。
- 他有一些伤痛。
- 他觉得不应该忽视生活中的小事。
- 他想知道,"希望落空使人难过"是谁说的。
- [在埃斯特拉冈看来],他所说的痛苦不算数。
- 他有时会觉得希望来临。
- 当他觉得希望来临时,他就会变得"一切都很奇怪"[如同"奇怪的感觉"那样]。
- 他有一种奇怪的感觉,既如释重负,又深为震惊。
- 他觉得这种想法很"有趣"[奇怪]。

示例 56.4 《等待戈多》埃斯特拉冈对弗拉基米尔说的话

- 如果他拥有的东西伤害了他,他不会感到惊讶。
- "直到最后一刻",他一直在等待。

效果

在《海鸥》和《推销员之死》中,我们了解到的一些"事实"可能只是人物对自己或对方的看法,但这些看法出自我们熟悉的社会和情感框架。我们并不怀疑威利是个推销员,梅德维登科似乎爱上了玛莎。乍看之下,埃斯特拉冈和弗拉基米尔的事情似乎不那么重要。这部作品中有一些隐晦描述,如曾经被不知名的人殴打,曾经是受人尊敬的人,曾经有机会登上埃菲尔铁塔。埃斯特拉冈这个人物似乎更容易掌握。他可能在山沟里过了一夜,可能被打了一顿,正在全神贯注地盯着那只让人疼痛的靴子。弗拉基米尔的哲学思考似乎是随意的,尤其是围绕痛苦的思考。事实上,就像我们发现的那样,正是在这一点上,他表现得最为具体,因为肠道让他觉得疼痛。他关注"生活中的小事"这样的问题,"感到宽慰,又觉得震惊",以及埃斯特拉冈提到的"等到最后一刻",都与排便有关。在《等待戈多》的场景中,人物似乎非常神秘,但在表面现象之下,与人物相关的事实是具体明确的。在人物相关事实的具体明确方面,《等待戈多》《海鸥》和《推销员之死》并无不同。《等待戈多》中的人物迫切脱掉脚上那只令人痛苦的靴子。《海鸥》中的人物刚洗完澡回来,也非常痛苦。在《推销员之死》当中,人物争吵的是谁受的痛苦最多。

就这三部戏剧而言,我们以"具体明确"的方式了解人物,甚至是不知不觉中就采用了这种方式①。

---

① 作者在此仍然是在强调人物塑造要具体明确、细腻入微。

练习 57　塑造人物

参与者：各种团体，个人（3～4分钟）

此前是研究如何通过细节揭示人物，现在你将创建一个属于你自己的虚构人物。以下是练习规则：
- 选择一个与自己截然不同的人。
- 尽量不要以真实人物为蓝本。
- 按照说明去做，不要思考太多。
- 你对这个人一无所知。

记录以下内容
- 他们的性别。
- 他们的年龄。
- 他们的种族。
- 他们的名字。
- 三个身体特征（外表、举止、语气等）。
- 他们的钱从哪里来（工作或其他途径）。
- 他们住在什么样的地方。
- 这个住所在世界地图上的具体位置。
- 他们生活中缺乏的东西。
- 他们现在需要的东西。
- 他们的一个秘密。
- 他们的一个问题。
- 他们的一段记忆。
- 他们相信的东西。

- 他们希望的东西。
- 他们此刻在哪里。
- 他们在此刻正在做什么。
- 此刻,他们正在想什么或说什么。
- 在记录这份清单后,你了解到关于他们的其他三件事。

示例57.1

我是这样完成练习的。

男性,78岁,亚洲人。塔雷什。他走路一瘸一拐,用烟斗抽烟,是个秃头。他在一家烟草店工作。他住在一个租来的小阁楼房间里。那是在英国谢菲尔德的一条小街上。他没有什么朋友。现在他需要给他的烟斗添加更多的烟草。店主不在的时候,他会偷偷地拿烟斗和一些烟草。他的背部有问题。他能回忆起他住在海边的事情。他认为他的房东是个杀人犯。他希望自己能再次住在海滩边。此时此刻,他正独自在店里。他正在打开装着烟草的罐子。他对自己说:"反正这个女人是个吝啬鬼,如果她给我多付点工资,我就不用做贼了。"他读漫画书,把钱放在床垫下,每年去看一次歌剧。

效果

你现在已经创建了一个具有诸多细节的人物。这些细节包括从身体到情感,从日常到心理。人物内部存在矛盾。示例中的亚裔男子塔雷什,可以为进一步构思提供基础。这样一个为小偷辩护,对房东心存疑虑,渴望住在海边,每年看一次歌剧的人,能够引发许多有趣的问题。

练习58　关于人物的问题

参与者:各种团体,个人

想一想你在上一个练习中创造的人物。根据你发现的事情,尽可能多地写下问题。不要试图回答这些问题。

示例 58.1

- 塔雷什为什么会跛脚?
- 为什么他没有朋友?
- 为什么他的背有问题?
- 他是什么时候住在海滩附近的?
- 那片海滩在哪里?
- 为什么他希望自己仍然住在海滩附近?
- 他还能再住到海滩附近吗?
- 为什么他认为他的房东是个杀人犯?
- 他的房东是谁?
- 房东与他住在同一栋楼里吗?
- 他在谢菲尔德住了多长时间?
- 他住在谢菲尔德的什么地方?
- 他在这家店里工作了多久?
- 这家店在谢菲尔德的什么地方?

> - 这家店的女老板是谁？
> - 他偷窃烟草有多长时间了？
> - 他为什么把钱放在床垫下？
> - 他在床垫下放了多少钱？
> - 他读的是什么漫画？
> - 他为什么看漫画书？
> - 他最喜欢的歌剧是什么？
> - 他喜欢歌剧的哪一点？

效果

你现在已经扩大了人物的调查范围。通过提出问题（那些你不一定知道答案的问题），获得了人物细节构思的线索，为以后创作留下选择余地。在某个时候，你将开始选择，但现在还不是时候。

练习59　回答问题

参与者：各种团体，个人

回答你在练习58中提出的问题。

练习 60　实践研究

参与者：各种团体，个人

这是最后一个建议你去做一些实践研究的练习。你可能对人物生活的某些方面不熟悉，所以，获得一些详尽的实践知识有助于推动创作。

示例 60.1

听一些歌剧。找一本有部分情节涉及歌剧的书。

• 想一想你曾经去过的全部海滩。看一看世界各地的海岸线图片。

• 看一看你附近是否有烟草专卖店——那种将烟草放在罐子里的老式烟草店。

• 谢菲尔德是什么样子的？谢菲尔德有亚裔社区吗？

• 阅读几本精心挑选的漫画书。

• 如果你没有向房东租过房，那就去了解一下租房。有什么租房广告？租房的价格是多少？去那些被隔成单间出租的房子里看一看。

• 最近当地报纸有没有报道过什么奇葩的房东？

效果

现在，你将收集到更多关于创作的原始素材。在这个示例当中,我们注意到塔雷什的现实处境,可以自由决定塔雷什梦想前往的海滩是什么样的。我们可以考虑一系列歌剧和漫画书。发生在肮脏阁楼房里的谋杀案不言自明。

练习61 名字里有什么?

参与者:各种团体,个人

你的角色有一个名字。完成第一章的练习22,探索人物名字能提供哪些信息。

练习62 "谋杀婴儿"

参与者:各种团体,个人

通过上述练习,你已经创作并收集了原始素材。你有了一个人物,这个人物符合常理,又具个性,有思想、感情、缺陷,也有一些人生故事。以后还会有更多的内容,但现在是抉择创作元素的时候了:(a)留用、(b)待用、(c)放弃。现在提到以下几点恰逢其时:根据你的创作需要,现在做出选择以后还可以修改。我已经提示过与我共事的作家,同时也不断提醒自己,有些作家存在这样一种不良倾向(我也不知道究竟是为什么):仅仅是因为"素材在那里",就抓住素材不放。

由于个人喜好而不愿放弃完全没有必要的人物,最终剧本创作失败。或者是,一个场景让我略略笑了半天,却没有推动任何情节发展。这样的经历我都有过,所以你要坚决断舍离,将不真实或不相关的东西统统扔到海里。如果真是有其必要,它们会找到回来的路。当剧本第二稿被抛弃的人物突然出现在第四稿中时,你会觉得非常惊讶。有人曾经给过我这样的建议,遇到无关紧要的人物而不愿舍弃,那就必须学会"谋杀婴儿"。有时,我们会对一个人物有特别的好感,如此亲切,以至于我们即便知道它对戏剧无益,也不忍心抛弃。正因为如此,从现在开始,看看是否有什么"婴儿"需要被杀死。

不是将出生证明连同"婴儿"一起扔掉,请保留所有关于这个人物的笔记,在卡片上写好简介,然后一并存档。接下来,"婴儿"有可能需要复活。

请仔细检查你的人物。尽可能地严格要求自己。如果你不能证明它的合理性,就不要执着于它。

1. 人物的哪些方面信息需要发展?
2. 人物的哪些方面信息应该被处理掉?
3. 是否有可用于标明人物的新信息?
4. 故事发展有哪些可能性?探索三至四个选项。尝试将人物信息分成不同类别(参见示例62.1)。
5. 选择一个。

示例 62.1

根据塔雷什这个名字、人物性格发展的可能,以及有关他的故事,我构思出以下几个可选方案:

方案(a):谋杀(或涉嫌谋杀)和小偷小摸都是可选项。谋杀选项更能够推动情节发展。现在就沿着这条路走下去,那将会失去另外一种可能:一个更为平凡,但可能更为有趣的塔雷什。另一方面,塔雷什在雇主(可能是唯一一个店内工作人员,一个与塔雷什有过日常接触和私人交往的人)那儿小偷小摸,雇主熟悉塔雷什的品性。

　　方案(b):这位78岁的亚裔老人阅读漫画,并且每年去看一次歌剧,这与塔雷什截然不同。仅仅了解其中的一个兴趣爱好,也许就足以知道塔雷什是谁。

　　我推荐"看歌剧"这个选择,是由于它能提供更大的空间,因为"看歌剧"是群体性活动,而阅读漫画则是个体性活动。鉴于戏剧(即使是独角戏)是一种群体性互动,我建议将"看歌剧"置于突出位置,而将"阅读漫画"作为人物细节置于次要位置。

　　方案(c):塔雷什显然存在经济问题——住在租来的房子里,买不起他卖的烟草,也无法住在他曾经住过的海滩附近,一年只能去看一次歌剧。然而他床垫下有钱,他买漫画,设法每年买一张歌剧票。我建议所有这些元素都应该被保留和强化:无论是小说,还是现实当中,生活都是复杂和矛盾的,这与物质存在的复杂性和矛盾性一致。参考本章之前完成的练习,通过提及经济情况,我们发现了关于玛莎和威利的基本信息。

效果

　　在多种选择的情况下,你现在已经抛弃了一些人物("谋杀婴儿"),提升了一些人物,又将一些人降到了第二等级。请永远记住,如果需要的话,被抛弃的人物可能会回来。你现在拥有的是一个符合现实的人物轮廓。你现在需要做的是给这个人物一个符合现实的经历。

练习 63 为人物提供更多的经历

参与者：各种团体，个人

通读你创作的全部人物材料。你创作的一些东西将为以下问题提供线索，甚至可能确切地回答这些问题。如果没有，以下内容可能会填补一些空白。先回答这些问题，再看看答案是否会进一步引发问题。

1. 他们在哪里出生？
2. 他们是什么时候出生的？
3. 他们的父母或监护人是谁？
4. 他们过着什么样的家庭生活/居住状况怎么样？
5. 他们接受过什么样的教育？
6. 他们此前有过什么愉快的经历？
7. 他们此前有过什么不愉快的经历？
8. 谁让他们成为现在这个样子？

示例 63.1

- 塔雷什出生在巴厘岛。（巴厘岛在哪里，它的文化是什么？）
- 他出生于1928年。（1928年的巴厘岛是什么样的？）
- 他的父母是农民。（从事何种类型的农业？）
- 他有三姐妹和三兄弟，还有很多叔叔和姑姑。他们

> 都住在同一个村子里。（他最喜欢的亲戚是谁？他最不喜欢的亲戚是谁？）
> - 他没有接受过正规教育。（他是如何学习的，从谁那里学习？）
> - 他的叔叔教他唱歌。（唱的是什么歌？）
> - 他的大姐教他偷东西。（他偷了什么东西？）
> - 在村边的老人。（老人告诉他什么？）

效果

你现在已经为你的角色提供了早期生活经历。你再一次提出了一些问题，这将引发更多的问题以及可能的研究。

练习64　研究

参与者：各种团体，个人

对练习63中提出的问题展开研究。研究可以是事实性的（在示例中，1928年的巴厘岛是什么样子的？那里的文化是什么？），也可以是想象性的，但要与事实吻合（在示例中，塔雷什的叔叔是什么样子？他的妹妹是什么样子？）。

练习 65　证据

参与者：各种团体，个人

你也许还有一些关于你的人物"证据"的示例，这有助于你建构出更令人印象深刻的图景。如果你觉得以下方法有用，就可以采用：

1. 出生证明。
2. 学校报告。
3. 简历。
4. 前任雇主的推荐信。
5. 父母或成年人的建议信。
6. 仰慕者的情书。
7. 警方报告。
8. 报纸上的讣告。

效果

你现在获得了关于人物的信息，这些信息来自截然不同的角度，形成了千差万别却又极为有趣的人物透视。请你永远记住，与人物 X 对自己的评价一样，其他人物对人物 X 的评价也具有启发性。

练习 66 人物的旅程

参与者：各种团体，个人

思考人物的人生故事。用图表记录人物自出生到现在的进程——现在是指我们在戏剧中见到人物的地方。我所说的"进程"是指"旅程"。在此的"旅程"有外部和内部之分：身体旅程和情感旅程，经济旅程和精神旅程。

1. 准备十张空白明信片，将明信片编号。1号是人物旅程的开始，10号是我们在戏剧中见到人物的时刻。

2. 在每张明信片的顶部，写下人物生命旅程中的一个重要事件。我所说的是可以观察到的社会性事件（离家出走、赢得奥斯卡奖、被终身监禁、发现新星球……）。

3. 尽可能地使事件均匀分布在人物的生活过程中——就像串在晾衣绳上的衣服那样。

4. 晾衣绳的形象很生动，大小不同的物品挂在上面。有些事件将是重大的、床单大小的（爱人的死亡），而有些则是杯垫大小的（在学校获奖）或手帕大小的（欣赏一部不同寻常的电影）。

5. 在每个事件下面，写下以下问题的答案。
- 这个人物当时的感受和想法是怎样的？
- 这个人物当时的经济状况如何？
- 这个人物当时接触的是谁？
- 这个人物当时有没有什么不同选择？
- 这个人物当时做了/没有做什么选择？

示例 66.1

- 从 1928 年的巴厘岛,到 2003 年的谢菲尔德,塔雷什人生旅程中的十个关键阶段是什么?
- 在这一路上,在旅程各个阶段,他的感受是什么?他的想法是如何形成的?
- 一路走来,他在经济上是如何管理的?
- 一路走来,他遇到了什么人,这些人会对他产生什么影响?
- 他做了/没有做什么决定,这些决定对他此后人生有何影响?

效果

你现在有了人物生命旅程的一个框架。但请记住,这一切都在完善当中,"婴儿"仍然可以被"谋杀"(若人物失去价值,那就要断舍离)。

练习 67 不要忘记其他角色

参与者:各种团体,个人

其他角色即将开始出现。与完善主要人物一样,你也要完善其他角色,必须在一定程度上展开类似的工作。写下所有其他人物缩略图。对于其他主要人物,你将要用此前探讨过的方法,对他们进行更全面的审查。

练习68　背景故事

参与者：各种团体，个人

根据你迄今为止所做的一切，你很快就会为你的角色写一部完整的生活史；但在此之前，我想让你考虑一些事情。

通过这些练习，你已经开始做电影制片人所说的"背景故事"工作——从字面上看，"背景故事"就是"故事背后的故事"，换句话说，就是人物生活中的全部元素。

我们值得花点时间思考一下"背景故事"的确切含义，并且它如何极大地帮助我们创造人物（以及如何极大地帮助我们推动叙事发展——正如我们将要在第五章讨论的）。我曾多次使用"原始素材"这个短语，这正是"背景故事"的本质。如果我们要塑造独特人物，而不是模式化人物，那么我们就需要了解人物的全部细节。我们知道，示例中的塔雷什在英国谢菲尔德的一家商店工作，他不是一名普通的亚裔。你所塑造的人物也将以其独特的方式出现。那么，"背景故事"是随机选择的事件、记忆、感受，还是对人物更为系统的观察？我建议，在回顾为塑造人物所做的全部工作时，你应该考虑以下所有类别的工作：

• 人物的内心世界：那些发生在内心、头脑和灵魂中的事情。思想、梦想、感情、野心、恐惧……（继续列举）。

• 与人物有直接密切关系的外部世界：养育者、爱人、友谊、家庭……（继续列举）。

• 与人物相关的更为广泛的社会世界：老师、同事、店主……（继续列举）。

- 这个人物可能接触到的组织机构：与雇主、警察、职业、宗教团体的关系……（继续列举）。
- 该人物居住的具体地点和时间。

现在回头看看你写下的和研究的所有材料。写出这个人物的背景故事，删除那些看上去不再适合的材料，并根据人物塑造需要添加新的材料。根据此前的说明，尽量不要只写"外表世界"（"她做了这个，然后做了那个"），而是要让人物的内心世界浮现出来，探索人物的想法和感受。执行此操作时，请记住以下几点：

- 不要过于追求"戏剧性"，完全为了"戏剧性"而写。枪支、"吃小孩儿"和地板下的老奶奶，这类情节最终可能也对故事至关重要，但如果被强加于故事中，你可能写出一个只有动作、没有人物的情节剧。
- 你创造的作品是否真实反映了作品中的人物本质？当然，人是会变的——而戏剧本质上是观察人们如何改变或者不做改变，但如果一个性格温和、富有人性的角色突然变成了一个愤怒的法西斯分子，那我们就需要非常清楚地看到这种情况是如何发生的，以及为什么会发生。有一个剧本叫《善》[①]，作者是塞西尔·菲利普·泰勒。

《善》讲述了在20世纪30年代，一位人道主义大学讲师最终转变为集中营指挥官的故事。这部作品非常值得一看，一方面是因为作品展示了人类灵魂从光明到黑暗的过程；另一方面是因为作家描绘这一过程所用的方式方法是一个很好的例子。这部作品向我们发问：如果我们自己处于类似情况之下，我们会怎么做？我

[①] 英国剧作家塞西尔·菲利普·泰勒创作的两幕剧本，为英语界描写纳粹大屠杀的权威剧作之一。

们会走同样的路吗?

• 这样的巧合在生活中确实会发生,但你要谨慎对待人物的突变。在你的作品人物遇到麻烦时出现"守护神",这样的设计可能会很好,但如果人物一遇到麻烦"守护神"就出现,那人物便会失去可信度。

• 你可能会觉得,你正在写一篇非常优秀的短篇小说。那很好。你可能既是一个优秀的短篇小说家,同时也是一个剧作家。

效果

你现在已经为你的角色创造了一个完整的世界和完整的生活。这些事情,有的会在剧中直接表现出来,有的只是间接涉及。所有这些都会为你提供信息,帮助你去了解这个人物,了解他们的经历。

练习 69　开场时刻或开场场景

参与者:各种团体,个人

1. 选择人物生活的某个时刻,作为戏剧开场。

2. 至少要包括两个人物。除非确实必要,否则不要引入配角。

3. 人物要低调内敛,但在表面现象之下,应该有激烈冲突和矛盾对立的提醒或暗示。想想玛莎对追求者的冷漠,以及威利对儿子的关心。

4. 在这一天,追求者梅德维登科向玛莎提问,为什么她总是穿黑色的衣服；在这一天，威利没有去上班。

5. 试着写一个有长度的场景，200～300字。不要担心这个练习能否完成，而是要专注于让人物说话。

示例 69.1

我提议，我们先在烟草店遇到塔雷什。我的劝告是保持绝对的"日常化"。小偷小摸可能会有，但现在先别管。让我们观察这个地方的日常活动，确立人物的社会地位（雇主—雇员）以及他们之间的关系；然后引入一些元素，使得这一天与众不同，也许塔雷什提出了"报酬是多少"的问题。他是怎么做的，做了多少次？雇主如何回应，或者不回应？从此时此刻能够发挥作用的背景故事中，将这些问题带出来。不要给观众带来过多的信息。不要惧怕那些看起来没有戏剧性的东西。如果人物本身有意图或需求的话，这些日常活动就会告知正在发生的事情。记得玛莎和威利。玛莎拒绝与梅德维登科接触，威利想解决儿子的问题。两个强烈意愿都是在相对低调的戏剧时刻发生的：没有枪支、"吃小孩儿"或地板下的老奶奶。

效果

你现在已经为戏剧创作出开场时刻，你将开始展示一个或多个人物。换句话说，人物已经待命，可以开始行动。当然，人物已经是活生生的了，人物的部分内在矛盾和外在问题已经被展示出来，但就戏剧性的叙述而言，还没有发生太多的事情。正如我们将看到的,只有被置于压力之下,才会展示出真实的"人物"。换句话说,各种事件共同迫使人物做出选择,这样才会展示出真实的"人物"。

设定人物行动

经过此前的练习,你创造出具有丰富生活史的主要人物,以及具有个性的其他人物;也提及或暗示过矛盾冲突(社会、个人、道德等)和关键事件;此外还创造了开幕场景,介绍了两个开场人物。在继续推进之前,你可能需要对这个场景再做一些事情。

练习70 重写开幕场景

参与者:各种团体,个人

看看你的开幕场景。问问自己以下问题,看看是否会让你将场景变得更清晰一些。

1. 是否含有一个两难困境、一个矛盾对立的根源,以及一个对人物未来的暗示?

2. 是否能够呈现人物的期望,"想要"或"需要"(有意识或无意识的)?

3. 它是否在观众脑海中引发了(也许是潜意识的)问题?

4. 重写这个场景。

示例 70.1

- 威利对自己生活产生的挫折感,与对儿子产生的挫折感相得益彰。
- 威利想让儿子改过自新。
- 威利需要让自己的生活走上正轨。
- 围绕儿子生活的矛盾会化解吗?他会改变自己的生活吗?

效果

任何一个开幕场景都会包含这些或者类似的元素。你现在已经开始问自己"这些角色想要什么"。当发现人物真正想要、需要和渴望的是什么之后,我们就开始知道他们真正的驱动力是什么。然后,我们就会完全启动人物的行动。

练习 71 人物的驱动力

参与者:各种团体,个人

你很快就会看到:(a) 你是如何让人物充分行动起来的? (b) 他们的驱动力到底是什么? 在此之前,我们需要考虑几个问题。其中有些是我们熟悉的,但值得我们多看一遍。我将借用《麦克白》和《小红帽》这两个示例来说明"叙事"。

示例71.1 《麦克白》

通常来说,我们第一次遇到主要人物的时候不是发生了什么大事,而是可能提出戏剧性冲突的来源、未来问题的轮廓、悬而未决的问题等。我们甚至不需要在第一个场景中见到我们的主要人物:在戏剧《麦克白》当中,主要人物麦克白直到第一幕第三场才出现。但问题是,(作为通常原理)我们是以极为日常的方式遇到主要人物的。所谓"日常",我指的是主要人物生活世界中的日常。在麦克白生活的世界里,"日常"是指封建社会的忠诚和恐怖的战争(正如在威利的生活世界里,"日常"是指巡回推销员的日常销售工作)。所有这些都只交代了一部分,我们还将在后面更详细地讨论。

通常来说,我们与主要人物第一次相遇的作用是:

• 让我们观察现状:在日常生活当中人物原本的样子,人物看待自己和周围其他人的方式。作为一名皇室将军履行效忠职责(麦克白),或者作为一个踏实雇员每天埋头苦干(威利)。这是他们的身份,他们的工作,他们的工作方式。

• 它还能向我们表明,这个特殊的日子与所有其他日子都略微不同——甚至还不是略微不同,只是没有达到改变现状那种程度的不同。让我们看看,我们第一次遇见麦克白时发生了什么。他被确立为国王的忠实仆人,"勇敢的麦克白——他配得上这个名字";"英勇的表弟啊!不愧是绅士!";"高贵的麦克白"。在下一个场景当中,麦克白从战场上骑马回来,我们认为这是他"日常生活"版本的麦克白。这时他遇到了三个女巫,女巫告诉麦克白:(a)他很快就会成为考德伯爵;(b)之后他就能成为国王。麦克白对这一切感到困惑,问她们如何知道这些事,但女巫们没有透露便消失了。很快,又有人从国王那里赶过来,说叛国的考德伯爵已经被处死,他——麦克白——已被授予伯爵头衔。鉴于女巫们此前所说,这对麦克白来说是个大新闻。他甚至开始有成为国王的念头,但这不得不做不光彩的事情;他将这些置于一边,希望"就这样发生"。"如果命运将会使我成为君王,那么也许命运会替我加上王冠,用不着我自己费力。"①

虽然主人公说了一些戏剧性的话,但并没有改变现状。我们知道,麦克白有成为国王的想法,但我们也知道,他只是想让事情顺其自然。依照他的愿望、需要、欲望,他不愿辜负自己的英名(英勇、有价值、高贵),他也考虑过邪恶行动(尽管他否定了这个想法),所以他有野心。引发这个的问题是:忠诚和野心,哪个最终会胜出?

本剧走向了平衡被打破的时刻:麦克白通过他的所作所为(或者更准确地说,他的故意不作为),有意识地踏出了道德沦丧之路的第一步。这将是使该剧成为可能的事件。对此有各种各样的说法。电影制作人称之为"激励事件"(Inciting Incident,从字面上说,就是这个时刻真正启动了

---

① 《麦克白》第一幕第三场麦克白的旁白,转自《莎士比亚悲剧五种》,朱生豪译,北京:人民文学出版社,2014年版,第108页。

角色的行动,并让他们贯穿全剧)。我倾向于使用"首个重大转折点"这一说法。在谈到创作故事时,一个 9 岁的小学生称其为"大转折"(The Big Bit),我相当喜欢这个说法。

那么,重大转折点是如何运作的呢?在我看来,《麦克白》的重大转折在第一幕第五场的最后。国王要来麦克白的城堡过夜。我们已经听到麦克白夫人——在得知女巫的预言后——决定让丈夫务必抓住这个时机。这场戏的最后一段对话就是重大转折时刻的绝佳示例。

> 麦克白:我最亲爱的爱人。邓肯今晚会来这里。
> 麦克白夫人:那什么时候开始呢?
> 麦克白:明天,如他所愿。
> 麦克白夫人:哦,永远不要看到明天的太阳!

她接下来讲得很清楚,邓肯离开城堡的唯一办法是逃走。那麦克白怎么说呢?他说:"我们将进一步讨论。"他没有说"我是一个忠诚的好将军,我们不谈这些";他也没有说"我想过了,我们还是听天由命吧"。他说"我们将进一步讨论",然后他们就离开了。他已经有意识地迈出了第一步,踏上了通往地狱的享乐之路。现状已经发生了变化。麦克白的双重(并且矛盾的)驱动力——想要成为"好的将军"和想要成为"伟大的国王"——在他的内心交战。后者取得了胜利;麦克白有意识地做出了选择,人物行动进一步展开。

通常来说,首个重大转折点可以被概括为:

- 在所有的戏剧性叙述中都是存在的。
- 发生在戏剧开场不久之后。
- 主要人物所意识到的事情。
- 改变原来的状态。

示例71.2 《小红帽》

《麦克白》是一部复杂的宏大之作。在天平的另一端，《小红帽》是一个相对简单的故事，但它同样告诉我们，故事和角色是如何密不可分地联系在一起的。我经常在幼儿创作团体训练当中使用《小红帽》，但也会推荐其他剧作，以及其他民间/童话故事，并将其作为一份有益的指南，惠及那些对戏剧叙事建构感兴趣的学习者。

在此前看过材料的基础上，现在再让我们看看，在故事开始时，我们对小红帽的了解。

- 她和她的母亲住在树林的一边。
- 她的外婆独自住在树林的另一边。
- 她的外婆病倒在床上。
- 她的母亲给了她一篮子食物，让她带给她的外婆。
- 她的母亲叮嘱她，不要偏离道路，直接穿过树林。

所有这些都是直接的：听话的小孩子被母亲赋予了任务。当然，改变现状的首个重大转折点是，提着食物篮子的小红帽在树林里欢快地跳跃着，她看到路边有一些花，于是徘徊在树林里摘花。如果说麦克白的行动是没有拒绝夫人的提议（在家谋杀国王），那么小红帽的行动就是违背母亲的意愿,因为母亲叮嘱她不要在树林中玩耍。我认为小红帽行动有趣的部分是玩耍。通常来说,这个故事有点道德意味,它告诉年轻人,如果不听大人的话,大灰狼就会抓住他们。如果将这个故事当作成人仪式,那故事就有趣得多了:年轻人的内在本能与成年人的权威世界发生冲突,这是任何年轻人在其人生阶段必定会遇到的。因此,她远远不止是即将遭到报应的调皮孩子,我们开始看到人物的驱动力是,她的期望(顺从)和她的需要(沉溺于欲望)之间的冲突。我们可以进一步说,这是她有意识的愿望(顺从)和无意识的需要(沉溺于欲望)之间的冲突。大灰狼、外婆被吃、斧头,这不仅是有意识地蔑视父母权威的结果,而且也是来自无意识的欲望释放。

效果

我们现在可以看到,《麦克白》和《小红帽》这两个截然不同的故事,却受到了类似的指导原则的支配。

1. 一个现状:忠诚的将军支持国王;小红帽生活在单亲家庭。

2. 这个特殊的日子与往常略有不同,暗示着可能会出现一些问题:女巫告诉将军,他可以成为国王;住在森林另一边的外婆生病了。

3. 一个维持现状的证明:将军把邪恶想法置于脑后;孩子答应听话。

4. 一场有意识驱动力和无意识驱动力之间的冲突,其中无意识驱动力自己显露出来:"我很可能为了坐上国王的位置而杀死他";"我想让自己开心,而不是妈妈"。

5. 一个有意识地选择去做(或不去做)带来现状的改变:麦克白没有排除夫人的建议;小红帽摘了路边的野花。

6. 无法避免事件的发生:麦克白死于谋杀;外婆被狼吃掉了。

练习72　重写

参与者:各种团体,个人

回到你所塑造的角色和开场的场景。在我们此前所作思考的基础上,描绘出这出戏剧,直到出现首个重大转折点为止。请你以笔记的形式完成。你可以自由尝试各种可能性。

练习73　打破常规

参与者:各种团体,个人

你为剧本设定的风格可能与经典剧作的模式截然不同。看看一系列当代戏剧及其开场顺序、场景或者部分章节。看看本章所讨论的元素是如何发挥作用的。你会发现在塞缪尔·贝克特《等待戈多》这样的现代派作品当中,这些元素发挥的作用远没有那么显著,甚至几乎没发挥什么作用,并且大多数现代派作品都是这样。不过,这并不意味着它们就不存在。在排练初始阶段,如果你有机会观察到演员和导演,那你会发现,演员和导演会问到我们在本章中谈到过的许多问题,甚至(或者更具体地说)谈到更多关于抽象的叙事问题。如果编剧工作做得很好,无论有多少线索,都会被演员们挖掘出来。

这是一部非自然主义、抽象派方式创作出的当代戏剧，现在运用本章所学的方法，看看作者是如何揭示主要人物的各个方面的。

示例73.1　马丁·克林普《她的生活尝试》①

迄今为止，我们所运用的叙事范例都非常符合经典模式和风格，但你可能想写偏向于抽象风格的剧本。《她的生活尝试》似乎没有遵守我们一直在关注的戏剧性原则。剧名中的"她"从未出现，剧中的世界看上去完全支离破碎，人物行动似乎没有转折点。

全剧以一台电话答录机的11条独立信息的拼贴开场。这些信息都是给一个叫"安妮"的人的。通过这些信息（大部分是未透露姓名的来电者），安妮的形象被建构起来；但这些信息绝对无法展示出"圆形人物"形象。每个打来电话的人几乎都像在与不同的人交谈。

电话1：安妮被某人伤害了。
电话2：安妮认为某人是个疯子。
电话3：安妮要去取一辆卡车和一件"设备"。

---

① 马丁·克林普为英国当代知名剧作家，《她的生活尝试》为其代表作之一，该剧于1997年在皇家宫廷剧院首演。全剧由17个不具有明显相关性的场景构成，女主人公并未出场，而是通过其他人描述出来，这些人包括一个恐怖分子、一个将自杀未遂当成艺术的艺术家、一个在贫民窟和百万富翁游泳池边拍照的旅行者、一个色情女演员、一个电影人物，这些描述相互矛盾。该剧的碎片化风格直接挑战了观众对"戏剧"的认知。

电话 4：安妮有一个妈妈。

电话 5：安妮可以从陈列室取回卡车。

电话 6：安妮是"他妈的婊子"。因为安妮所做的事，安妮很快就会死去。

电话 7：安妮给她的父母寄了一张明信片和一张自己的照片（无法立即辨认）。安妮向她的爸爸妈妈要钱。安妮无法收到她妈妈和爸爸的钱。

电话 8：安妮在一些人的思念和祈祷中。

电话 9：安妮收到邀请，要给某人打电话，然后见面。

电话 10：安妮将会同意接受性虐待。

电话 11：安妮已经躲起来了。安妮正在哭着寻求帮助。安妮曾经让人微笑。

就人物现状来说——在我们被戏剧引入的世界当中——似乎一切都是不确定的。第一幕既不是《海鸥》或《推销员之死》那样容易辨认的现实世界，也不是《麦克白》或《小红帽》那样清晰的童话世界。它甚至不如埃斯特拉冈和弗拉基米尔所在的乡间小路那么紧凑。相反，它是现代电子通信、时间线和多重身份的拼接。如果硬要说有一个启动故事的转折点，那这个转折点可能出现在我们在首个场景获得的全部信息碎片当中。

效果

初读这部戏剧作品，你可能会觉得作者在放烟幕弹，让人难以捉摸，但这部作品与我们所列举的其他示例作品一样，作者在交代过程中植入了人物"事实"：情感生活、社会生活、经济状况等。戏剧人物所处世界的现状就是支离破碎的。在一个支离破碎的世界里，每一个事件都可能是转折点。

就形式和结构而言，这部作品反映出现代社会人际沟通的复杂性（失去联系、多重身份、价值观的转变）。从表面上看，作者没有遵循这些经典形式的创作规矩/原则，但事实上，这样的做法并没有否定这些规矩/原则，而是在评论这些规矩/原则。作者清楚地理解这些规矩/原则。如果你的剧本采用了非常规的风格，记住这一点会很有用。

结　语

我们已经看到，"人物"远远超出了这个概念所描述的人。它更多的是指这个人在受到压力时的表现方式。接下来是描绘人物正在展开的人生旅程，以及旅程的结局。

可能你已经知道了你一直在写的那个场景（甚至是你想写的那个剧本）的结局，即便你还没有写完那个场景（整个剧本），这种直觉上的飞跃经常发生在艺术创作当中——当你本能地知道那个卑微却又快乐的角色 X 最后会成为富裕而又悲惨的人，绝对要顺着这种直觉走下去，这就是所谓的"尤里卡时刻"。这也说明了一个有趣的现象:在想象、学习和发现的过程方面,艺术和科学是极为相似的。

那么这个"尤里卡时刻"是什么呢？故事是这样的:希腊物理学家阿基米德一直在思考关于体积和重量的问题。国王想知道他的王冠里有多少黄金,但在不熔化王冠的情况下,似乎没有办法确定黄金的体积。有一天,阿基米德如同往常一样地进入水中洗澡,他突然注意到,当他进入水中时,水位就会上升,他发现,排开水的水的体积等于在水中的身体体积。通过测量排开水的水量,他就可以得到身体的体积。同样的道理,也适用于测量王冠的体积。据说,阿基米德在灵光乍现之时曾大喊:"尤里卡!"

有很多这样的例子,科学家声称他们凭直觉解决了一个问题:就像有些作家虽然还没有写完整个故事,但已经"有了结局"。在科学和艺术两种情况下,作者所要完成的任务都是回到过去,将整个事情再做一遍,看看最后的结果如何——无论是戏剧性的结论,还是科学发现是否成立。如果你能理解这个双关语,当"尤里卡时刻"发生时,你就一定要接着写下去。遇到"尤里卡时刻"极为不易,创作必须从现在开始。

让我们进入下一章。

5 寻找故事

正如我们已经开始发现的那样,故事是人为构建的一系列事件,根植于主要人物或主人公的行动。从现在起,我们将使用"主人公"(protagonist)这个概念。这个词来自希腊语的 *protagonistes*,由 *protos* 和 *agonistes* 组成,*protos* 意为"第一",*agonistes* 意为"战斗者",因此,"主人公"是我们的"第一战斗者",也就是旅程中引领故事行动的那个人物。

演员们有时确实会针对观众使用战斗词汇,例如"我在第五幕把他们打得落花流水",或者"这出戏真的会把他们打得落花流水"。英国演员亚历克·吉尼斯(Alec Guinness)就曾经说过,"对付现场观众就像与野兽搏斗一样"。我一直认为,观众经常被描述为敌人,被描述为某种需要被制服和控制的野兽,这一点非常奇怪。虽然,正如任何演员都会谈到的那样,每个观众都有自己的集体认同,从全神贯注到漠不关心,甚至是彻头彻尾的敌视,各种类型都有。尽管如此,"第一战斗者"概念对我们的创作来说非常有益,它提醒我们——就像一场真实的战斗那样——故事牵涉有计划的、向前推进的活动,(a)由某人领导,(b)有一个目的,(c)涉及某种形式,以及(d)有一个结果。

在第一章,我们研究了如何去寻找故事形态(例如练习 27);在第四章中,我们详细探究了一个被充分挖掘的人物如何包含故事的种子。在这一章中,我们将学习如何描绘一个完整的叙事结构，以及掌握适用于任何故事的基本原则。这就是关注"传递信息和铺设引线的可靠木匠"的手艺。使用"木匠"这个词很有意思，但我认为这是非常恰当的。我所用的"编剧"（playwrighting）概念描述的是一门匠活，这与国际上通用的"剧本创作"（playwriting）有所不同。"wright"源自古英语、古撒克逊语和高地德语，表示"工作"和"制作"，其字典上的定义为：创造、建造或修理特定东西的人——剧作家、造船工（《柯林斯英语词典》）。正如船舶、椅子、针织套头衫制造者必须熟悉工艺基本原则一样，剧作家也必须了解他们工艺的基本原则。本章将关注这些基本原则的详细内容。

变　化

在一个故事中，变化无时无刻不在发生。我们已经探讨过重大转折点，以及它如何至关重要地影响主人公人生旅程中的事件。正如我们将会看到的，戏剧变化无时无刻不在发生，且发生在各个层面。

变化在人类经验的各个层面发生：情感、智力、心理和精神的内在变化，以及外部和物质的变化。我们可以把这些分为：

外部变化
- 地位的变化
- 命运的变化
- 环境的变化
- 忠诚的变化
- 角色的变化
- 等等

内部变化

- 情绪的变化
- 喜好的变化
- 主意的变化
- 信仰的变化
- 观点的变化
- 感情的变化
- 等等

叙事的产生与发展同主人公的变化息息相关,所以从现在开始,在我们所做的所有创作中,我们已经学到的那些关于人物和主人公的全部知识都将在这个阶段用到。

这里有几个练习,探讨单个序列或单一场景内发生的变化。

练习 74　空房间

参与者:各种团体,个人(10～30 分钟)

与先前一样,只要按照说明去做,写下你的即兴回复。自然而然的回复往往是最具创意的回复,回忆一下我们此前完成的即兴写作/即兴人物训练,是不是这样的呢?

1. 请你想象一个空房间,这个房间可以在世界上的任何地方,里面没有任何东西;另有一个(自然的或人工的)光源和一个进入房间的通道。这个房间是什么形状的?它是由什么材料建造的?房间里有什么"感觉"(气味、气氛等)?

2. 在房间放置一件物品,一个人可以很容易地将其带入房间的物品。这件物品将是接下来发生的事情的核心。

3. 在房间里放置一个人：人物 X。略微详尽地描述一下这个人物。

4. 再在房间外面放置一个人，同样是略微详尽地描述一下这个人物：人物 Y。

5. 人物 Y 进入房间。

6. 人物 X 说了些什么。

7. 人物 Y 说了些什么。

8. 其中一个人离开了房间，带走或者不带走物品都可以。

9. 发生了什么样的变化？

与先前一样，只要按照说明去做，写下你的即兴回复。自然而然的回复往往是最具创意的回复，回忆一下我们此前完成的即兴写作/即兴人物训练，是不是这样的呢？

示例 74.1

- 房间是由深色的木头建成的，又高又窄，里面温暖却尘土飞扬。一扇狭窄的窗户高高地挂在墙上，室内光线微弱。有一扇活动门。
- 一顶卷曲的金黄色假发掉在地板上。
- 一个身材高大、脸色苍白的男人坐在角落。他穿着一件绿色的长袍。他正在哭。
- 他大约 45 岁。他捡起假发，用它擦了擦眼睛。
- 房间外面是一个秃头的女人。她是苏格兰人。她有 70 多岁了。她穿着睡袍和拖鞋。她化了浓妆。
- 女人打开活动门，走进了房间。

> - 女人：弗雷迪，把它还给我吧，你父亲半小时后就到了。
> - 男人：妈妈，他有权利知道，你应该告诉他，如果你不愿意说，那我来告诉他。
> - 男人拿起假发，离开了房间。

效果

- 这是"即兴写作"，我们没有办法了解到这个故事的全貌，但可以感受到故事中两人关系已经发生了明显变化。母亲提出了要求，却被儿子拒绝，所以她的地位降低了。
- 我们对你作品中的该序列人物一无所知，我们会把人物留在房间。你所创造的是一个简单的场景，场景中的物品引发了简要对话，最终导致某些变化。

练习75　更多空房间

参与者：各种团体，个人

1. 看看此前那份清单，上面列出了一个人物在情感、智力、心理、道德或精神方面的内部变化：情绪的变化、思想的变化、观点的变化、原则的变化、信仰的变化等等。
2. 看看此前那份清单，上面列出了一个人物可能发生的外部变化：地位的变化、环境的变化等等。
3. 回到之前的那个练习。创建另一个房间、另一件物品、另两个人物和两句对话。再次强调，一开始不要考虑得太多，只需要让房间和物品都自然而然地出现。当你接触到两个人物时,留一点时间给自己思考,他们发生了何种程度的变化。

4."空房间"练习多做几次。每一次都去探索人物身上发生的不同类型的变化,每一次都采用相同的框架,但如果你觉得适当或有用,多一点对话倒也没问题。请记住,人物的行动比语言更具说服力。

效果

正如我所说过的,也正如我们将会看到的那样,在一部成熟完备的戏剧当中,变化无时无刻不在发生,从小的变化到大的变化,从这时到那时,从这个场景到那个场景,从这一幕到那一幕。剧作家戴维·黑尔(David Hare)曾经说过:"永远不要让一个人物离开现场时和进入现场时一样。"故事中总是存在转变,即使是轻微的转变,也可以使故事持续发展下去。如果一个场景无法做到这一点,那么它很可能是多余的,哪怕我们在创作剧本时并没有注意到,优秀的演员也会在排练中嗅出来。我记得曾经出现过几次这样的情形,有演员说:"在这一幕中,我们没有得到任何新的东西,为何它还要一直存在呢?"于是,我们就将演员所说的这部分删除了。演员的直觉是正确的,我的创作还可以做得更好。

练习 76　表面下的变化

参与者:各种团体,个人

下面这个练习,可以让你借助表面的"活动"去探索深层的心理和情感变化。

1. 记录一份可用来分享的日常活动清单。例如：铺床叠被、准备饭菜、摆桌子、给孩子洗澡、清理教室、确定酒吧的营业时间、堆放货架、打牌、计划路线等等。

2. 选择其中一个活动。如果你对这个活动非常熟悉，这样更好，因为你更加了解活动细节。

3. 你要写一个场景，人物 X 和 Y 都在从事这项活动。

4. 人物 X 是"负责人"，他清楚地知道他需要做什么。人物 Y 是"协助者"，他不熟悉这项活动的流程。

5. 人物都将完成这项活动作为目标，就当前活动任务展开对话：问题、答案、错误、更正等等。

6. 一旦你决定了活动任务和两个人物，那就开始写，不要考虑人物个性、心理等问题。不要过度计划，自然而然地将场景写出来即可。

7. 不要试图将任何东西强加到场景当中，但如果是在活动中自然出现的，那就可以加入（例如，如果任务是"铺床叠被"，而床单是曾外祖母的旧亚麻布，那么讨论一下曾外祖母可能比较合适）。尽管如此，你始终要将注意力集中在手头需要完成的任务上。一口气将这个场景写完，直到任务完成。写作尽可能详细些（参见示例 76.1）。

8. 浏览你创作的这个场景（如果你是与团队一起创作，那你可以将它读出来），看看场景中有什么线索能够提示人物之间的关系（参见示例 76.2）。

9. 你现在准备写这个场景的第二稿，与此前一样从头至尾完成任务，当然，你知悉场景创作的机制流程。这个场景的重点是任务目标，人物 X 和人物 Y 之间的关系这次将会发生变化，给场景中的人物设定一个非常强大的目标,记录场景将会如何发展(参见示例76.3)。

写出这个场景。

示例76.1

Y:胡萝卜汤?好喝。

X:只为你和我。

Y:就我们俩,我想……

X:你来切橙子,我去削胡萝卜。

Y:橙子?

X:橙子。

Y:放在胡萝卜汤里?

X:当然。

Y:呃。

X:很好。

Y:呃。

X:你等下……把刀递给我。

Y:……我以为你要我切橙子。

X:那是切胡萝卜的刀。这是切橙子的刀。

Y:这有什么关系吗?

X:在我的厨房里是这样。

Y:喝点儿?

X:太早了。

Y:让我们打开这个小瓶子。

X:不,不,它是用来做汤的。

Y:白兰地放在汤里？

等等。

示例 76.2

人物的态度、性格特征、社会地位问题已经出现了。人物 Y 做汤的时候循规蹈矩；人物 X 有点领地意识,说这是她/他的厨房和食谱,在你自己创作的场景当中,允许出现这些细节。现在,你将看到一个活动完成的场景。通过前几章的训练,你还会了解到人物是谁,了解到人物之间是什么关系,等等。

示例 76.3

- X 想通过他/她高超的厨艺来赢得 Y 的好感。
- Y 不以为然,显然认为 X 是个吃货。
- 汤是臭的,X 很苦恼。
- Y 感觉有点对不住 X,拿出一罐番茄汤加热,然后他们谈论安抚心情的食物。
- X 已经从试图控制局面转变为接受帮助。
- Y 已经从批评转变为同情。

效果

你现在已经创建了一个场景,这个场景的主要人物发生了重大变化，他们的协商方式证实了这一点。你一直在尝试的是潜台词，这也是接下来的训练内容。

潜台词

潜台词：在文学作品中，尤其是指在戏剧作品中隐含的而不是直接表达的一个或一系列含义。阅读哈罗德·品特的任何一部剧作，你都会发现看似平淡无奇的"表面"对话，实际存在着隐含意义。

正如任何一位演员都会这样与你说，对他们演员来说，最有趣的文本就是"隐藏在表面之下"的文本，隐藏在他们所表演台词的真实含义之下。记住这一点非常必要，因为我们是在为演员写作。当然，有些场景和演讲能揭示出重要的内在真相，但作为一个普遍原则，演员会去寻找"没有说的"，即表面之下发生的事情。在哈罗德·品特的剧作当中，你会发现拐弯抹角的对话和精心安排的停顿都蕴含着丰富的内容。哈姆雷特，即便真的像莎士比亚笔下的人物那样，把自己的所有想法都说出来了，也会对"存在"或者"不存在"的问题说上几句，但他没有回答这个问题。没有说出来的话、没有结论的推导、没有定论的问题……对演员和观众来说，这些更为有趣。

下面的一些练习虽然继续探索场景中出现的变化，训练的侧重点却是潜台词。其中会有一个分享活动，但这个分享活动不会像此前示例中的"假发"和"煮汤"那样明显地推动着场景中的变化。

练习77 阅读报纸

第一部分

参与者:所有小组

在这个练习中,你需要找到一系列当天的报纸:大报和小报,当地和全国的。在开始训练前,先想一想报纸所包含的不同内容:新闻(战争、犯罪、名人事件、皇室丑闻、政治等)、广告、信件、悲情专栏、社论、填字游戏、体育等,所有这些或其他任何内容均可作为核心素材。

1. 分成三个小组。将三个小组命名为 A、B、C。每组都有一份报纸(也可以是合适的漫画书或杂志等)。

2. A 和 B 是"读者"。

3. C 是"隐形记录者"。在这个角色中,C 会有一本记事本和一支笔。

4. A 和 B 翻阅报纸,并就报纸上的内容进行对话。

5. C 完全不参与 A 与 B 的对话,而是保持隐身状态。任务是以笔记的形式记下 A 和 B 对话的大致进展。重点是"笔记格式"。不要急于将对话中的全部词语都记下来,笔记的功能是记录所讲内容的主要轮廓。

6. A 和 B 没有必要读完整份报纸。目的是用他们所读的内容来激发思考、评论、回忆和感受。请记住,这项练习被称为"阅读报纸"。谈话过程中可能会偏离报纸上的内容,但注意力应该不断重返焦点。

7. 谈话应该持续 10～15 分钟。

示例 77.1

这是 C 用笔记记录的一个完整的对话示例。

A:一亿九千七百万！太恶心了！

B:[阅读]"安德鲁·杰克·惠特克已经很有福气了,他昨天穿着他标志性的黑色衣服出现时,从他的牛仔靴尖到斯泰森帽子,从绝大多数标准来看,他是很富有的……"美国,他是美国人,这就解释了……"

A:我打赌在英国也有人这么做,我打赌……

B:你会吗？

A:不知道……不……这很恶心。看这里,上面说所有这些寻求庇护的人都是穷光蛋,这是不对的,为什么要……

B:我爸爸说,那些寻求庇护的人……

A:我的爸爸也是,但这并不意味着这样做是正确的。我告诉他,他的爸爸来到了这个国家,那他爸爸算什么呢？

B:你爸爸买彩票吗？

A:他上周赢了 10 英镑。他说用它来买我的生日礼物。

B:今天是你的生日吗？

A:星期六。

B:让我们看一下星星吧。你是什么星座？

A:摩羯座。

B:我是处女座。我希望我是别的星座。

A:我希望他给我的零花钱不止十块。我告诉他我想要最新款的……

B:看看布兰妮·斯皮尔斯穿的那件衣服,我希望……

> A:布兰妮·斯皮尔斯是个垃圾。
>
> B:我想知道她是什么星座。
>
> A:我死也不会穿她那样的衣服。
>
> B:你买不起这样的衣服。我爸爸说……
>
> A:她是个祸水妞。
>
> B:我爸爸……
>
> A:这里有星星。
>
> 等等。

第二部分

参与者:各种团体

1. 现在,每个小组都以笔记形式把自己的对话记录下来。

2. 现在的任务是C浏览笔记,A和B将内容记到自己的笔记本上。

3. 现在A、B和C会有一套相同的笔记。

第三部分

参与者:各种团体

1. 现在每个人都将根据自己的笔记独立完成任务。

2. 这些笔记将构成人物A和人物B对话的原始素材。

3. 两个人物是虚构的。

4. 给两个人物起好名字,同时将其想象成与报刊阅读者截然不同的人。使用第一章练习22和练习23的方法来命名这些人物。

5. 看看笔记,谈话中出现了哪些事情?是否存在一直谈论的话题?谈话的大致内容是什么?

6. 能够根据两人的对话和所讨论事情的线索,寻找到正在发生而又没有被谈到的事情吗?在对话的表面之下可能发生了什么事情?根据线索提示,看看是否有一个或两个人物正在发生某些转变。

7. 根据你在第 8 步中发现的情况,重写两人的谈话内容。

8. 如果你发现人物对话进入了全新而又有趣的领域,就允许它这样做。请你记住,如果你遇到了困难,笔记总是能够为你提供支持。

9. 努力使真正要表达的东西隐藏在表面之下,置于潜台词当中。想想"暗示""差不多说了""暗指",而不是"告诉""坦白""解释"。

10. 记住,我们的目标不是再现最初的对话,而是将其作为灵感用于创建新的对话。

11. 想办法让这一幕结束。

示例 77.2

- 寻找场景中提及的(寻求庇护者)或者明显缺席的事物(没有提到妈妈)。

- 把其作为一条线索,说明你认为在这些表面之下发生了什么。让我们注意下妈妈。为什么从未提及妈妈?这里面有什么故事?

- 在背景故事当中插入人物 B 的母亲最近去世的事实。

- 重写这个场景,记住两个对话人物都非常清楚这个事实,却又都在回避这个事实。我们都有过这样的社交经历,虽然我们竭尽全力,但我们想避开的话题还是会出现。这就是其中之一。人物 A 的台词"我死也不会穿她那样的衣服"就变得非常重要。

- 探索不谈论 B 的母亲和 B 可能(无意识地)需要谈论她母亲之间的紧张关系。

- 就人物变化来说,看看是否会有这样一个时刻,B 谈论她母亲的(无意识)需求冲破了表面:她从否认到开始接受。

效果

你现在有了一个场景,在这个场景中,由报纸引发的对话能够使你轻松驾驭潜台词这个概念。从现在开始,我们将贯穿"变化"和"潜台词"两个概念于所有的训练任务当中。

练习 78 观察风景

第一部分

参与者:各种团体

这个练习是此前一个练习的延伸,因为这个练习只涉及潜台词。没有实际的身体活动,没有假发、汤或报纸,只有两个人在看风景和对话。这将是一个好机会,可以充分探索"地表下正在发生的事情"。

1. 三人一组完成任务。

2. A和B将是"对话者",C将是"隐形的记录者"。

3. 寻找一个视角。如果你在大楼里面工作,找到一扇窗户向外看,可以看到各种有趣的事物(繁忙的街道、运动场、公园)。如果你能出去,就直接去公园或者其他任何公共场所。无论你选择什么地方,都要尽量选择有以下特点的视角:(a)公共场所,(b)室外,(c)有天空。

4. 与此前一个练习一样,A和B互相交谈,C是"隐形的记录者",他以笔记的形式将谈话内容记录下来。

5. 同样,这个练习的目的是让风景来激发出对话,但也允许任何看得见的东西激发其他想法、记忆等。再强调一次,始终记得回到"风景",将"风景"作为关注的焦点。

示例78.1

这个示例是C记录下来的A和B的完整对话。两个人站在河岸上,看到的是树木。

A:那是什么树?

B:榆树?

A:榆树。太奇怪了!

B:它是榆树吗?

A:这不是橡木。

B:这不是榆树。

A:这不是紫杉树。

B:榆树?

A:它们是在墓地里被发现的。

B:那是一个运动场,不是墓地。

A:曾经有可能是。那里有一个教堂。

B:你看过那部电影吗？他们的房子建在一个墓地上面,死人从地板下冒出来了。

A:很吓人。

B:你会在大晚上来这里吗？

A:如果没喝醉,我就不会。

B:为什么不呢？

A:可能会掉进河里。

B:看起来不是很深。

A:没有。

长时间的沉默。

B:它叫什么？

A:不知道。它更像是一条小溪,真的。

B:河流,我说。

沉默。

A:有口香糖吗？

B:有。

A:看。

B:什么？

> A:在桥上。有人在钓鱼。我可不想吃那里的鱼。
>
> B:为什么不呢?
>
> A:还有在另一旁的那些工厂。会有很多脏东西从里面出来。
>
> 等等。

第二部分

参与者:各种团体

1. 现在每个小组都会有自己的笔记。
2. 现在的任务是让 A 和 B 抄下 C 的笔记。
3. A、B、C 现在各有一套相同的笔记。

第三部分

参与者:各种团体

1. 现在每个人都要独立完成任务。
2. 当前人物是虚构的。给人物命名。
3. 为其中一个人物灌输一种偏见:一些压在他们心头的东西,这些东西影响他们的情绪和语言等。人物对话不会直接表达出这种偏见,但会通过他们说什么以及怎样说进行提示(参见示例78.1)。
4. 你要创作一个"什么都没发生"的场景。同样,原始性的人物对话被用于支持你的创作,所以你的目标不是再现对话。尽可能使得对话贴近日常生活,将其想象成戏剧中的早期场景:任何重大启示都将在戏剧后期发生。

5. 看看哪些人物形象可以利用和进行调整,从而适应剧本重写的需要(参见示例78.2)。

6. 看看人物内心在对话过程中是否发生了变化,以及这些变化如何影响所说的内容。探索潜台词,但要避免任何夸张性的效果(参见示例78.3)。

7. 以其中一个人物的离开来结束这个场景。

示例78.1

- 这个人物最近被告知得了一种威胁生命的疾病。
- 这个人物刚刚在彩票上赢了一笔钱。
- 这个人物刚刚考试失败。
- 这个人物的宠物狗刚刚去世。
- 这个人物最近坠入爱河。
- 这个人物正在与另一个人物谈恋爱。
- 等等。

示例78.2

- 到目前为止,谈话中已经有很多关于死亡的内容,所以我会让其中一个人物有一种消极的预感,比如说,最近会有一个危及生命的消息。
- 看看景物的意象是如何影响潜台词的。从一开始,紫杉树和墓地就是潜台词。

> **示例 78.3**
>
> - 另一个人物是否开始怀疑有问题?
> - 那个有"消极的预感"的人物可能的变化:开始接受死亡了。

效果

你现在写了一个似乎什么都没有发生的场景。你是一个好伙伴。1955年,塞缪尔·贝克特的《等待戈多》在伦敦首次演出时,一位充满敌意的评论家曾评论说:"两个人,什么都没发生。"仔细想想,示例中的情况——两个不认识的人在看风景——与贝克特呈现给我们的情况并无不同。他设定的场景很简单:一条乡间小路,一棵树。傍晚时分。我们遇到两个在等人的流浪汉。戏剧结束时,他们仍在那里,仍在等待。为什么该剧在第一次演出时受到攻击,我猜想,那是因为它被看作"打破了所有规则"。我已经引用了这样的建议:"永远不要让一个人物离开现场时和进入现场时一样。"《等待戈多》中的两个角色离开该戏时的情形与他们进入该戏时的情形完全相同。解释这个现象的关键在于,规则是用来打破的,不过,我们只有在对规则了如指掌的情况下才能打破规则。贝克特当然知道"规则"(或经典戏剧结构的基本原则),他是一个经典戏剧的研究者,正是因为如此,他才能够写出"反经典"的戏剧。这是一个开始讨论结构的好时机:前面提到的任务——"传递信息和铺设引线的可靠木匠"的手艺。

结构1：传递信息

交代：在戏剧或故事的开头部分介绍人物及其处境。

我们已经研究过在戏剧开头介绍主人公的方法。剧作家所做的是"暴露"人物和他们的处境，以帮助观众在戏剧开头部分参与故事。尽管如此，可能还有其他关键"事实"，并不直接涉及人物，但作家也需要让观众知道。这些都与"戏剧世界"有关。

练习79　交代——戏剧的世界

参与者：各种团体，个人

1. 选取几部戏剧——经典的、现代的、当代的——阅读这些剧作的开场白。
2. 注意作家在对话中提到的关于戏剧世界的那些事实。
3. 注意作家运用的不同创作技巧。

示例79.1　《罗密欧与朱丽叶》

这是极为直白的交代。一首十四行序言诗，讲述了整个故事，交代了整个戏剧。

故事发生在维洛那名城，
有两家门第相当的巨族，
累世的宿怨激起了新争，

鲜血把市民的白手污渎。
是命运注定这两家仇敌,
生下了一双不幸的恋人,
他们的悲惨凄凉的陨灭,
和解了他们交恶的尊亲。
这一段生生死死的恋爱,
还有那两家父母的嫌隙,
把一对多情的儿女杀害,
演成了今天这一本戏剧。
交代过这几句挈领提纲,
请诸位耐着心细听端详。①

这样的交代方式根本不需要观众探索,直接告诉观众将会发生什么事情,所以观众的注意力可以完全集中于故事本身。

示例79.2 《麦克白》

在前两个场景当中——在我们遇到"第一战斗者"之前,就已经了解到许多关于戏剧世界的事情。

• 戏剧世界有超自然的层面,以女巫的形式出现。
• 苏格兰国王的军队与得到挪威人支持的叛军之间发生了一场大规模的血腥战斗。

---

① 《莎士比亚悲剧五种》,朱生豪译,北京:人民文学出版社,2014年版,第5页。

- 考德伯爵一直是叛军首领。
- 国王的军队取得了胜利,这主要归功于麦克白。挪威国王必须向胜利者支付"一万美元"才能埋葬死者。
- 考德伯爵将被处死。

在这个戏剧世界里,我们有一张广阔的画布,上面描绘出封建暴行和超自然生物的世界。在这两个场景中,我们被告知刚刚发生了什么。似乎一切都被摆平了,好人得到了回报,坏人得到了应有的惩罚。不过,那些女巫呢?……

示例79.3 《海鸥》

在梅德维登科和玛莎的场景中,我们不仅了解他们(从他们对自己以及给对方的评价当中),而且还了解到两个极为重要的主角尼娜和康斯坦丁的情况。契诃夫将场景设置在一个庄园的院子里,背景是一个临时的舞台,背景中还有一些工人搭建了这个舞台。我们了解到以下情况:
- 一出戏很快就会上演。
- 康斯坦丁写了这部戏。
- 尼娜将在剧中演出。
- 尼娜和康斯坦丁相爱。

在这里,我们被告知接下来会发生什么。我们也被邀请进入一个具有某种财富和特权的世界,其中还夹杂着一些"艺术"成分。

示例 79.4　《推销员之死》

在之前的练习中,根据威利对自己的评价和琳达对威利的评价。我们查看到关于威利的所有信息,这是一个包含大量信息的场景,仅从我们对威利的了解,我们就得到了威利世界的详细图景。不过,随着对话的进行,阿瑟·米勒充实了威利的家庭世界图景:他不仅是一个巡回推销员,而且是住在这个街区这所房子里的巡回推销员。

- 周边开发房地产使得房子被围了起来,所以即使他打开窗户,房间内依然憋闷。
- 街道两旁都是汽车,小区里没有新鲜空气,院子里的草也不长了。
- 建筑商把树都砍了。
- 以前有丁香、紫藤、牡丹和水仙花生长,但这些天院子里连胡萝卜都不长了。
- 公寓的气味弥漫进了房子。

我们被带入这里,这是一个过去与现在截然不同的世界。威利故事展开的舞台就是这样一个世界,过去是这样的,现在也是。

示例 79.5　《她的生活尝试》

在之前的练习中,我们研究了第一个场景如何展示出安妮的确凿事实(或看似确凿的事实)。我们还注意到,场景结构——一连串看似毫无联系的电话信息——给我们描绘出支离破碎的电子通信世界。在更为广阔的故事世界当中，作者还在信息中植入了哪些线索：

• 这个世界包括许多（可能的）地方：维也纳、布拉格、明尼苏达、机场。

• 在这个世界，电话答录机接收匿名亲密话语（粗俗或真诚）和想法。

• 在这个世界，主人公的身份不断变化，其身份取决于用电话答录机向她说话的那个人。

你可以称之为反交代，这与《罗密欧与朱丽叶》的序幕截然相反。我们面对的是一个什么都不能只看表面价值的世界。通过一个来电者的留言，我们"了解"主角一些事情，但下一个来电者上线，我们所"了解"的一切似乎都与之前的信息相矛盾。从该剧的语言及其指涉来看，戏剧就是我们现处的当代世界。在我们看过的所有戏剧当中，这应该是我们颇为熟悉的世界。尽管如此，由于该剧的模糊性，它给人的感觉是最不熟悉的，这就是该剧如此辉煌的原因。该剧将我们自认为了解的世界，描述为完全不可知的东西。即使是《麦克白》那个奇怪、血腥、超自然的世界，也比《她的生活尝试》那个现代、技术性、支离破碎的世界中的流沙更为确定。

示例 79.6　《小红帽》和其他故事

读读任何民间或童话故事，你会发现交代过程中都有相同元素：(a) 具有鲜明性格特征的特定主人公；(b) 人物活动的特定世界。

> 从前,有一个乡下小女孩出生在一个村子里,她是世上最漂亮的小女孩。她的母亲非常疼爱她,她的外婆更是如此。善良的外婆给她做了一顶小红帽;这使她看起来非常漂亮,大家都叫她小红帽。有一天,妈妈对她说……
>
> (艾欧娜·奥佩和彼得·奥佩①,《经典童话故事》)
>
> 从前,在圣河恒河岸边的一间小屋里住着一位老船夫。多年来,他的家人一直在这条大河上划船。在他之前,祖父和父亲都是船夫;在老船夫还是个孩子的时候,他就接手了这份工作。与所有村民一样,他很穷。他把人们从一个河岸拉到另一个河岸,挣的钱甚至还不足以养家糊口。虽然生活如此艰难,但他从未抱怨过。他很高兴能为乘客提供服务。有一天,一位衣着光鲜的城市绅士上了他的船……
>
> (比尤莱·坎德拉,《南亚故事》②)
>
> 很久以前,有一位老人和他的妻子。老人天性善良,养了一只宠物麻雀,由于他没有孩子,他对这只麻

---

① 英国学者艾欧娜·奥佩和彼得·奥佩夫妇系 20 世纪前半叶伟大的民俗学家,二人用毕生精力奔走于儿童校园或游乐场,用现代科学方法观察、记录孩子们的游戏和歌谣,然后再进行分类整理,最终出版了《牛津童谣辞典》等一系列儿童作品集,被称之为"儿童文学最丰富的典藏"。

② 比尤莱·坎德拉的《南亚故事》全名为《南亚故事:事情是如何开始》,系莱特集团 1994 年出版。

> 雀就像对待自己的孩子一样温柔。有一天,老人拿着一个篮子和一把斧头,像往常一样上山去砍柴。与此同时,老妇人开始在井边洗衣服……
>
> (岩谷小波①,《日本童话故事》)
>
> 很久以前,在巴拉哈德林附近,住着一个叫欧文·奥穆雷迪的人。他为当地一位绅士干活,是一位富裕、安静、满足于现状之人。他们一家两口,只有他自己和他的妻子玛格丽特,此外没有其他人。他们家有一栋漂亮的小房子,他们从不缺土豆,除此之外还有从雇主那里得到的工资。除了一个期望之外,欧文没有任何渴望也从不感到焦虑,那就是——他从来没有做过这个梦。有一天,他在挖土豆的时候……
>
> (约瑟夫·雅各布斯,《凯尔特童话》②)

效果

通过上述示例以及你可以选择的其他示例,我们已经看到,交代的作用在于介绍主角及其所处的世界,从而奠定戏剧叙事基础。

---

① 岩谷小波,日本童话作家、小说家、俳句诗人,本名季雄,东京都人,砚友社成员,为日本儿童文学的创始者。

② 约瑟夫·雅各布斯以其《英国童话》著称,而《凯尔特童话》比作者最著名的《英国童话》更加浪漫、更加有趣。凯尔特人曾经遍及中欧,现仅存于少数地区。约瑟夫·雅各布斯走遍威尔士、爱尔兰、苏格兰,收集并挑选出26个最具代表性的民间故事。

在此过程中,提出了某种形式的未来困境、问题或疑问(无论是明确的还是暗示的)。无论是哪种情况,作者都精心确定所要揭露的幕后事实。我们已经看到,要做到这一点,可以暴露无遗(《罗密欧与朱丽叶》),也可以深藏不露(《她的生活尝试》),还有介于两者之间的其他形态。现代"精心制作的戏剧"如何完成交代过程,《推销员之死》就是一个很好的例子——非常巧妙地将信息包含在人物对话当中:我们在不知不觉中接收到大量"事实"。

练习80　开场白

参与者:各种团体,个人

你将为一部戏剧写三段开场白。在开场白中,你将介绍戏剧的主人公,开场白不要出现任何戏剧性的事情,但必须交代观众需要知道的一些"事实"。你的任务是巧妙地将这些事实插入开场白,让观众不会坐在那里想:"哦,我们正在被灌输这些事实。"开场白包含关于人物及其基本情况的"事实"。在此之前我们做过很多训练,包括人物、变化和潜台词,请尽可能地将这些内容代入训练中。这时,你就可以迅速地召唤出人物及其情况。

1. 她上大学是为了学习美术。她喜欢的颜色是红色。在她8岁的时候,她的父亲就去世了。她就读的那所大学是左翼政治的温床。将这些写入她的电话交谈当中。

2. 他是大学摇滚乐队的一名歌手。他没能完成大学课程。他的体重超标。他在她母亲的葬礼上发言。将这些写入两个人的交谈(他不在场)。

3. 她在国外生活了数年。当她在国外时,祖国发生了内乱。

当她在国外时,她与一位老朋友见了面。她阅读侦探小说。回国后,她成为一家大公司的主管。将此写成晚餐期间的对话。

练习81　序幕

参与者:各种团体,个人

1. 从一份日报找出一个新闻故事。
2. 想象一下,你将根据这个故事完成一部完整的戏剧。
3. 像《罗密欧与朱丽叶》那部戏剧一样,写一个序幕,介绍故事基本内容,说明人物将发生什么,但不必解释将会如何发生。

练习82　第四章中的人物

参与者:各种团体,个人

返回你在第四章创作的人物和故事构思,当时已经写了一个开头场景,其中至少包含两个人物。根据我们迄今所学的开场场景及其功能的知识,重写这个场景,请记住以下几点:

1. 根据(a)他们对自己的评价和(b)其他人物对他们的评价,我们对这些人物有什么了解?
2. 就人物的处境而言,他们发生了什么变化?
3. 戏剧世界是如何被揭示出来的?
4. 如何去处理潜台词?没说的、半分话、暗指的和暗示的内容又揭示了什么?
5. 在观众的脑海中,这个场景(有意或无意)唤起了什么问题?

练习83　拆开手提箱

参与者:各种团体,个人

我们讨论了戏剧开始时的展示,但这并不是交代的全部。我们在第四章看到,在故事开始之前,主人公的全部生活史需要布置到位。这就好比,你在收拾一个手提箱,箱子里装满了人物的全部生活与世界,然后在第一个场景当中,决定拿出哪些物品展示给观众。不过这并没有结束,因为随着剧情发展,手提箱里还会有其他物品,你需要在该剧的关键时刻向观众透露。因此,交代会贯穿全剧,且在不同层面继续。

看看系列剧(或肥皂剧和电视剧),看看作者是如何在某个时候"回到手提箱",以便推动故事发展,加深我们对主人公的理解的。他们运用了哪些手段和技巧?

示例83.1

- 在情节剧(一种耸人听闻的戏剧,其中有许多二维人物,在19世纪的欧洲和美国较为流行)中,出现"重大的、戏剧性的披露"是很常见的。第一幕的帷幕可能随着这样一句话落下:"但是罗杰伯爵,你失散多年的父亲在过去的五十年里,一直被锁在阁楼上!"这句话虽然看上去很粗糙,但准确地告诉了我们什么是交代:从主角过去的生活中代入的那些东西,影响了舞台上的人物行动。

- 当麦克白谋杀国王的决心似乎有些动摇时,麦克白夫人透露出一些她自己的历史,以便用她的决心来鞭策他。

  我曾经哺乳过婴孩,知道一个母亲是怎样怜爱那吮吸她乳汁的子女;可是我会在他看着我的脸微笑的时候,从他的柔软的嫩嘴里摘下我的乳头,把他的脑袋砸碎,要是我也像你一样,曾经发誓下这样的毒手的话。

  (第一幕,第七场)①

- 交代可以有多种样式:带有迄今未知但至关重要的信息(信件、传真、电话信息等)的到来;"我记得"的演讲;倒叙;使用叙述者的形象;忏悔自白;八卦;信使到达让国王知道敌人在城墙外。

- 肥皂剧几乎都是交代性的。请注意,角色们不断地用一句话来相互套近乎:"希德,我可以,呃,和你谈谈昨晚发生的事情吗?"这通常是一些关于其他人物不正当行为的流言蜚语。

效果

在你创作剧本的过程中,请记得不断地运用交代——如何不

---

① 《莎士比亚悲剧五种》,朱生豪译,北京:人民文学出版社,2014年版,第115页。

断地从手提箱拿出东西来推进行动,加深我们对主人公的了解。就叙述如何展开这一点来说,这个手提箱内迄今为止最重要的东西,就是他们最深层的期待、需要和欲望。主角们期望什么——他们的驱动力——这将是你从这一点形成结构的关键。

结构2：引信和炸弹

　　戏剧结构及其前进动力本质上都与主角的生活和行动紧密相连。你在交代过程插入的微小细节——一条信息、一句偶然的话、一个看似无辜的行动——都可能在戏剧中产生巨大影响。你所做的是埋下引信,埋下未爆炸的炸弹。再说一次,每个细节都有目的。

　　在第四章中,我们围绕"首个重大转折点"做了一些训练：剧中主角"偏离道路"的那一刻——就小红帽而言是事实上的"偏离道路",就麦克白而言是道德上的"偏离道路"。在这两个案例中,它都是利益冲突的结果。现状是处于危险之中。小红帽遵循母亲指示的意愿被她摘花的意愿取代了。对尘世荣耀的渴望战胜了成为国王忠诚仆人的渴望,这是麦克白在通往永恒的诅咒的道路上迈出的第一步。

　　我刚才运用了"就……而言"这个短语,这并不是巧合。探讨戏剧的一种方式是"案例研究"：研究特定人物在特定环境下如何表现。精神分析学家聚焦于病人的过去,以便看到过去的影响(以及由此产生的生活中的行动/不行动的选择)如何导致现在的行为。剧作家创造的虚构人物也是如此。也就是说,看看是什么导致了这个结果。这一切将如何发展？

你可能听到小说家说过,"结局就是一切"。如果结局(结论、决议、终结或回报)要真正令人满意,那么它必须完全根植于戏剧的一开始。这就是我们花了这么多时间去介绍生活史,去展示人物、交代现状的原因所在。这就像盖房子一样:再伟大的墙壁,再美丽的屋顶,如果建在沙子上,还是会倒塌。戏剧和建筑一样,都是一种建造行为。

从现在开始,你将在第四章练习的基础上开始训练,在创作人物、场景和故事构思的基础上进行。我将要求你以经典形式创作——也就是说,人物塑造和叙事发展以线性的形式交织在一起。你最终可能会颠覆这种形式,就像塞缪尔·贝克特那样。但是,如果我们确实接受我们从事的是一门匠活(还记得"-wright"与"-write"相对吗?),那么我们只有在知悉基本原则的情况下才能颠覆。

练习 84 有意识和无意识之间的冲突

参与者:各种团体,个人

1. 回到你在第四章练习中塑造的人物。考虑一下他们在故事开始时有意识的愿望(需要、欲望等)是什么?我在那一章中简单塑造的人物——塔雷什——可能会说:"能够获得我需要的那些小东西,这些小东西会让我的生活变得可以忍受——零星的烟草,足够去看歌剧的钱。"

2. 现在想想他们无意识的愿望可能是什么?塔雷什的愿望可能是重新获得他曾经拥有的自尊。

3. 现在想一想这两者之间的冲突可能是什么?对于塔雷什来

说,我认为,如果他走上小偷小摸的道路,他就会越来越没有自尊。

如果你不确定无意识的欲望或需要是什么,那也不要对此过于担心。写初稿的部分任务是发现你的人物和你的故事。可能在完成初稿之后,你才会发现关键的东西。请记住这样一个事实:所有的故事——或多或少——都是基于主人公有意识地认为自己想要的东西与他们无意识渴望的东西之间存在冲突。一个角色可能表示自己是善良和忠诚的,而且其他角色也可能从他的行为中感受到这一点。戏剧性的地方在于,当接触到诱惑、"障碍"、新机遇时,沉睡的内心欲望是否会被唤醒。《麦克白》的初期就有一个有趣时刻。国王说到叛徒考德,以前却是他最信任的人之一。

> 世上还没有一种方法,可以从一个人的脸上探察他的居心;他是我所曾经绝对信任的一个人。
> (第一幕第四场)[1]

麦克白立即进来,国王说他有多重视麦克白,他欠麦克白多少,麦克白回答说:

> 为陛下尽忠效命,它的本身就是一种酬报。接受我们的劳力是陛下的名分:我们对于陛下和王国的责任,正像子女和奴仆一样,为了尽我们的敬爱之忱,无论做什么事都是应该的。

---

[1] 《莎士比亚悲剧五种》,朱生豪译,北京:人民文学出版社,2014年版,第109页。

（第一幕第四场）①

　　这里我们看到麦克白表达了他有意识的价值和意图，且与考德的例子具有类似性：一个同样受到国王信任的人，在他的"思想结构"里却彻底地隐藏着完全不同的价值观。而当我们到了重大转折点时，我们知道会发生什么，麦克白没有非常清楚地向其夫人表明，不会有谋杀之说。对于麦克白来说，有意识和无意识之间的冲突是巨大的。这是因为，随着无意识的欲望（权力、世俗的荣耀）通过他的行动而显露出来并且坚定不移，主人公也越来越意识到自己正在走向永恒的诅咒。在此过程中，他一直在挣扎：在第一幕第七场中，麦克白对夫人说："我们不会在这件事上再继续下去了"，但麦克白夫人大劝一通，说到将孩子的脑袋砸掉，这时麦克白又被激怒了。

　　因此，有意识和无意识之间的冲突本质上是一种价值观的冲突。没有这种斗争，就不会有戏剧。对于麦克白来说，这是他知悉的那些正确价值观之间的斗争，包括社会上的（封建式忠诚）和道德上的（基督教责任），而且赌注非常大。在另一种类型的故事中，可能有一个生活奢侈、自我放纵的人，他潜意识的愿望是过上一种简单、高尚的生活。再说一次，戏剧性在于人对需求的抵制，以及它如何胜出，或者失败。

---

① 《莎士比亚悲剧五种》，朱生豪译，北京：人民文学出版社，2014年版，第109页。

练习85 持续冲突

参与者:各种团体,个人

我们发现,主人公的"性格"是由他们的行动选择来揭示的——他们有意识地做什么,或不做什么。当他们受到某种压力时,这些行为就会显露出来。这种压力可能是小红帽想让自己开心,采摘漂亮的花朵,因此偏离了她母亲的指示,没有继续朝正道走下去;也可能是麦克白夫人的嘲讽,说她的丈夫还不如她能干。

因此,一出戏的结构可以被视为一个冲突的进程,其间主人公要处理有意识和无意识之间不断增强的压力。你可以将此称为故事的弧线:将主人公从现状带到最终结局的事件进展。

在完全不考虑故事发展的情况下,拟定一份清单,记录主人公可能具有的有意识(C)和无意识(U)的驱动力或目标。尽可能使它们相反,以便为矛盾冲突埋下导火索。

示例 85.1

- (C)我拒绝工作,(U)我希望得到尊重。
- (C)我必须做一个忠诚的妻子,(U)我渴望自由。
- (C)我需要平静的生活,(U)我想要冒险。
- (C)我想要权力,(U)我需要被爱。
- (C)我想要冒险,(U)我需要平静的生活。
- (C)我必须做一个好父亲,(U)我想再成为一个孩子。
- (C)我是一个宽容的人,(U)我需要复仇。
- 等等。

练习86　发展战斗

参与者：各种团体，个人

从上面的清单中，选择几个例子。记录以下问题的答案。让这些问题帮助你想象主人公正在进行的旅程。

1. 无意识目标将如何被揭示？
2. 主人公会接受并拥抱这个无意识目标吗？
3. 主人公将采取什么措施避免无意识目标？
4. 一路上有什么障碍阻止主人公实现无意识目标？
5. 主人公是否实现了/未能实现无意识目标？
6. 主人公实现/未能实现无意识目标的代价是什么？
7. 从一开始，到当前现状，至最终结局，主人公的性格有什么大的变化？

示例86.1

就我的这个例子而言，(C)"我必须做一个忠诚的妻子"，(U)"我渴望自由"。

在思考这个人物时，请记住前面关于特殊性的全部创作：这不是普通的妻子，而是特殊的妻子。

• 她的一个单身朋友赢得了双人免费去希腊度假的机会。

• 她说她不能请假，因为她和她丈夫的小生意做得不是很好。

- 她在柜子后面发现了她还是学生时用过的旧背包。
- 她把这个背包带到了乐施会①商店。
- 在乐施会商店里,她发现了一堆旧唱片,可以追溯到她的嬉皮士时代。她买下了这些旧唱片。
- 她给丈夫放了唱片,丈夫却说生意做得很差,嘲笑她把钱浪费在旧垃圾上。
- 他们讨论生意以及如何度过这一年。
- 那个朋友从机场打电话来。
- 等等。

最后的结果将证明她是如何实现自由或者没有实现自由的。你所策划的是那些改变的时刻(或拒绝改变的时刻),这个时刻使她走向(远离)对自由的渴望。

效果

这些问题的回答将会奠定你的故事架构。你现在应该很清楚,主人公的旅程、人物、故事和情节是完全相互关联的。在第一章中,我们注意到,"策划"一出戏就是剧作家将毫无戒心的观众完全卷入他的虚构故事中,用戏剧所揭示的人物来吸引观众,用故事的冲突来吸引观众,让观众陷入尚未展开的情节当中,最后再用一个令人满意的结局来回报观众。

---

① 乐施会是具有国际影响力的发展和救援组织的联盟,以"助人自助,对抗贫穷"为宗旨和目标,与政府部门、社会各界及贫穷人群合作,跨越种族、性别、宗教和政治界限解决贫穷问题。

最终结局

有人说过,"结局就是一切"。我们都知道什么时候会被结局欺骗。这并不意味着"好"的角色就一定要有好结果,或者"坏"的角色一定要受到惩罚。虽然我们并不知道因为什么被欺骗,但我们本能地知道上演的这部戏剧的结局并不"真实"。莎士比亚有一段时间写的悲剧都是"大团圆结局",科迪莉亚①并没有死去,在混乱之后,一切都愉快地结束了。有些好莱坞电影(尤其是在20世纪40年代和50年代)也是"大团圆结局",因为作为强制性的道德守护者,审查人员不会让坏人逃出法网,哪怕故事所有内容都指向事情正朝着坏人逍遥法外的方向发展。

戏剧结局必须与导致结局的全部因素匹配。在契诃夫戏剧的结尾,如果三姐妹收拾好行李,坐上了去莫斯科的火车,我们可能不会为她们感到悲伤,但我们会对剧作家深感失望。

那么,是什么让一个结局变得"恰当"?在《皆大欢喜》中,有情人终成眷属,而在《罗密欧与朱丽叶》中,恋人双双殉情而死;阿加莎·克里斯蒂所有剧中的凶手都会被抓到,而俄狄浦斯要戳瞎自己的眼睛,为什么这些都是恰当的?我们不知道罗莎琳德是否会得到奥兰多②,但一切都促使我们相信她会得到,我们想知道她是如何得到的。我们确实知道罗密欧和朱丽叶最后都死了(序幕已

---

① 莎士比亚《李尔王》中的人物之一,因为诚实善良而被父亲驱逐。
② 莎士比亚戏剧《皆大欢喜》讲述罗莎琳德到森林寻父及她本人的爱情故事。

经告诉了我们),但我们也想知道是他们是怎么死的。我们不知道谁在东方快车上杀了人①,但我们想知道是谁。我们不知道为什么俄狄浦斯会遭遇可怕的命运,但我们想知道会是怎样的命运。我们知道小红帽给自己和外婆带来了危险,但我们想知道她是否以及如何能摆脱危险。

恰当的结局是:(a)回答戏剧伊始阶段在我们脑海中被唤起的问题,但是要(b)以我们没有预料到的方式。

示例 86.2

让我们来看看前面的示例,这个女人有意识地想做一名忠诚的妻子,但又无意识地想获得自由。考虑到我们围绕人物塑造、故事世界等所做的一切,让我们想象一下,我们已经将她带到了首个重大转折点:在这个时刻,她离开了忠于丈夫的道路,意识到在她生活中还有其他想要的东西。被唤起的问题是:

(a)她会得到她想要的东西吗?

(b)她将如何得到她想要的东西?

(c)她真正想要什么?

最后一个问题非常重要,因为她真正想要的可能是做一个忠诚的妻子并拥有自己的自由。因此,这个故事的结局——适合于她开始时有意识/无意识加载的困境——可能是以下任何一种。

---

① 《东方快车谋杀案》系阿加莎·克里斯蒂创作的侦探小说,作品讲述13个陌生人被困火车,每个人都是嫌疑犯。

> - 经过一系列的挫折和挣扎,她在希腊小岛发现了另一种精神自由的崭新生活。
> - 经过一系列的挫折和挣扎,她在希腊小岛上安顿了崭新的生活,这是她在伦敦郊区先前生活的翻版。
> - 经过一系列的挫折和挣扎,她认命地回到了伦敦郊区,继续先前的生活。
> - 经过一系列的挫折和挣扎,她意识到她真正的自由在于她重返伦敦郊区,继续过着先前的生活。
> - 等等。

效果

  这些结局中的任何一个都(a)回答了我们一开始就被召唤出来的问题,并且——如果他们让我们猜测的话——(b)以我们意想不到的方式给了我们答案。这是一个有趣的问题,对作家来说也是一个挑战。我个人倾向于,这个为"忠诚"(义务、责任等)概念所困的人离开当前的家庭,最终在希腊岛上寻找到个人自由,但作为一场戏剧冲突,这显得苍白无力。另一方面,有些人想要忠诚和自由两全,却又回到有意识的"忠诚",并将其作为另一种形式的"自由",这样的做法可能只是个案,但在戏剧性的层面,这样的结局更能引起观众兴趣。

  这我想到了诺埃尔·考沃德的一部戏剧,该剧后来被改编成电影,名字叫《相见恨晚》。该剧讲述了20世纪40年代一位英国郊区家庭主妇的故事。她在火车站的自助餐厅遇到一个陌生人(一名医生,也是已婚)。在一系列的邂逅中,他们坠入爱河。我们心中无不希望他们脱离羁绊,两人一起开启新的生活,但故事中的一切都在告诉我们,这是不可能的——他们所处的社会环境,主人公与生俱来的自我压抑,那个时代的道德规范——让我们知道这注定无法实现。我们知道,这将是一个可怕的结局。我们(不带任何希望地)想知道这些是如何发生的。这个故事的精妙之处在于,我们本能地知道它将以失败告终,吸引我们的却是不知道以什么方式结束。在叙事的各个阶段,主角们都可以说,"管他呢,我们一起跑吧",但考虑到他们的本性以及他们所居住的世界,如果他们真这样做了,我们会非常失望——尽管我们是那么希望他们这么做。

"让观众坐立不安"(惊悚剧)和"他们在过道上打滚"(喜剧)这两句老话告诉我们很多。一个是悬而未决的期待(谁干的),另一个是出乎意料的惊喜。在这两种情况之下,观众都被"设置"了,最后观众得到了他们想要的东西——惊讶的喘息声或爽朗的大笑声——以他们意想不到的方式。

练习 87 转折时刻

参与者:各种团体,个人

回到你创建的主人公和你从第四章开始创作的故事。

1. 再次思考主人公有意识/无意识的动力/目标是什么。
2. 拿出一叠明信片/索引卡。
3. 记录对主人公来说可能是"转折时刻"的东西。记住,我们所说的"转变"可以指任何层面的变化——情感、社会等,但这种改变是由人物承受压力及其选择所决定的。

4. 按照故事发生的顺序,将卡片排成一行。标出那些表示重大变化的时刻,即主人公承受重大压力之处(MPM)。

5. 作为通常原理,"重大压力"时刻将沿直线均匀分布。如果它们都出现在开头,或者都集中在中间,那么这部作品的结构规律就可能出了问题。戏剧在于主人公遇到越来越多的困难,以及如何处理这些困难。试着把明信片/索引卡移开,看看MPM(d)是否应该放在MPM(b)之前……

6. 让所有的角色都遇到困难。对他们的旅程也进行同样测试。

效果

如果你经历过"尤里卡"时刻,最终结局已经显现出来,这时候你便有机会去测试。如果你创建的人物是一个杀人狂魔,最后在断头台上发表演说,那么卡片会提醒你方向是否正确。就目前的情况来看,杀人狂魔的剧情梗概可能是极为荒谬的。尽管如此,你可能非常希望是这样的结局,如果是这样的情况,那么现在就是让你施展拳脚的时机,去重新构建导致这个结局的一切。你正是你所创建世界的女神,只要这个世界遵循自己的规则,你就可以按照自己的意愿重新塑造这个世界。

练习 88　故事模型

第一部分

参与者：各种团体，个人

我们已经探讨了创造完整故事的各种方法。下面是另一个示范练习，你可以将本章和上一章的创作应用于练习当中。

练习的第一步是回答问题。尽可能坚持外在的东西，从外部进行描述。要相当简短，但同时要具体。不要深入人物的内心世界或探索人物的心理。采用新闻报道的方式（参见示例 88.1 和示例 88.2）。

1. 想象一个家庭及其成员。这是一个普通家庭，共有三至四名家庭成员。回答下列有关这个家庭的问题：
   - 他们的住宅位于哪里，是什么类型的住宅？
   - 当前住宅是什么状态？
   - 家庭成员有哪些？
2. 家里没有食物。
   - 那里通常有什么样的食物？
   - 为什么今天没有食物？
3. 有人离开去寻找食物。
   - 他/她是谁？
   - 为什么这个人要去？
   - 他/她在寻找什么样的食物？
   - 他/她要去哪里？
4. 在遇到一些困难后，他/她设法获得了一些食物。

- 他/她是如何获得食物的,通过什么手段?
- 他/她在哪里获得的食物?
- 他/她得到的是什么食物?

5. 在回来的路上,他/她被耽搁了。
- 他/她是如何被耽搁的?
- 他/她是被谁或什么东西耽误的?
- 他/她在哪里耽搁了?

6. 当他/她终于回来的时候,这个地方已经废弃了。
- 为什么会被废弃?
- 家里的其他成员去了哪里?

7. 故事的结局是人物生活得更好,还是更糟(参见示例88.3)?

示例88.1

- 在伦敦南部一个住宅区,一座塔楼顶端的一间公寓。
- 公寓非常整洁,但部分墙壁有些潮湿的水印。
- 这是一个寻求庇护的家庭:一个外婆,一对父母和两个孩子。

示例88.2

- 他们一般吃廉价的罐头食品。
- 今天,他们用光了食品优惠券。

> **示例 88.3**
>
> • 如果结局是朝好的方向转变,那么家庭其他成员可能会用纸条留言,说他们的庇护申请已经获得批准,他们去寻找更好的住所,父亲现在可以自由就业。• 如果结果变得更糟(不幸的是,可能性更大),当局就会通知这个家庭,他们将被从公寓赶出去,甚至将他们驱逐出境。

效果

现在你有了一个故事的框架,基于(a)一个给定的情形,(b)一个问题,(c)一个行动序列和(d)一个最终的结局。

第二部分——故事模型和人物

参与者:各种团体,个人

现在,你们要通过塑造人物来为故事添砖加瓦。运用此前的练习,打造关于人物的生活史,刻画人物的欲望和驱动力,建构人物的矛盾和冲突。

第三部分——故事模型和题材

参与者:各种团体,个人

在第三章中,我们研究了"题材":一个故事解决特定社会/政治/经济问题的某些方面。这个故事探讨的问题可能是什么?有什么研究建议？

> **示例88.4**
>
> 　　在示例故事的大纲当中，这个显而易见的题材是庇护问题和寻求庇护者的处境。

第四部分——故事模型和主题

参与者：各种团体，个人

　　在第二章中，我们讨论了"主题"：故事中涉及具有广泛性和普遍性的人类问题，通常以抽象的形式表达出来，如忠诚、权力、正义、复仇等。这个故事探索的主题是什么？

> **示例88.5**
>
> 　　在示例故事大纲当中，有权力/无权力的主题将通过问题（寻求庇护者与国家权威的关系）体现出来。

效果

　　你现在有了一个完整的故事大纲。
- 这个大纲由事件驱动。
- 其中的人物具有驱动力，存在冲突等。
- 其中含有一个特定主题，该主题影响人物的生活。
- 其中含有一个重大题材，该题材是由主题衍生而来的。

总　结

"获得故事"的基础是:

• 在一个令人信服的世界中培养一个令人信服的主角,可以是当代的、历史的、神话的、科幻的等等。

• 使主人公承受压力,并在压力之下做出选择,从而揭示主人公的真实性格。

• 随着事件的推进,主人公实现/未能实现他们有意识/无意识的目标。

• 得出一个与上述所有情况相匹配的结局/解决方案。

通过第三章至第五章的学习,你已经习惯于不断修改正在完成的剧作。无论是个人创作还是团队合作,你已经知悉如何去建构故事的整体形态,以及如何去描述故事中的人物。请给自己设定一个完成初稿的截止日期。我们这些受委托的剧作家,既害怕又欢迎截止日期。欢迎截止日期是因为,这意味着货到付款;而害怕截止日期是因为,这是对叙事作品所作出的承诺,而这种叙事在现阶段看起来可能还有缺陷。尽管如此,截止日期对创作有无尽的精神益处:你会发现,临近的日期可以成为一种动力,解决你在创作过程中遇到的各种问题。之后你可以复习整个训练文本(用你已经完成的大量练习再次测试),并接受第八章的训练:第二稿。

在第八章之前,我们将集中讨论创作流程的两个关键方面。第六章将讨论故事的视觉化——故事发生在什么地方,以及如何影响叙事。第七章将讨论你作为一个作家(或者一群作家)的声音。

6 地点/场景

无论你是个人独立创作，还是团队集体创作，如果为传统戏剧表演而写，那你一定会考虑故事发生的地点。对导演、设计师、灯光师和音响师等，作家需要为其提供多少信息和细节，以便故事实体化？人们对这个问题有不同的看法。我个人的偏好是尽量别这样做，这样可以为其他艺术家留出更多的发挥空间。尽管如此，我还是建议你写作的时候在脑海里将地点具体化，这与你对人物具体化的构思是类似的。我个人处理这个问题的方法是"思考电影"，因为我知道——最后，而且是奇妙的——现场表演的独特力量可以通过一根燃烧的火柴棒来暗示一座燃烧的摩天大楼。

以下是某些剧作家为作品创作团队提供的部分方法：

……索林庄园里的花园一角。一条宽阔的园径，通向花园深处的湖泊。面对着观众，一座草草搭成的业余舞台，横断着这条园径，把湖水全部遮住。舞台两旁是些丛林。

……几张长凳，一张小桌子。

……太阳刚刚西下。闭着的幕后，是雅科夫和其他工人。咳嗽声，锤击声。

……幕开时，玛莎和梅德维登科正散步回来，由左方上。

……①

（安东·契诃夫，《海鸥》）

在塞缪尔·贝克特的《等待戈多》中，我们被告知的是："乡间的一条路，一棵树，黄昏。"在爱德华·邦德②的《海》中，我们看到了一个异常活跃的自然世界。"黑暗和雷鸣。风在水面上咆哮、呜咽、撞击和尖叫。"大量的海水涌了上来，发出嘎吱嘎吱的响声，然后撞回海里。

将戏剧的地点/场景看成另一个人物，而不仅仅是附带的背景，这是很有用的。我们已经谈到过"独特性"：如果你有一个在战场上当兵的人物，我们需要明确地知道是哪个特定的士兵，在哪个特定的战场上，在战场的哪个特定的区域。这可能是一场从未发生过的战争，一个纯粹的虚构事件，但事故细节——无论多么微小——都需要在你的脑海中准确无误，就像你在第一次世界大战的战壕中完成一部戏剧那样逼真。

契诃夫在剧本开头详细描述了19世纪晚期俄罗斯的一个私人庄园。在这儿，我们首次瞥见一个存在阶级划分的世界（在地里干活的人和在地里散步的人），以及一个将在那儿（正在建造的舞台）发生的事件。贝克特向我们展示的东西更简单一些：一个地方，这个地方的物体、时间。我们发现有人无法脱下自己的鞋子。如同契诃夫的一样，极为稀疏的信息也是准确的。贝

---

① 引自《伊凡诺夫·海鸥》，焦菊隐译，上海：上海译文出版社，2014年版，第106页。

② 爱德华·邦德系英国左翼剧作家、导演、戏剧理论家，一生创作了大量作品，但公开上演的作品不多。他的剧作试图以暴力激起人们的觉醒，再加上邦德对戏剧创作的极端评论，使得其常常成为批评家谈论的话题。

克特几乎没有在这幅画中填充其他任何东西,这一事实说明:只有"一棵树"的风景让人感觉非常荒凉,在黄昏时分,这样的地方无疑更为荒凉。

爱德华·邦德在一个暴力画面中,向我们展示了更多的自然景象,在这里,地点如同人物那样,被充分描绘出来。在开场的时候,其中一个人物确实是在与自然搏斗。

英国评论家兼戏剧家肯尼思·泰南①曾经说过:"我多么厌倦试图表现无处不在的场景,我是多么渴望看到无处不在的细节。"贝克特的风景是极简的,就这部作品而言却是独特的。其实,在世界上任何地方的傍晚时分都可以找到一条乡村道路和一棵树。正是此处风景具有特殊性,从而具备了普遍性。在这种情况下,贝克特更为详尽的描述反而会有所不利。契诃夫对那个乡村庄园进行详尽的描述,是因为世界上其他地方均可能有这样的庄园。如果契诃夫不那么具体详尽地描述,恰恰会削弱作品的普遍性。邦德笔下的暴风雨海滩,那是1907年的英格兰东海岸,有碎石和沙子,但对全球所有感受过大海威力的人来说,他们都会觉得非常熟悉。

---

① 肯尼斯·泰南为英国戏剧评论家和作家,曾积极投身政治运动,反对戏剧审查制度,主张废除禁止同性恋和堕胎的法律,晚年定居美国加利福尼亚并重新开始写作。

作为人物的地点

地点和场景阐明了某些"规则"或行为惯例,这些"规则"和惯例将对人物产生影响,就像生活中的规则和惯例对人们产生影响一样。如果我想表达"我爱你",我们所处生活环境将决定我如何去表达。

练习89 爱的宣言

参与者:各种团体,个人

1. 写出这个场景。

2. 你要重写这个场景,将这个场景置于特定场所,但故事结局保持不变。

3. 图书馆是一个需要我们小声说话的地方。重写这个场景,其中的所有人物都要受场所规则的约束。

4. 重写这个场景,其中一个或两个人物打破场所规则的约束。

5. 在下列任何一个场所重写场景:拥挤的地铁、草地、葬礼、悬崖、夜总会、海滩、游乐场等。探索在每一种情况下,这个场所是如何在活动中发挥作用的。你可能会发现,场所决定不同的结果。如果是这样,那就照着这种情况贯彻下去。

效果

地点是如何影响人物的？它是如何影响他们说话的方式、他们使用的词语、他们彼此相处的方式的？地点暗示什么是可能的/允许的：在游乐场告诉别人你爱上了他，可能比在葬礼上更容易，或者更不容易。

练习90　假如墙壁会说话

参与者：小学生

1. 想想你的学校：学校校龄和历史、发生过的事件、空间布局、周围环境、校内人员类别等等。想想在白天和夜晚的不同时间，学校会是什么样子？把它画下来。给它拍照。

2. 把你的学校想成一个人。学校可以思考、感觉和说话。像你一样，学校也有不同的情绪、记忆和希望等。

3. 利用你的研究，为你的学校写一篇演讲。学校是令人快乐还是令人悲伤的？学校对你而言有何感觉？学校的美好记忆和糟糕记忆各是什么（参见示例90.1）？

4. 写一个场景，学校里的人与学校进行对话。没有其他任何人参与创作，也没有其他任何人知道这个对话。在这个场景中，学校正在担心一些事情，也在征求意见（参见示例90.2）。

5. 在示例90.1当中，学校通过砸烂电脑来报复那些砸门的人。写一个学校卷入以下事件或问题的场景：霸凌、圣诞剧、种族骚乱、运动会、社区关系等。

6. 想想其他你知道的地方。如果他们能说话,他们听起来会是什么样子?他们会对什么样的活动感兴趣或想参与其中?

示例 90.1

"他们又来了。哎哟!不要关上那扇门。我才刚醒过来。我睡得很香,我梦到了去年的圣诞节,那时大家都在唱歌。哎哟!我希望你不要再这么做了。如果你不注意,我就会得病,然后所有的电都会断掉,就像上个月一样;然后你们的电脑会坏掉。哈哈!那将给你上一课。嗷嗷嗷!那好吧……"

示例 90.2

人物:你今天为什么难过?

学校:你们在教室里打架。

人物:所以?

学校:你把颜料扔在我身上。我讨厌红色。我本该是蓝色的。

人物:颜料会被清洗掉的,然后你又会变成蓝色。

学校:他们不会理会的。他们从不打扰。

人物:不要紧。

学校:看看我的外衣,它是脏的。他们为什么不让你们把我洗干净。

人物:别哭了。

> 学校：我没有哭，是我的屋顶漏水。你想有一个漏水的头吗？
>
> 等等。

效果

  这个练习让熟悉的地点鲜活起来，练习让作者把"故事发生的地点"当成一个人物，地点可以影响到事件（使电力中断，破坏电脑），或评论"真实"人物的行为（用油漆弄得一团糟，对污垢不屑一顾）。这样将地点拟定为人物，可以使不容易回答或有争议的问题以稳妥的方式表达出来。这个练习为促进社会问题和研究项目的生动化提供了绝好的机会。

作为故事—事件的地点

  地点以及发生在该地的事情，可以为整个故事提供基础，决定所有人物的行动。泰坦尼克号的故事就是一个绝佳的例子：一艘船撞上了冰山并沉没，许多人被淹死。在这个大事件当中，有许多单独的故事，但主要故事和主要人物是地点本身。在此有一个练习，探讨在一个地点发生的事情将如何影响所有人物的生活。

练习91　在这一天

参与者:各种团体,个人

1. 你要写的事情将发生在你生活的地方或社区,可以是一个城市、城镇、村庄、学校等。

2. 想一想发生在当地或社区的一个公共事件:当地或社区的每个人都会知道的事件,即使他们没有直接参与其中,他们也会知道(参见示例91.1)。

3. 当地或社区的每个人都会以多种方式受到该事件的影响或参与其中:身体上、情感上、经济上、精神上等等。每个人对这件事情都有某种形式的意见。你所要写的故事全部发生在事件发生的当天。

4. 画一个大圆圈。在它里面,画九个同心圆。它们会越来越小,像洋葱圈一样。

5. 最小的圆圈(C1),位于中心,是发生的事件。如果你的故事发生在这里,人物将以某种形式直接参与这个事件。如果你的故事发生在最大的圆圈(C10),即外圈,那么人物的生活将与这个事件有一定关联。但即便如此,这个事件也会以某种方式对人物产生一些影响。

6. 其他圆圈(C2～C9)都在"直接参与"和"少量参与"之间。

7. 在C1～C10的范围内进行选择,以便为你的故事设立地点。

8. 设定在事件发生时可能会出现该地点的一个人。利用目前为止的全部创作,创建一个缩略背景故事。

9. 决定你的主人公在事件发生当天的地点,以及他们正在做什么。他们所处的地点将具有多种暗示。

10. 牢记主人公在 C1~C10 量表上的地点,写出简短的大纲(两三句)或者戏剧叙述的开头。试一试 C1~C10 量表上的不同地点(参见示例 91.2)。

11. 为其中的一个叙事作品创建情景。从故事在量表上的地点来看,这会让事情变得更为复杂吗(参见示例 91.3)?

12. 根据你所拥有的时间,将情景发展为场景或完整的戏剧。主要人物的生活是如何被事件影响、改变、改造、塑造、阻碍的?

13. 创作(作为个人或者团体)一连串的简短叙述,放在"这一天"的范围内,广泛描述整个地区或社区如何受到该事件的影响。

示例 91.1

以下是一些源于我主持的研讨会,演示地点—事件转变叙事作品的示例:

- 伦敦发生了一场巨大的风暴,一夜之间,成千上万的树木被刮倒。整个城市陷入了混乱。
- 一枚巨大的炸弹,据说这枚炸弹是爱尔兰共和军在码头区放置的,在伦敦造成了巨大破坏和人员伤亡。
- 皇室成员来到学校的那一天。
- 城市赢得足球杯的那一天。
- 一年一度的梅拉节①(亚洲节日)的日子。

---

① "梅拉"意为"朝圣"或"朝拜",如与印度恒河沐浴相关的是昆梅拉节。

示例91.2

- 一棵树倒下来,砸到了上学路上的小男孩。他被困于树下。人们已经找到了孩子的父母。工人们试图在他正上方的另一棵树倒下之前救出他(C1)。
- 伦敦金融城的一位爱尔兰酒保正在为顾客服务,无意中听到反爱尔兰言论,他试图采用英国口音掩饰自己爱尔兰人的身份(C5)。
- 一家花店的老板准备了花束,这些花是让孩子们送给女王的(C7)。
- 在观看足球比赛时,这个16岁的男孩接到手机上打来的电话。他的母亲病倒在医院里。是留下来看最后的比分,还是回家照顾母亲?他必须进行选择(C3)。
- 当朋友们都去参加梅拉节时,年轻的女孩埋葬了她的宠物狗(C10)。

示例91.3

年轻的女孩已经为梅拉节准备了好几个星期,她和朋友们一直在练习传统歌曲,准备在活动中表演。那天早上,她的宠物狗被一辆汽车碾压而死。朋友们告诉她,他们可以在晚上为这只狗举行葬礼,但女孩不想拖这么久。虽然朋友们劝说过,而且她自己也想去参加梅拉节,但是她最终还是决定独自留下。她对忠诚、友谊和社会表示质疑。虽然她没有直接参与埋葬宠物狗(C10),但她不去参加梅拉节的决定为她带来了根本问题(C1)。

效果

你已经将"地点—事件"作为框架性的戏剧性时刻。通过这样做,你探索了故事发生的环境如何成为积极驱动力,而不仅仅是故事的背景。

练习92　五个地方

第一部分

参与者:各种团体——将戏剧活动变成写作

1. 首先是独立创作。在房间里找到自己的位置,然后闭上你的眼睛。

2. 当你睁开眼睛,你站在一座高山的山顶。看看你的周围,你看到了什么?温度是多少?你有什么感觉?不要试图去"表演"或去表现你的想法和感觉;使回答吻合你的内心,闭上你的眼睛。

3. 当你睁开眼睛,你置身于一片广袤的草地上。想一想这些问题,闭上你的眼睛。

4. 当你睁开眼睛,你置身于一个黑暗的森林里。同样的过程。

5. 当你睁开眼睛,你置身于一个繁忙的街角。同样的过程。

6. 当你睁开眼睛,你置身于一个牢房。同样的过程。

7. 再次完成所有的步骤。这次你可以(a)根据你的感觉,坐着、躺着、蹲着等,(b)每次在新的地方,用语言表达你的感觉。

8. 现在五人为一组。

9. 为每个地点准备一个供小组使用的表格,记录那些能带来强烈感受的词语,包含气氛、心情等,将旅程中每个过程的全部词语都加进去。

10. 写出旅程中每个过程的词语,调整记录行的先后顺序,思考如何进行调整才能最好地捕捉各个地方的感觉?

示例92.1

山。
- 寒气逼人,高空飞翔。
- 月亮冰冷,山谷中有长影子。
- 遥远,遥远,如此孤独。
- 我永远无法回家。
- 我的脚站在边缘。

草地。
- 温暖,草是新的。
- 草在微风中摇曳。
- 长长的草,柔柔的草。
- 我是安全的。
- 我很伤心。

第二部分

参与者:各种团体

1. 可以团队合作完成,也可以个人独立完成。
2. 你现在有五首关于每个地方的"心情诗",想一想从山顶到牢房的旅程，确定谁是这次旅程的人。

3. 故事中的关键情节就是五个地方。正是不同的地方影响了人物的决定，或者影响到人物采取的行动。记录他们想了什么、感觉了什么、做了什么。使用"心情诗"中的原话作为线索和灵感来源（参见示例 92.2）。

4. 记录五个关键情节之间发生的事情。

示例 92.2

这是一个学生团队构思的寓言（有《俄狄浦斯王》或荒野预言家故事的影子）。

- 他来到这座山是为了自杀，但美丽的风景使他产生了精神上的幻象。他决定回到世界，将这个幻象告诉更多的人。

- 在草地上，他睡着了。微风似乎在唱歌。微风告诉他，在森林的另一边有个城市，那个城市的人们需要他的幻象。他决定前往这个城市。

- 在森林中行走，他迷失了方向。他已经好几天没有吃东西了，用尽最后的力气爬上了最高的树，在那里他可以看到通往城市的路。树上有一个老鹰的巢，巢里有一些蛋。虽然明白这是抢夺母亲的孩子，但他还是吃了这些蛋。当他这么做的时候，老鹰回来了，啄掉了他一只眼睛。

- 他在街头巷角给过往的行人布道。天气炎热，尘土飞扬，嘈杂不堪，人们互相推搡，爆发了打斗。没有人听他说话。他开始呼喊和尖叫。仍然没有人听。他指着自己的空眼眶。他说，他曾经做过一件坏事，这是对他的惩罚。他说,如果他们不改过自新,这将是他们的惩罚。众人转向他,要求逮捕他。

• 在牢房里,他等待着众人的判决。他用一枚生锈的钉子,在墙上划出了他在山上看到的那个幻象的轮廓。狱警告诉他,他将被终身监禁在这里。他用钉子杀死了自己。

效果

通过一个简单的戏剧/设计活动,我们有可能建立一个叙事,探讨地点如何影响人物的旅程。在所举的示例中,大自然激励着这个人物,给了他建议,但也惩罚了他。城市的人们对其视而不见,后来又盯住他不放。在最后被囚禁的牢房里,他以自杀的方式逃离了这个世界,而此前他去那这座山上就是为了自杀。

练习93 绘制位置地图

参与者:各种团体——戏剧活动变成写作

1. 在不同的纸上写下或画出你所在地区的关键地点。寻找范围广泛且种类繁多的公共场所和建筑物、商店和市场、地标等。

2. 将记录的这些地点放在地板上,制作该区域的地图。

3. 指出可能在该地区出现的人物类型,他们可能在哪里?他们可能在做什么?这些人可以是你在该地区确实见过的人,也可以是虚构的人物。给人物安排一个该地区的职业或活动(参见示例93.1)。

4. 以一个人物为例,让他在该地区开展为期24小时的旅行。

在特定时间点,他们会在哪里?他们会做什么?选择极为低调的日常活动,也要记得,人们往往会有令人惊讶的一面(参见示例93.2)。

5. 让人物在该区域的地图上行走。在一天中的特定时候,他们在哪里?在一天中的某些时候,哪些人物在同一地点或相距不远?他们可能会相遇,相遇后会发生什么?请这些人物谈谈他们的生活。向这些人物提问(参见示例93.3)。

6. 给这些人物提供以下内容:(a)与该地区某个地方关联的深刻个人记忆,(b)有关该地区的一些情况,(c)他们不喜欢的这个地区的某些东西(参见示例93.4)。

7. 在步骤5和步骤6的基础上,出现了哪些可能的戏剧性叙述?试着把它们与这些位置联系起来(参见示例93.5)。

8. 看看这些故事是否开始相互联系。

示例93.1

- 在地铁站台阶上穷困潦倒的小男孩。
- 在咖啡馆工作的法国女孩。
- 在报社柜台后面无聊的人。
- 吹口哨的交通监督员。
- 街角的秃头卖花人。
- 等等。

示例93.2

交通监督员。

- 8：00　离开她在公园附近的公寓。
- 9：00　在市政厅外执行公务。
- 10：00　沿着大街执行公务。
- 11：00　在咖啡馆里休息。
- 12：00　在学校外面执行公务。
- 13：00　去教堂祈祷。

等等。

示例93.3

- 11：00　交通监督员从法国女孩那里买了咖啡。
- 14：00　交通监督员给了那个落魄的年轻人50便士。
- 15：00　落魄者在报刊亭买了一块巧克力。
- 16：00　法国女孩在街角摊位上买了一些花。

示例93.4

交通监督员：
- （记忆）在公园附近的街角，她的儿子被一辆超速行驶的汽车撞死。
- （喜欢）这个公园。
- （不喜欢）垃圾。

落魄的人：
- （记忆）上个月在公园举行的音乐节。

- （喜欢）当他坐在台阶上时，地铁站吹来温暖的空气。
- （不喜欢）垃圾。

示例 93.5

- 一位交通监督员的儿子被一辆超速行驶的汽车撞死了，事情发生在公园附近的一角。一名落魄的年轻人坐在地铁站台阶上，这让她想起了自己的儿子，她想去挽救这个年轻人。
- 一个法国女孩曾经和一个英国男孩约会。他们第一次见面的时候，他在街角的花摊上给她买了一朵红玫瑰。第二天他就被车撞死了。她知道男孩的母亲住在这个地区，却不知道如何找到她。

效果

在所有的叙事中，地点充满了各种可能性：记忆的影响、必要性、机会等。考虑一下——如果你的剧中有各种各样的地点——这些地点可能对你创作的人物产生什么影响？人物在不同的地点行为会有什么不同？

7　个性化语言

在夏季的英格兰支线车站,午后似乎没有尽头。

(摘自《玫瑰花环》,作者伊丽莎白·泰勒,英国理查德·克莱公司 1949 年首版。)

这句话不是来自一部戏剧,而是来自一篇小说,系英国小说家伊丽莎白·泰勒作品的开头语。这给作家运用文字为熟悉而平凡的事物带来亮丽的新光,提供了一个绝佳的说明案例。从词语位置、词语节奏、标点符号来看,这句话说明作者在创作这句话的时候,就如同作曲家在稿纸上放置音符那样谨慎。这是一个颇为简短的时间节点描述,全句当中没有标点符号,而是一连串舒缓、开放的元音,直至句号结束为止。其中运用的介词"on""in"和"in"[①]增加了时间将永远持续下去的真实感。对我来说,这句话将我所经历的事情(炎热的夏天,在一个荒凉的乡村车站等待永远不会到来的火车)用文字表达了出来,并且概括出了这种经历的精髓。作家的个体声音赋予文字的价值,将我深有体会却未曾表达的感受用语言表达了出来。

---

① (作者意指开头引述的)"Afternoons seem unending on branch-line stations in England in summer time."当中依次出现的"on""in""in"。

"生存还是毁灭,这是一个值得考虑的问题。"①"明天,明天,再一个明天,一天接着一天地蹑步前进。"②当 16 世纪的英国人第一次听到以这两句话为开头的台词时,他们也会有与我类似的感受。

《海鸥》中的玛莎说"我为我的生活哀悼",这也同样是用语言表达出,我们许多人在某个人生阶段都曾有过难以言说的忧郁感:一切都毫无意义。当诺埃尔·考沃德谈到流行歌曲的作用时,他承认,一首出色的流行歌曲歌词可以将我们所有人的感受表达出来,无论是伊迪丝·琵雅芙③说自己无怨无悔,还是弗兰克·辛纳屈④宣称他是按自己的方式行事。"嗯,对的,确实是这样。"这就是"嗯,对的"的原因。

从莎士比亚复杂的哲学思考到伟大的现代抒情诗人,个体作家能够帮助我们清晰表达自己的思想和感受。对任何将笔放在纸上,或将手指放在键盘上的创作者来说,这肯定也是他们的愿望:通过个人化的方式,用文字去捕捉思想或感觉,且将其转化为具有普遍性的表达方式,供其他人表达思想或感觉。我们如何实现这个目标?

这是写作无法传授的一个方面,也是最关键的方面,没有它,

---

① 莎士比亚《哈姆雷特》第 3 幕第 1 场莎士比亚的自白,转自《莎士比亚悲剧五种》,朱生豪译,北京:人民文学出版社,2014 年版,第 225 页。

② 此处是《麦克白》第 5 幕第 5 场的麦克白自白,转自《莎士比亚悲剧五种》,朱生豪译,北京:人民文学出版社,2014 年版,第 166 页。

③ 伊迪丝·琵雅芙系法国最著名也是最受爱戴的女歌手之一,其作品系个人人生的写照,最著名的歌曲包括《玫瑰人生》《爱的礼赞》《我的老爷》《无怨无悔》等。

④ 弗兰克·辛纳屈为美国男歌手、演员、主持人,系白人爵士乐的先驱,被誉为"白人爵士歌王",首张个人录音室专辑为《弗兰克·辛纳屈之声》。

所有关于形式和结构的问题都是空洞和机械的。如何通过文字表述的方式发现你的个体声音？我将在这一章提供一些方法，即便这些方法没有能"教"会你，那也能够给你一些鼓励。就你正在完成的剧本而言，无论你是创造表面上看起来很熟悉的世界（例如现代社会剧），还是表面上看起来不太熟悉的世界（例如历史剧、荒诞剧或未来主义戏剧），你都在以一种极为独特的个人化表达方式来刻画你所描述的世界，而且也是以一种我们觉得极为可信的方式去重新创造各种各样的世界。这些都不会是"真实的"。约翰·奥斯本的《怒目而视》①（20世纪50年代英国诺丁汉的卖糖人）的戏剧世界并不比田纳西·威廉姆斯的《卡米诺·雷亚尔》②（20世纪50年代被困在一个不知名的香蕉共和国的虚构文学人物）更"真实"。两部戏剧的突出之处在于语言运用。语言唤起了故事时间、地点的本质，但它本质上是诗化的语言。在20世纪50年代，英国诺丁汉没有人像奥斯本戏剧里的吉米·波特那样说话；在20世纪50年代，被困在香蕉共和国的人也不会像田纳西·威廉姆斯戏剧中的卡萨诺瓦那样说话。这些戏剧的伟大之处在于，让我们相信这是"真实的"。这就是我们戏剧创作必须追求的。如果不这样做，我们可能会根据可靠原则打造"制作精良的戏剧"，但这部戏剧不会带给我们任何新的东西。话得说回来，这部戏剧也有可能赚

---

① 约翰·詹姆斯·奥斯本系英国剧作家、编剧和演员，作品以批评社会与政治规范而闻名。剧作《怒目而视》为其成名作，主要讲述年轻工人吉米·波特的生活和婚姻斗争。

② 托马斯·拉尼尔·威廉姆斯三世系美国剧作家和编剧，笔名田纳西·威廉姆斯，与同时代的尤金·奥尼尔和阿瑟·米勒一道被认为是20世纪美国戏剧最重要的三位剧作家。《卡米诺·雷亚尔》以一位年轻的美国游客为中心，介绍了一系列让人困惑的反逻辑事件。

到钱。阿加莎·克里斯蒂的《捕鼠器》[①]一直在伦敦西区上演，持续时间几乎等同于我的年龄，但该剧极为笨拙的对话只是告诉我们谁是凶手。语言当中没有音乐性，若强行说有音乐性，那也是我们所听过的极为沉闷的曲调。

作为音乐的语言

　　我们已经讨论过，如果剧本的语言和对白的节奏都具有新鲜感和原创性，那么任何一位优秀的演员都会本能地接受。演员们也可能会对情节、人物塑造等感兴趣，但供演员发挥想象力的，还是你为他们选择的语言，即剧作家精心选择而供演出的台词。你的创作可能模仿街头巷语，也可能极具诗情画意，但无论是哪一种情况，演员都能感受到你是重视语言文字表达本身，还是仅将其当成推进情节的工具。演员们常常说到文本的"音乐性"，这种说法是非常准确的，因为他们指的是词语如同音符那样在纸面上排列（以及因此赋予词语不同的含义，还有标点符号）。在实际的创作训练开展之前，我们不妨先了解几部语言音乐性经过验证的戏剧，看看从中有何受益。

---

　　① 阿加莎·克里斯蒂系英国作家，有几十部侦探小说和十余部短篇小说集，系当时最畅销的小说作家，其创作的《捕鼠器》系一部谋杀悬疑剧，也是世界上演出时长最长的剧作。

练习 94 词语的位置

参与者:各种团体,个人

这是演员和导演在排练开始阶段经常用到的一个练习,用于帮助他们更好地理解戏剧文本。这个练习不是关于人物塑造,而是考察戏剧的文本诗学。对于作家来说,这也是向经验娴熟的创作同行学习的机会,学习其如何通过特定的方式来布置文字。

1. 从一出戏中任何一幕的开场场景中选择一段话。这段话最好是你和团队成员都不知道的,这样就不会有任何成见(参见示例94.1)。

2. 请你通读这段话。

3. 请不要考虑人物是谁,或故事是什么,任何这类问题都不要考虑。

4. 把这段话当作与人物无关的一系列讲演来读。如果是团队合作,那就围成一个圈逐个地读(参见示例94.2)。

5. 将这段话再读一遍。这一次,将这段话当成一系列思想来读。也就是说,每个思想都以句号结束。同样地,如果是团队合作,那就围着圈子逐个读出思想(参见示例94.3)。

6. 通读这段话。将多次出现的主要词汇或短语,或者共同属于某个类别的词汇或短语,全部圈出来。把画圈内容读出来,充分重视每个词汇或短语(参见示例94.4)。

7. 从你的戏剧当中选择一个场景,用同样的方法画出词汇和短语。

示例 94.1

开场场景

船长,在一个光亮的小池子里。他有一个小的破旧地球仪,上面标有时区、经纬等。他旋转着地球仪。船东进来了。

船长:(指着那个小而破旧地球仪)把你的手指放到地球仪上,放到任何地方都行。

我敢打赌我去过那里。

(他旋转着地球仪,船东将他的手指放下来)。

去过那里。巨蟹座、摩羯座、赤道、平行线,我都见证过。

船东:安全返航,现已抵港。

船长:我还没有累垮。我也是,船也是。

船东:它已精疲力竭①。

船长:我的船?

船东:我的船。

船长:你的是财产,我的是感情。

船东:那艘老船的开船时间到了。

船长:不……永远不会。

船东:公司承认你所做的一切……

(递给他一个包裹)你也会有一笔丰厚的退休金。

---

① 原著为"She's pooped.",直译为"她已是精疲力竭"。此处指的是船,所以改为"它",下同。

(船长从包裹里拿出一块手表和链条)我们把它开
　进来。

船长:我呢？我要将日子打发掉吗？

船东:它的时间到了。

船长:它不是一个有船票和号码的湖上小艇……

船东:木制品都坏了。

船长:包涵一下……

船东:黄铜制品在你手中脱落。

船长:有些喜欢,有些感情。

船东:资金紧张。它的日子已经过去了。

船长:像我一样吗？

船东:你不可能管理好这些新船。

船长:我见过它们。那不是船。那是浮动的工厂,浮动的棺材。

船东:那是现代世界,木头和黄铜成了历史。
　　　下个月再来吧,你可以监督拆解工作。

船长:拆烂它？

船东:把它剥得精光,卖掉它的零件。你会得到一笔奖金。

船长:只是最后一次航行……

船东:不可能的事。

船长:一次短途旅行……任何东西。

船东:我确实是船东,但不是我说了算,我要对股东负责。
　　　不,它的日子已经过去了。它已经结束使命了。
　　　你也一样。

示例94.2

读者一：把你的手指放到地球仪上，放到任何地方都行。

　　　　我敢打赌我去过那里。去过那里。

　　　　巨蟹座、摩羯座、赤道、平行线，我都见证过。

读者二：安全返航，现已抵港。

读者三：我还没有累垮。我也是，船也是。

读者四：它已精疲力竭。

　　　　等等。

示例94.3

读者一：把你的手指放到地球仪上，放到任何地方都行。

读者二：我敢打赌我去过那里。

读者三：去过那里。

读者四：巨蟹座、摩羯座、赤道、平行线，我都见证过。

读者五：安全返航，现已抵港。

　　　　等等。

示例94.4

美元、巨蟹座、摩羯座、赤道、平行线、家、港口、疲惫不堪、船、精疲力竭、船、船、财产、感觉、旧浴缸、退休金、打钩、时间等等。

效果

乍看之下,这段话似乎是一个随意的、"现实主义"的交流,但剥开这些层层叠叠的东西,我们会发现有一连串的关键"音符"被敲击,嵌入一个整体的"乐谱"当中。这个段落的创作已经完成。

那些表演莎士比亚作品的演员会告诉你,如果你重视标点符号,那你就成功了一半。文本的"意义"既存在于诗意形式(它的音乐性),也存在于对文本背后思想的理性剖析。

练习95 词语的声音

参与者:各种团体,个人

你选择出来供人物言说的词语所能传达的信息远非如此。词语的声音和形式可能提示戏剧的情绪和氛围、当时的状况,甚至可能是人物类型。选择硬音还是软音,元音还是辅音,短词还是长句,传达的信息也并不相同。

1. 从不同戏剧作品当中,抽取一些段落或场景。
2. 请注意故事的发生地点。
3. 请注意人物的主要行动。
4. 请注意在你看来该段落或场景的情绪或氛围。
5. 请你看看所运用的词语类型——在声音和结构上——是否以多种方式反映了步骤2、步骤3或步骤4。
6. 请你看看所运用的词语类型能否留下关于人物的印象,例如他们可能是什么类型的人,或者他们此刻的情绪状态是什么样的。

> **示例95.1 《海》,爱德华·邦德**
>
> 　　这部戏剧的开场是在一个海滩上:黑暗、雷鸣和暴风雨。人物的主要行动是其中一个人物未能从水中救出他的朋友。场面极为混乱。两个角色,威利和埃文斯在暴风雨中对话。威利试图从海里救人。埃文斯喝醉了。在整个场景中,威利使用了一些简短而有力的词语:救命、呼喊、上帝、水、船、私生子等。埃文斯使用简短、柔和、无力的词语念叨①。因此所使用的语言不止具有一种功能。它告诉我们,威利绝望而愤怒,埃文斯喝醉了,不知所措。除此之外,文字本身也反映了他们所处的环境:暴风骤雨。

效果

　　我们已经看到,戏剧人物和生活人物一样,都可以运用语言来表达自己的内心世界。丑陋的、具有攻击性的、侮辱性词语往往以硬辅音或爆破辅音开始,这并不是巧合。F、C、B、D等等。"悲伤"(sad)和"忧郁"(melancholy)有向下的词形屈折,一个人在这种精神状态下很可能会使用类似的词,诸如"如果"(if only)"孤独"(lonely)"绝望"(hopeless)等等。作为作者,你的任务是选择那些能够反映人物内心状态的词语,并使之与场景中的情绪和氛围产

---

① 英语原文此处有一段念叨:sing'ss, song, day'ss, wha'?, 'ssea'sl, thass, wasser,即埃文斯喝醉之后的胡言乱语。

生共鸣。我们将在本章后面进一步探讨这个问题。

练习96　词语的本质

第一部分

参与者:各种团体,个人

1. 记录一份用以表达感情或情绪的词语清单。愤怒、悲伤、宽恕、憎恨等。

2. 选择其中一个词语。写下一个清单,记录你在见到这个词语之后所能联想到的其他词语或短语,尽量写出12个左右,但不要包含用于联想的那个词语(参见示例96.1)。

3. 如果是团队合作,每个队员大声朗读自己的清单。看看团队其他成员能否识别每张清单所描述的感觉或情绪。

4. 从清单中找出五个词语,要求这些词语能够给你带来一种强烈的感觉或情绪,即词语的本质(参见示例96.2)。

5. 只用这五个词语,创作一首表达原始词语本质的人物独白或诗歌。任意调换这五个词语的顺序,依据词语的声音及其规律进行创作。不要去追求逻辑上的"意义"。你不一定要使用所有的词语。你可能会发现,有些词语比其他词语有更强的存在感。让你的直觉来引导你(参见示例96.3)。

6. 用这个练习来寻找其他词语的本质:四大元素、七宗罪、四季、生命历程(出生、死亡)等。

示例96.1

愤怒：

- 热。
- 沸腾起来。
- 冲我尖叫。
- 像一个紧握的拳头。
- 吐出的词语。
- 又冷又硬。
- 就像我内心的战争。
- 呐喊。
- 发泄出来。
- 沮丧的心情。
- 当我被告知该怎么做。

示例96.2

愤怒：冷。沸腾。尖叫。出来。呐喊。

示例96.3

愤怒

冷　冷　冷

喊出　喊出　呐喊

尖叫

尖叫

呐喊

出来出来　喊出来

出来　沸腾　沸腾　沸腾

嫉妒：扭曲的、痛苦的、翻江倒海的、报复的、不理性的

痛苦

扭曲的痛苦

内脏扭曲的痛苦

非理性的,非理性的

痛苦

扭曲的痛苦

内脏扭曲的痛苦

非理性的

痛苦

痛苦

扭曲的痛苦

内脏扭曲的痛苦

非理性的

痛苦,痛苦,痛苦,痛苦

扭曲的痛苦,扭曲的痛苦

翻江倒海的,翻江倒海的、

内脏扭曲的痛苦

内脏扭曲的痛苦

（暂停）

复仇

效果

通过严格限制字数,你已创造出某种情感或感觉的"本质"。这些描述没有任何自然主义迹象,如果我简单地让你去描述什么是"愤怒"或"嫉妒",可能还不如这样做更有戏剧性力量。你可以将练习结果改编成一段高声演说,也可以改编为一段合唱或者一首歌。

第二部分

参与者:各种团体,个人

1. 选取两个"情感独白"词语,最好是处于极端的两种感情,例如"爱—恨""生气—同情"。

2. 每种情绪选择五个"必备"单词,为两个人物创建对话。

3. 不要强行使谈话的"含义"更加符合逻辑性;就像此前练习的要求一样,根据你的直觉所判断的节奏和模式行事。同样,你也不必使用所有的词语,你可能会发现有些词语比其他词语更易用到(参见示例96.4)。

4. 这段对话意味着什么图像?勾勒出什么样的情绪或氛围?如果你是团队合作,可以创造戏剧图景或舞台布景,以便使交流更为生动(参见示例96.5)。

示例96.4

　　愤怒:战争、偏见、仇恨、无力感、自然

和

　　怜悯:橙色、和平、坚实、漂浮、羊绒

甲:憎恨,憎恨,憎恨。

乙:和平。

甲:憎恨。

乙:扎实,扎实。

甲:无力感。

乙:橙色。

甲:橙色。

乙:漂浮的橙色。

甲:和平,和平。

乙:无力感,无力感。

甲:自然漂浮的橙色。

乙:战争漂浮的自然。

甲:憎恨,憎恨,憎恨。

乙:坚实,坚实。

二者:和平,和平,漂浮。

示例96.5

　　如果是团队合作的情况,以"生气—同情"进行对话,那

> 么一些团队成员的最初印象是：如同一个大脑的两极进行对话——左边想让右边平静下来，右边则在抵制。有人提出，"橙色"象征着佛教和平运动。还有人联想到20世纪60年代"鲜花力量"运动的形象，因为当时反越抗议者曾将鲜花放在士兵的枪管里。该团队两名成员制作了实物图像。该团队的两名成员说了这些话。在纸面上看似抽象到毫无意义的文字交流，突然之间变得生动起来，强而有力地表达了冲突：权力的僵化与变革的需要。有人指出，这是通过运用极为诗意和抽象的词语达到的效果：没有表达任何"观点"或"逻辑论证"，正因为如此，这个时刻才会更有力量。这是一个很好的例子，说明如何通过诗歌而不是论争去解决重大公共"问题"：我们还将在第八章进一步探讨这个问题。

效果

这是一个非常简单的练习，用于探索单一情感本质。这为你剧作中的戏剧性时刻的生成奠定了基础。你已经探讨过，"意义"是不必强加的，它只能是通过我们头脑中的直觉运用来发现。如果是团队合作，你可能会注意到，从一个文字段落提取的"意义"可能会随着聆听段落朗诵人数的变化而变化。进行"生气—同情"对话的作家可能自己也没想到越南、佛教徒或鲜花，但这些都是文字段落在听众心中激发出来的形象。

语言抓住本质

小说家伊丽莎白·泰勒抓住了这个本质,在空荡荡的站台上等待永不会到来的火车。她通过笔下语言的诗意来抓住本质。这就是现场戏剧所能做到的:为我们提供人类经验的精髓,归结起来就是莎士比亚的"舞台上两小时剧情"①。

以下练习旨在探讨,如何借助文字运用来给熟悉的事物增添新的启示。

练习 97　给外星人的信

参与者:各种团体(30~60 分钟)

在这个练习中,你需要 26 张大纸(挂图大小),以及足够供整个团队使用的黑色记号笔。

1. 这是准备工作。在第一张纸的顶端写上字母 A,在第二张纸的顶端写上字母 B,以此类推。在 26 张纸上写下 26 个字母。然后把这些暂时放在一边。

2. 打开你的笔记本空白页。在页面的左侧向下画一条边线。

---

① 《罗密欧与朱丽叶》序幕的倒数第三句,原句为"Is now the two hours' traffic of our stage",朱生豪译本将其意译为"演成了今天这一本戏剧",梁实秋译本将其翻译为"这便是我们的两小时内的剧情"。梁实秋译本备注有,"在伊利沙白时代,一出戏可能在二小时内演完,因无分幕换景之故。《亨利八世》之序幕诗亦提到'短短的两小时'。但有时亦说是三小时"。《莎士比亚全集第 7 卷》梁实秋译,北京:中国广播电视出版社,1995 年版,第 410 页。

3. 在空白处写下字母表的字母。A 在这一栏的顶端，Z 在底端。

4. 想象一下，一个外星人将在一小时之后拜访我们。这个外星人对我们的世界一无所知，你的任务是向她介绍我们这个世界。

5. 你要写下 26 个单词的清单。每个词语都代表着在你看来对外星人有帮助的东西。这些词语可以涉及感情和情绪、物体（动物、植物、矿物；自然的或人造的）、颜色、机构、地点、活动等。词语可能涉及外星人应该注意的危险物品，她需要的东西，你想和她分享的东西等等。

6. 清单上的第一个词语将以 A 开头，第二个以 B 开头，以此类推，直至最后一个，以 Z 开头（参见示例 97.1）。

7. 遇到字母 X 和 Z 时，你可以不按规则行事：字母 X 或 Z 可以出现在单词的任何地方①（参见示例 97.2）。

8. 不要去深思熟虑。如果你在一个字母上被词语卡住了，那就跳到下一个字母，此后回头再来完成。这个过程最多只要 5~10 分钟。

9. 现在团队每个成员都有了自己的词语清单，清单上列出了成员们希望外星人知道的事情。

10. 现在将所有大纸片按字母顺序铺成一个圈。从 A 开始，至 Z 结束。可以放在地板上，也可以放在桌子上。重要的是，纸片不能太拥挤，而且要有在圆圈外移动的空间。

11. 用你的笔记本和黑色记号笔，在圆圈的任何一个字母旁边占据一个位置。这样团队成员应该均匀地分布在圆圈内。

12. 看看那张大纸和它上面的字母。根据你的笔记，将以该

---

① 英语当中以字母 X 或 Z 开头的单词相对较少，不利于创作构思。

字母开头的单词抄到纸上。用大写字母写出这个词,以便每个人都能看清楚。

13. 如果你能给出翻译的话,可以使用非英文词语。

14. 继续下一张纸(每个人都朝同一方向移动),在最上面的字母下面添加词语。

15. 随着词语的不断增多,最后页面上会形成一个词语表。

16. 如果别人已经在纸上写了一个和你相同的词语,那也将你的词语记录在纸上。

17. 最后,你将回到你开始的那个字母,你已经浏览过每一张纸,并且将你笔记本上的词语轮流抄到纸上。

18. 现在,26张大纸每一张都是一个词语清单(所有以A开头的词语在A纸上,所有以B开头的词语在B纸上,等等)(参见示例97.3)。

19. 每张纸上的词语数量等同于团队人数(在团队人员清单当中留出一些空白)。拿出你身边的一张词语清单。

20. 我们期待的"外星人"现在还无法到达,但她很想知道我们的消息。你的任务是给她写一封信,在信中谈谈你生活的世界。与其他信件一样,这是你自己对世界非常个人的看法,信可以友好、非正式、信息量大。

21. 看看你手上那张大纸的词语清单。你写给外星人的信将包含清单上的所有词语,而且还要以完全相同的先后顺序出现在信件当中。这些词语将是你所写信件内容的"脊柱",而你的任务是寻找到串联这些词语的办法。

22. 在你开始训练之前,请记住此前练习的一些建议:不要深思熟虑,不要提前"计划",相信文字会把你拉过去。最重要的是,不要就你所写的东西进行任何评价。直接开始(参见示例97.4)。

示例 97.1　字母表—词语表

A　Anger　愤怒

B　Blue　蓝色

C　Christmas　圣诞节

D　Death　死亡

E　Elephants　大象

F　Factories　工厂

G　Grandmothers　外婆

H　Hope　希望

等等。

示例 97.2　X 和 Z

X　Excellence　优秀

Y　Yellow　黄色

Z　Lazy　懒惰的

示例 97.3　首字母列表

A		Z	
Art	艺术	Zeichen(sign)	表明
Animals	动物	Cazar(hunt)	觉察

Androgyny	雌雄同体	Ozone	臭氧
Angst	焦虑	Jazz	爵士乐
Animals	动物	Horizon	地平线
Aim	宗旨	Horizon	地平线
Allah	安拉	Zest	热情
Art	艺术	Zen	禅
Antiquity	古代	Zanthe	赞特
Affection	喜爱	Zealous	狂热者
Azure	天青色	Zuizata(animals)	动物
Art	艺术	Zip	压缩文档
Art	艺术	Zap	破坏
Art	艺术	Zupped①	已经优先城市化的地区
Apartheid	种族隔离	Booze	饮酒
AIDA	爱达模式②	A—Z	字母A至字母Z
Annie Lennox	安妮·蓝妮克丝③	frozen	凝冻
Artistic	艺术性	Zest	热情

① 在法语当中,ZUP = zone à urbaniser en priorité,意为"优先城市化区域"。
② 爱达模式也称"爱达"公式,是国际推销专家海英兹·姆·戈得曼总结的推销模式,指一个成功的推销员必须把顾客的注意力吸引或转变到产品上。AIDA 是四个英文单词的首字母,即引起注意(Attention),诱发兴趣(Interest),刺激欲望(Desire),促成购买(Action)。
③ 安妮·蓝妮克丝为苏格兰演员和歌手,为20世纪80年代红遍欧美乐坛的"舞韵合唱团"的女主唱,曾被VH1音乐频道评为"一百位乐坛最伟大女性"之一。

Ability	能力
Atom	原子
Art	艺术
Anger	愤怒
Attention	关注
Apprehension	忧虑
Art	艺术
Afraid	害怕
Abstract	抽象的
Animals	动物

示例 97.4 "给外星人的两封信"节选

（字母"a"）

亲爱的外星人：

只有人类才能从事艺术（Art），据我们所知，动物（animals）是不会从事艺术的。男性和女性都能从事艺术活动，甚至还能以雌雄同体（androgyny）的表达方式从事艺术活动。艺术可以用来表达焦虑（angst），如对动物的恐惧，以及不同程度的其他情绪——目的是影响（affect）观众或赞美神灵，如真主（Allah）。那些古老的艺术品（antiquity）受到了人们的喜爱，比如庚斯博罗的天青色（azure）画作《蓝衣少年》①。

---

① 英国艺术家托马斯·庚斯博罗为18世纪后期英国最主要的肖像画家之一，以羽毛般的笔触和丰富的色彩感著称。关于油画《蓝衣少年》有一段轶事。托马斯·庚斯博罗和约舒亚·雷诺兹同为18世纪英国画坛之星，（转下页）

有些艺术是"为艺术而艺术",也有些艺术是"抗议某些东西",如抗议种族隔离(apartheid),或者是"支持某些东西",如支持艾滋病(AIDS)患者。安妮·蓝妮克丝(Annie Lennox)凭借自己的艺术才华赚了不少钱。艺术的敌人是Atomska Bomba 原子弹①,原子弹不仅消灭所有的证据和记忆,也消灭艺术作品和欣赏艺术品的人。这将在极度愤怒(anger)的情况下发生。威胁使用核武器是期望获得关注(attention),但几乎所有人都对原子弹的使用深感忧虑(apprehension)。艺术为这类恐慌(afraid)人士提供了避难所,即便是抽象的(abstract)表现主义也能给人以力量、勇气和乐趣——动物,亦是如此。

(字母"Z")

亲爱的外星人:

各种迹象表明(zeichen),当人们觉察(cazar)应该保护臭氧层时,就意味着人类社会差不多寿终正寝了。我想我们永远不会拥有属于我们自己的特殊天国。在伦敦,斑马(Zebra)线非常危险,糟糕的爵士乐(jazz)在地平线响起。人们缺乏生活热情(zest),转而崇尚禅宗(Zen)。虽然也修禅宗,

---

(接上页)均为上流社会所青睐的画家,但思想和艺术风格颇具差别。雷诺兹博学多才,崇尚传统,严守古典原则。庚斯博罗勇于创新,更崇尚自然、追求个人风格。1770 年,庚斯博罗得知雷诺兹在讲课时告诫学生:蓝色系冷色调,最好不要将其作为画作主调。庚斯博罗故意创作了一幅以蓝色为主调的《蓝衣少年》,但这幅画新颖别致,其中的蓝色调并没有什么违和感,反而让人觉得出奇制胜,构成了活泼而又不落俗套的和谐画面。

① 塞尔维亚·克罗地亚语 àtōmskā bômba 意为原子弹。

> 但赞特（Zanthe）仍然热心世俗①。动物（Zuizata）的日子并不好过。至于我们，有一半人真的被饮酒（booze）弄得晕头转向；另一半人是狂热者（zealots），把《圣经》当作生活的A—Z地图。真是个动物园（Zoo）！我们的感情被凝冻（frozen）。热情（zest）去哪里了？永远的"动物园"（Zoo）！

效果

　　这个训练任务要求依次运用清单上的词语，向"外星人"解释我们的世界，训练使得思想得到了解放，从而进入一个崭新的、富有想象力的领域。在看似彼此并无关联的事物之间建立联系，这是一种"鼓舞性限制"。如果我只是要求给"外星人"写一封信介绍我们的世界，那么结果可能是情真意切且类似于散文，不具备创意训练所能催化的具有说服力的奇特想象。这个例子再一次说明，我们可以借助文字运用来给熟悉事物增添新的启示；在事物之间建立新的关联。我收集了世界各地给外星人的信件，这些信件由截然不同的人群撰写，所有信件都包含闪闪发光的短语和图像。我们永远不要忘记："教育已死，很多大象已死。"

---

　　① Zanthe 为冷僻的英文名，但拼写起来好看，一般作为女性名字，给人一种调皮、温柔的感觉。

练习 98　五种感觉

参与者：各种团体，个人（30～40 分钟）

1. 描述一下你现在所处的房间，尽可能写得完整些。

2. 想想你所认识的人。我从未见过你所认识的这个人。请你想象一下，这个人今晚会和我参加同一个聚会。你不在那里，但你希望我能认识你所认识的那个人。简要描述一下那个人，这样我就能认出来了（参见示例 98.1）。

3. 在你的笔记本上画出五栏。在这几栏的顶部写下五种感觉名称：视觉、听觉、触觉、味觉、嗅觉。在这几栏中，写下可以用来描述所有感官的词语清单。尽可能地将整个清单列得齐备（参见示例 98.2）。

4. 现在写下对同一个人的完整描述。这一次，想象自己没有视觉，你可以运用视觉之外的其他任何感觉（参见示例 98.3）。

5. 现在重新描述一下你所处的房间，如里面的声音、质地、温度、气味、味道（同样不包括视觉）。这个房间的氛围是怎样的？

示例 98.1　陌生人描述（a）

多萝西是白人，80 多岁了。她的头发是灰色的，其中有一点点棕色。她大约五英尺、四英寸高，腰围有点大。她穿的服装非常传统，可能是裙子（长至膝盖）和衬衫。服装颜色鲜艳，但不会华而不实。她穿着平底鞋。她的笑容开朗而温暖。在有很多陌生人的场合，她看起来可能有点害羞，但一旦你打招呼,她就会非常友好。她经常咯咯地笑,她的嗓音比较高。她的听力有点不好。

示例98.2 感官的描述

视觉	听觉	触觉	嗅觉	味觉
颜色	回声	纹理	强度	质感
形状	语气	感觉	品征	品征
大小	响度	温度	记忆	热度
……	……	……	……	……

示例98.3 陌生人描述(b)

多萝西听力不太好,所以你必须说清楚。只要她一说话,你就能从那歌唱般的语调中辨认出她,她的音调极为轻快,有时还有点高亢(她有个习惯,喜欢说到气喘吁吁,句子的结尾也会有点被扼住)。由于患有哮喘病,她有点喘,也有点口齿不清,这可能还和戴假牙有关。一开始她可能有些害羞(通常有些防备),但一旦开始说话,你就会发现她极为热情友好,而且有点女孩子气,虽然她年纪不小了。一旦她对你有了好感,她可能会对你说"亲爱的",她可能会把手放在你的胳膊上——感觉有点像爪子,但那是因为她有关节炎,实际上这是一个友好姿态。她会喷一些香水(虽然她自己从小就没有嗅觉),是山谷中的百合花味(一种干净、轻快的气味),你可能会闻到扑面而来的粉尘味——一种尘土飞扬的老式气味。如果你用胳膊搂着她,你会感觉到她的背略微有点驼,这是年龄的原因。她会穿一件棉质上衣,可能外面还会套一件轻薄的羊毛开衫。如果你和她握手,她会抓住你的手(你会感觉到那些小的关节炎肿块,部分手指有点弯曲)。她给人的总体印象是,老年人的身体,少女的心态,她的声音就是证明,一会儿是笑声,一会儿又有点哀伤。我想,她的味道就如同她本人喜欢吃的盒装太妃糖(她可能会给你一颗)。

效果

当我们被要求描述某样东西,我们主要倾向于从视觉上描述,也就是外表描述。通过避免单一的视觉描述限制,我们自由地运用多种感觉描述,由此产生了更具冲击力的印象和意象——这个地方或者这个人的本质。这个练习再次提醒我们,在创作过程中追求个体声音,我们必须努力摈弃看似"自然而然"的东西,因为这些东西往往意味着走捷径。

最后一个练习来自我与一个残疾人艺术团队的合作。其中一个团队成员自出生起就双目失明。有一天我和他聊天,我们围绕描述事物的方式展开话题。他让我描述我们所处的那个房间,我当然从颜色、尺寸等方面开始,直到我意识到这样的描述对他而言毫无意义。我再让他描述我们所处的那个房间,他就这样做了,我惊讶地发现,他的所谓"残疾"实际上使他拥有比我更为丰富的表达能力。他站在房间的不同位置,描述着微小的温度变化、空气流动、气味特点;他让我注意房间里许多不同的声音,包括音调和音高;他详细描述了地板、墙壁和家具的纹理。所有这些都比我的描述更有效地抓住了房间的本质("它大约有30英尺宽,墙壁是黑色的……")。这倒不是要把盲人的身份浪漫化,练习也不是为了"发现失明是什么感觉",但对我们这些视力正常的人来说,似乎"自然而然"的描述方式本身可能就是一种残疾,认识到这一点是很有用的。

人体感觉与语言

在练习94至练习98中,我们探索了如何运用词语和短语的节奏和音乐性来表达潜在的特征和感觉。如果作家将这些特征和感觉都写好了,那就没有必要放置诸如此类的提示了,(愤怒地)或者(极为热情地)等。这些感情确实存在,如果演员信赖文本线索,那么他们会自己寻找出来。以哈罗德·品特戏剧任何一个简短对话为例,你会发现对话语言有一种压迫感,这种压迫感就是未曾说出口的感受。愤怒、不屑和恐惧都有可能,但都被看似温和的对话交流所遮蔽。正因为如此,在展示个体声音的过程中——尤其是在写剧本的时候——作家可能会考虑,避免彻底地发泄情感。让情感在文字的表面冒泡,而不是火力全开。

练习99　在我人生的某个时刻,当时……

第一部分

参与者:各种团体,个人

1. 想想你人生的某个时刻,当时你的情绪处于非常消极的状态——不快乐、孤独、困惑等等。
2. 回忆你当时所在的那个房间。
3. 设想自己回到了那个房间。
4. 再次体验当时的感受或情绪。让它们在你的脑海中浮现出来。
5. 记录你对房间的描述。尽可能详细地描述,但只进行外部描述,不要描述内心的感觉或情绪。

第二部分

参与者:各种团体,个人

1. 想想你人生中的某个时刻/事件,你的情绪处于极为积极的状态——快乐、兴奋、满足等。
2. 回忆一下当时你在哪里。
3. 设想自己回到了那个时刻。
4. 体验当时的感觉或情绪。让这些感觉或情绪浮现在你的脑海当中。
5. 描述一下当时正在发生的事情,要尽可能详细地描述,但只进行外部描述,不要描述内心的感觉或情绪。

效果

避免直接表达你当时的感受,把感受放在脑海当中,这样你将能感受到你是如何塑造你写下的文字的。

在你创作剧本的过程中,你很可能会直接地去表达人物感情。我的意思并不是说这是错误的,而是想告诉你,就"寻找你自己的声音"的任务(以及寻找你塑造的人物的声音)而言,"没说什么"跟"说了什么"同样重要。

关于这个练习的最后一个注意事项。这个练习可能导致一定程度的自我审查。我的建议是,如果是团队合作的情况,你应该清楚地知道,这个练习结果不一定要分享。训练中可能会出现令人不适或比较暴露的描述,我们必须允许作者这样做,不要有自我审查方面的顾虑。

你的声音/他们的语言

我刚才提到"你塑造的人物"。就像在生活中一样,虚构故事中的每个人物都有自己独特的言说方式:节奏、模式、词语和短语。作为一名剧作家,你应该具备这样一种能力:在创作过程中展示你的声音,其中必须展示人物的不同声音。如果将戏剧人物塑造看成是换位思考,那么戏剧人物塑造也就是去倾听他人的声音,同时用文字将其记录下来。这里有几个练习,探索不同的言说方式。

练习100　言说方式

第一部分

参与者：各种团体，个人

你将为不同人物撰写一系列简短独白，所有独白均以"爱"作为主题。

1. 这个人非常严谨，她总是将自己的想法说完，极为明确，一字一句。我希望你能明白我的意思。我认为明确是很重要的。

2. 这个人是如此热衷于让别人听到她的声音，以至于她几乎没有任何停顿地一直说下去，直到她上气不接下气，即便是这样，她还是要继续说下去，直到喘不过气来。

3. 这个人非常……不严谨，她……有……不，她有……很多未能说出的想法和很多……很多的……她就是那种……她就是那种……人。

4. 这个人不能抓住重点。她想要解释/描述一些东西，但是（当然，这是我之前已经和你谈到过的，你会记得我说过这类事情，这提醒了我……）不断偏离到其他话题，这让我想起了当年……

5. 这个人很喜欢用问题去表达自己的想法。你不知道我说的是哪种人吗？我说的对吗？我想知道你记不记得，这是否在书的前面出现过，或者，是否出现过呢？

6. 这个人总是使用令人印象深刻的夸张词汇，而不是细腻而精确的词汇，我说得对吗？

7. 这个人总是引经据典，经常说"正如诗人曾经说过的那样"，援引书籍、诗歌、戏剧等。

8. 这个人说话有口头禅，交谈过程中经常出现某个词语或短语。

9. 这个人总是在为他所说的话道歉，经常会说：如果你不介意我这么说的话，我希望我没有冒犯到你。

第二部分

参与者：各种团体，个人

1. 在以上练习当中，选择任意两个人物，将其放在一起。
2. 设想这两个人物正在一个餐厅。
3. 两个人物正在就点什么食物展开对话。

第三部分

参与者：各种团体，个人

你将完成以"战争"为主题的一系列简短独白。

1. 这个人说话滔滔不绝。
2. 这个人说话温和如水。
3. 这个人说话好似群马狂奔。
4. 这个人说话如同草地蛇行。
5. 这个人说话犹如核弹爆炸。
6. 这个人说话如同犬吠。
7. 这个人说话像蜿蜒的河流。
8. 这个人说话如同军用坦克。
9. 这个人说话如同拖着沉重步伐的马车。
10. 这个人对你含沙射影。
11. 这个人和你说话。

第四部分

参与者:各种团体,个人

将以上练习的任意三个人物放在一起,设想他们正在家中,打开圣诞节礼物。

练习 101　标点和节奏

参与者:各种团体,个人

这里有一个暂无文字的演讲。当前已经给出了标点符号,且每个"＿＿＿＿"为一个词语。请完成填空任务。请不要担心完成的填空内容是否具有逻辑"意义"。填写词语时不要深思熟虑——事实上,你可能发现,你在反复运用少量词汇。

演讲:＿＿＿＿,＿＿＿＿,＿＿＿＿?＿＿＿＿?
＿＿＿＿……＿＿＿＿。＿＿＿＿!
＿＿＿＿,＿＿＿＿,＿＿＿＿,＿＿＿＿……
＿＿＿＿。＿＿＿＿。＿＿＿＿。＿＿＿＿!

示例 101.1

对了,这里真乱,谁干的?嗯?我是看到了的哦……我可以看到。看到了我看到的!我不相信。不,不,我只是不相信……这是一个烂摊子。一团烂麻。是的。乱七八糟!

效果

我们通过以上练习看到了,标点符号不仅仅是对文字的事后补充,你可以说,给我们的思考加上标点,这就是我们的思维方式。我们塑造的人物也是如此。我们也开始探索,人物所运用词语的类型是如何提供大量信息的。

练习 102　你塑造的人物及其言说方式

参与者:各种团体,个人

回到当前正在创作的剧本,就目前你已经完成的工作,看看言说方式有什么不同特征和行为表现。选取一个场景或一段对话,将人物的言说方式发挥到极限。

练习 103　语言和性别

参与者:各种团体,个人

1. 写一个包含三个人物(男女混合)的简短场景。请给出人物的名字。他们刚刚在商店里行窃。在撰写对话过程中,尽可能使对话具有性别特征,通常被认为是男性/女性的说话方式——换句话说,多用可能与性别相关的词语。

2. 写一个包含三个人物(男女混合)的简短场景。他们在一家夜总会。这一次,你不打算透露人物性别。施加以下限制:

• 不要出现任何与性别相关的词汇,以免透露出人物的性别。

- 为人物选择无性别特征的昵称。
- 不要使用"她""他"等。

效果

描写"刻板印象"①很容易,可能因为我们周围的流行文化、新闻报道等一直不缺"刻板印象":"少年流氓犯""虐情金心"②"被骚扰的妇女"等等。作为一名剧作家,我们要尽量避免简单而乏味的言说方式("暴徒就是这样说话的"),尽力去发现借助语言表达人物的新方法。我们可能会去描写一个以反社会方式进行自我表达的青春少年,一个表达极端观点的种族主义者,或一个对穷人施恩的中产阶级好人,但是,如果我们笔下的这些人物言说方式仅与人们的预想相符,那么我们的工作就没有做好。这不过是重复我们在肥皂剧里听过的对话。

日常生活中的诗意

电视剧可能提供精彩的故事情节和伟大的人物形象(尤其是女性),偶尔也会体现出真正的人类洞察力。这也使得社会问题大众

---

① "刻板印象"这个概念最早由美国学者沃尔特·李普曼在1922年出版的《舆论》一书中提出,意为人们对特定事物的简单化的固定观念或印象,通常包含对该事物的价值判断和感情好恶。

② 有多种说法,Tart With a Heart, Tart With a Heart of Gold, Hooker With a Heart of Gold,意指表面上存在道德缺陷,但内心正直或善良的角色,如赛金花、柳如是、李香君等爱国妓女形象,《铁钩船长》的"金心胡克"等。

化，让人们能够更加了解这些问题，但这些问题有时是极为得体的，有时是耸人听闻的。尽管如此，电视剧并不是复兴和重振口头语言（思想载体）的舞台。肥皂剧里的语言来源于那些"切实"被听到的街头巷语的翻版。剧中的人物使用的是我们在酒吧、超市、俱乐部里都能听到的短语，采用的是一种净化过的柔和方式——没有犀利的污言秽语，没有花哨的自命不凡。日常语言是丰富而具活力的，它应该得到称赞，但它也应该接受挑战、不断发展、得到充实。这就是剧作家能够也必须要做的事情，并且他们以现场戏剧作为媒介可以做得更好。作为戏剧诗人，你绝不能看不起或鄙视人们用语言表达思想、感情和欲望的这些"外在"方式，而是要有所重视，稍微推断一下：我确信莎士比亚是这样做的，布莱希特也会建议我们这样做。

练习 104　街道、酒吧、操场

参与者：各种团体，个人（15～20分钟）

　　1. 写下一份清单，清单含有日常"俗语"、格言谚语、特别令人难忘或具艺术性的非常规表达短语。写出大约八至九条（参见示例104.1）。

　　2. 你要撰写一段人物独白。他/她已坠入爱河。

　　3. 你只能使用第1步所列的单词或短语，但你可以不限次数地使用并且进行自由搭配（参见示例104.2）。

　　4. 撰写一段人物独白，其中他/她：

- 接受了奥斯卡奖。
- 与父母告别。
- 在法庭上为她的生命辩护。

- 对自己的弟弟颐指气使。

5. 在你正在完成的剧本中选择一个人物,将本练习运用于描写这个人物。

6. 带上一个笔记本出去走走。在公共汽车上、商店里等等,听听那儿的对话,人们运用了哪些特别令人难忘的或艺术性的非常规表达?将这些语句记录下来并在创作过程中加以运用。

示例 104.1

- The lights are on but there's no one at home.
  家里亮着灯,但是没有人。(不是很灵光。)①
- She's no better than she should be.
  她就是本应该表现的那个样。(她并不比她应该的好。)②
- That's wicked that is.
  这太邪恶了。(极为非常,确实如此。)③

① 用来形容愚蠢或不聪明,也用来指代做白日梦、心不在焉、反应迟钝等。例如:I tried to understand him, but the lights are on but nobody is home.

② 暗指"不道德的女人",这种用法起源于英国,直到 20 世纪 60 年代才被普遍使用,但如今用得比较少。

③ 在新英格兰用得比较多,不是形容词而是副词,意为"真的"或"非常"。意为"这是我(未经证实)的意见",或者"这是我相信的",通常与真理或事实并无关联。这个词被用作幽默的夸张,含义为"超越的背面"。例如,约翰即将搬到某个小岛上,真正回到远处。依赖于超越的含义,即"一个遥远的地方,超越人类经验"。例如,His early comedies might have been taken to represent an unheard-of civility from the back of beyond. 他早期的喜剧片可能被认为是代表了一种闻所未闻的文明。Whatever anyone says about muggings and suchlike up here, there'd be no one about at all in the back of beyond. 无论有人对抢劫之类的事情说了什么,在远处根本没有人。

- That's the truth.

  这就是事实。（这是我的意见。）①

- From the back of beyond.

  一个偏僻的地方。（超越。）

- You must be joking.

  你一定是在开玩笑。（如此奇怪或愚蠢。）

- He was three sheets to the wind.

  他在风中摇摆不定。（他喝得酩酊大醉。）②

- I gave him a bunch of fives.

  我给了他一串五分。（我揍了他一顿。）③

示例 104.2

No one, no one, no one. Home … no better … the lights … she's … no better. That's wicked. Three sheets. She's … three sheets. That's wicked. Beyond wicked. Three sheets to the wind. Wicked. She's at home. The lights are on. Wicked, that is, wicked … etc.

没有人，没有人，没有人。家里……没有更好的……

---

① 说话用来告诉别人，他们暗示的东西是如此奇怪或愚蠢，以至于你无法相信他们是认真的。

② 要成为"风中的三张帆"，就是喝醉了。"sheet"是控制船帆的线。如果线路没有固定，船帆就会在风中翻滚，船就会失去控制。如果三张帆都松动了，船就会失控。

③ 俚语，意为用手合住狠狠地揍打。

> 灯光……她……没有更好。那是邪恶的。三张床单。她的……三张床单。那是邪恶的。超越了邪恶。风中的三张帆。邪恶的。她在家里。灯是开着的。邪恶的,就是邪恶的……

效果

你已经探索了如何将"常用造词"词语和短语当成创作灵感的来源。你已经通过流行语言的"限制"来激发创作想象力。这进一步拓展了你运用非自然语言的方式。

为艺术表达而奋斗

> 怎么一切情形都在鼓励我,刺激我迟钝的复仇之念!一个人只知饱食酣睡无所事事,这算一个人么?畜类而已。上帝造人,使我们有这样广大的智力,能够瞻前顾后,当然他决不能赋予我们神圣的理性而又霉着不用。
>
> (哈姆雷特,第四幕,第四场)[1]

在使人物语言具有诗意的过程中,请你记住这一点:所有人都渴望被理解,也同样期望能够理解自己的想法。通常说来,我们在

---

[1] 《莎士比亚全集 第7卷》,梁实秋译,北京:中国广播电视出版社,1995年版,第387—388页。

这方面做得还不够,英语中有大量这类证据。
- 我就是不明白。
- 我不明白我为什么这么说。
- 我不明白你的意思。
- 我无法理解她。
- 我无法相信我的耳朵。
- 我这是在胡说八道,对吧?
- 我无法解释。
- 你明白我的意思吗?
- 我说的话你一个字都没听进去。
- [其他添加到清单当中的内容]

我所说的"渴望被理解"是通过所掌握的词汇准确地表达我们的想法和感受,为具备这样一种表达能力而奋斗。当然,这并不意味着总是"说实话"。在某些情况下,我们使用复杂的策略来掩盖真相。我们撒谎、掩饰、搪塞、假装没有听到、故意误导等等。许多优秀的戏剧都离不开狡猾杀手的托词和聪明侦探的智取。哈姆雷特——最能言善辩的虚构人物之一,(a)在戏剧当中无法理解自己的本性,(b)又成功地欺骗了其他人,所以人们认为他疯了。事实上,人物避免出现表述问题,这是绝大多数戏剧的关键所在,或者说是,为了获得理解而奋斗。

你所创作戏剧的人物都有自己的个体声音;当然,这也是你个体声音的不同版本。在前面的章节中,我们已经探讨过如何去区分人物的个体声音和作者的个体声音。在这里,我想说的是,任何事件背后隐藏的都是为提升精准表达能力的奋斗,以及这种奋斗在不同层面上的具体运作。你所创作剧本中的所有人物都有自己的想法;为了表达自己的想法而努力奋斗,这形成了人物表述的诗学和故事发展的动力。

练习105　表达水平

参与者：各种团体，个人

写出以下场景。你的着力点是所有人物都试图展示自己的优势。他们成功了吗？他们失败了吗？他们对话时的精神压力有多大？

1．一位父亲出差回家。他曾让十六岁的儿子负责看管房子，可现在房子破烂不堪，父亲期望弄清事情真相，但儿子则试图摆脱这种窘况。

2．一位父亲无法在电话中描述出他对儿子的爱。

3．一位店员正为卖一双鞋，对一名顾客进行狂轰滥炸式宣传，但顾客试图解释他并不想知道这些。

4．一位医生极为谨慎地把消息告诉病人，但病人不想听到这个危及生命的消息。

5．一位警官告诉一位母亲，她的女儿在交通事故中去世，但这位母亲拒绝听这个消息。警察努力寻找较为合适的词语以表达安慰。

6．一个人正在描述自己将如何使用这笔奖金，一个朋友向她说了一些空洞的祝福语。

7．一对情侣正在努力寻找可以确认他们彼此相爱的话语。

8．送礼物的阿姨是一位资历尚浅的专家，这个十岁的孩子拒绝对送礼物的阿姨说"谢谢"。

9．经过多次尝试，一个男人终于将他昨晚的梦境描述了出来。

10. 一名心理医生正在询问女士一些问题,以了解她对飞行的恐惧,但女士将自己的真实感受憋在心里。

谨言慎行

在我们使用词语和短语的过程中,我们应该牢记:作家应该对词语和短语吸引我们的那些方式保持敏感。这并不等于套路、引用、参考、模仿等手段就没有用,而是我们要意识到我们在运用这些手段。在全力拓展我们自己的个体声音的过程中,以下两段引文(当我看到它们时,觉得表达方式极为新颖)可能会有启示作用。

> 话语的麻烦在于,你不知道它们曾在谁的嘴里出现过。
> ——丹尼斯·波特,谈"爱国主义"

> 我可以说我爱伦敦,我可以说我爱英国,但不能说我爱我的国家,因为我不知道这意味着什么。
> ——艾伦·贝内特[①]

[①] 艾伦·贝内特是英国演员、作家、剧作家和编剧,曾荣获英国电影学院奖、劳伦斯·奥利维尔奖等,代表作品包括《单身的间谍们》《写作家庭》《非普通读者》等。

8　第二稿

你现在有了自己的故事、自己的人物和自己的剧本初稿。你已意识到当前正在处理的创作主题。作为戏剧的诗人或故事的讲述者,你也拾获了个人化或者集体式声音的信心。此时回到起点,请看看哪些是有用的,哪些是多余的,哪些是需要开发和添加的。在本章伊始,我们将重温我们此前所看过的东西,以便帮助我们退后一步,去着眼全局。

本章中的全部练习均可以用在以下方面:
- 供剧作家个人使用。
- 供连续性小组研讨会训练使用。
- 供编剧团队进一步创作表演作品。

全局观念

现在我们再来谈谈关于组合、结构等其他方面的问题,其中有些问题我们之前就已经接触过。提醒我们自己注意到这些是有价值的,因为现在是全局阶段,你需要审视戏剧将会如何被组合在一起,以下内容将使你有能力进入第二稿的写作。

练习 106　背景故事

你还能回忆起人物手提箱吗？当你介绍人物时，这些人物都带着一个无形的手提箱，里面装着关于他们生活和居住世界的一切信息。检查一下行李箱，箱子里有什么物品需要扔掉或替换吗？

练习 107　开场场景

开场场景非常关键。围绕戏剧开场场景的功能，我们已经做了相当多的讨论。我们已经使用过"设置议程"这个短语，我也想到了"序曲"这个音乐概念。字典对"序曲"的定义为：作为歌剧、清唱剧等引子的乐曲。"引子"是一个关键词。十八世纪的作曲家格鲁克[1]就曾说，序曲的作用是"让观众为戏剧情节做好准备"。一个开场场景有一系列的作用。请检查你作品的开场场景，是否具备以下作用？

1. "戏剧世界"的真实体验——当代的、历史的、神话的——对自己来说是特定的，因此具有普遍性。那个世界的习俗、习惯和特征，以及那个世界是如何运作的。

2. 交代故事。做好"故事—行动"介绍，让观众为此做好准备。观众将被告知一些事实（或假设的事实）。

---

[1]　克里斯托弗·威利巴尔德·格鲁克（Christoph Willibald von Gluck）为德国作曲家，系当时最伟大的歌剧作曲家之一，代表作为《伊菲姬妮在陶里德》，海顿、莫扎特、舒伯特、柏辽兹和瓦格纳等著名艺术家都非常敬重格鲁克。

3. 交代人物。对主人公的介绍，可以是主人公的自我介绍，也可以是其他人物的评价介绍，即主人公对自己的评价，别人对主人公的评价。

4. 主题（多个主题）。戏剧涉及的主要话题不必写入剧本，但要与人物的对话和行动交织在一起。

5. 情绪和气氛。所运用的词语，它们的音乐性，对话的节奏。

练习108　交代

在整个创作过程中，你都会从手提箱中取出对讲述故事有用的东西。它们的功能包括：(a) 让观众进入戏剧中的世界；(b) 让观众跟随人物的旅程；(c) 为行动添油（推动情节发展）；(d) 埋下未爆炸的炸弹（设置"首个重大转折点"）。

翻阅你的剧本并提出以下问题：

1. 在你的戏剧当中，交代的时刻出现在哪里？又是如何出现的？

2. 关于交代的时刻，是否出现了毫无作用或阻碍故事发展的情形？

3. 哪些听众所需的重要信息被遗漏了？

练习109　主人公

第一部分

主人公是戏剧为其讲述故事的那个人（或多个人）。观众关注主人公的经历。在有些戏剧当中，谁是主人公一目了然（哈姆雷特、埃斯特拉冈和弗拉基米尔);而在有些戏剧当中,系列人物"出场时间"相同,主人公不是那么容易区分。你需要知道谁是主人公,那就问自己以下几个问题:

1. 你在讲述谁的故事?
2. 你的讲述重点是否已经开始转移,从起初的主人公转移到了其他人物?
3. 如果你的讲述重点转移到了其他人物,那将会对故事产生怎样的影响?

第二部分

如果不确定该剧的核心所在,不知道是关于谁的故事,那你可以尝试从几个人物的角度来写(以故事形式)。

示例 109.1

从外婆、母亲、大灰狼、伐木人的角度复述《小红帽》故事。

练习110 主人公的目标/目的

在以主人公为背景的故事当中,有两项内容极为重要:(a) 主人公有意识的需求、愿望和欲望(他们的主动目标或目的);(b) 他们无意识的需求、愿望和欲望(他们潜意识里的目的或目标)。戏剧的推动力来自主人公有意识的需求、愿望和无意识的需求、愿望以及欲望之间的矛盾冲突。戏剧的结局将是有意识和无意识矛盾冲突的解决。问一问自己以下问题:

1. 在你创作的作品当中,主人公主动和隐藏的目标/目的分别是什么?

2. 对主动目标而言,隐藏目标具备多大威胁?

练习 111　首个重大转折点

首个重大转折点就是暴露主人公隐藏目标/目的的时候。主人公的主动目标受到了挑战,现实状况受到了威胁或被改变。这就是这出戏背后的驱动力,主要行动就是从这里开始。从这一刻起,观众产生了对戏剧结局的期望。问一问自己以下问题:

1. 在你的戏剧中,首个重大转折点出现在哪里?是如何发生的?

2. 首个重大转折点的出现是否可信?是否与戏剧世界吻合?

练习 112　故事的主要冲突

故事的主要冲突是通过主人公的旅程来展现的。这些冲突可能在以下任何或所有层面展开:内心世界(头脑、心灵和灵魂)、直接的外部世界(家庭、爱人等)、更广阔的社会世界(老师、同事等)、制度世界(警察、职业等)、世界的历史或地理环境。问一问自己以下问题:

1. 你的戏剧当中描述了哪些层次的冲突?

2. 这些冲突表现在哪些人物行动当中?是如何表现的?

练习113　承受压力的主人公

主人公在承受压力的情况下做出选择,这能够揭示主人公的深刻性格。这种压力是主人公有意识与无意识之间不断演变的冲突。人物承受的压力越大,人物性格的流露就越深刻。让主人公承受越来越大压力的系列事件构成了故事的叙述主线。这些事件可以被概括为遭遇阻碍、否极泰来、时运不济、丧失勇气、孤注一掷、偏离正轨等等。问问自己以下问题:

1. 在你的剧本当中,这类事件是在什么地方出现?
2. 哪些事件属于主人公承受重大压力的时刻,能够揭示出主人公深刻的性格?
3. 哪些事件属于主人公承受附带压力的时刻?

练习114　事件即转变

每个事件都是一个转变过程:思想、心灵、良知、环境、命运等等。围绕事件的危机越大,转变的价值(道德的或物质的)就越大。一般说来,随着故事展开,赌注会越来越大。问问自己以下问题:

1. 事件的进展如何?
2. 如果1是低压力,10是高压力,你会将每个具体事件放在1~10的哪个位置?
3. 随着故事展开,赌注会越来越大。在你所创作的戏剧当中,事件进展是否反映出事件转变价值的增加?

练习 115　最终结局

从首个重大转折点开始,观众就对结局产生了期望。随着事件的演进,观众的期望也在发展。一部戏剧的最终结局就是这部戏剧的最大转变。一切都已经到位,以便支持戏剧的最终结局。无论最终结局是多么令人吃惊、震惊、愉快或出乎意料,导致结局的系列事件必须具有适当的可信度。问问自己以下问题:

1. 你的主人公是获得了她自己认为想要的东西,或者她真正需要的东西,还是她并不渴望的东西?

2. 她实现目标的方式是否让人满意?这与主人公的人生旅程(观众已经关注过的)是否相称?

练习 116　所有其他人物

就人物旅程的模式而言,主人公和其他人物的旅程都是相同的。无论人物多么渺小,人物旅程的模式都一样。问问自己以下问题:

1. 你创作剧本中的所有其他人物,他们的背景故事是什么?
2. 所有其他人物的目标/目的是什么?
3. 你是如何通过论述、冲突等将其他人物描绘出来的?
4. 所有其他人物的最终结局是什么?

效果

通过处理以上问题,你将着手考虑初稿在哪里以及如何进行重构、得到强化和使之清晰化。我们还注意到,随着主人公有意识和无意识之间的冲突的不断演进,事件也在不断发生转变。

剖析文本

在写初稿时,我们经常是凭着自己的直觉。在寻找故事和设定人物行动的过程中,你不会太在意戏剧结构的细节。你可能已经使用过第五章列出的部分方法(例如明信片/索引卡练习)来帮助完成整体形象塑造,但你不能让这些方法破坏你的想象力。现在是考察戏剧结构是否合理的时候了。根据我的经验,关于剧本走向的推断性对话,含有很多"如果……"或者"我不喜欢……"等等,这就是第二稿最糟糕的对话。我们需要能够看到那里有什么,然后再着手处理那里应该有什么。

下面的练习旨在帮助我们以科学的方式解剖剧本:拆开机器,以便重新组装。该方法可以在任何剧本的起草阶段作为文本开发的工具,该方法也可以在排练过程中帮助导演和演员掌握整个文本。在这两种情况下,练习过程完全相同。

练习117 将戏剧文本分成若干单元

第一部分

1. 选择一个已完成的剧本,通读这个剧本的开场场景。
2. 你将要剖析这个开场场景。如果你是在一个团队当中,请尽量不要拘泥于自己的选择。尝试与其他团队成员达成某些共识,然后继续进行推进。

3. 再次通读这个场景,这一次关注哪些地方发生了显著变化。在此所说的"转变"是指人物行动、主题事件、情绪氛围等方面的变化。这些"转变"包括舞台说明和人物对话,而且"变化"很可能是在段落与段落之间。我们可以借用音乐术语表述:这首曲子转变了调子。

4. 每当遇到这些重要转变(调子),就用铅笔在页面上标出分割线。把这个场景分解成几个组成单元。

5. 再次通读整个场景。这一次确定每个组成单元的人物主要行动。请使用主动动词。以这些主动动词作为该单元的标题。将标题写在每个单元的顶部。这没有对错之分,只要你觉得这个词能够最为强烈且最具活力(往往也是最简单的)地表述戏剧发生的主要事情。请勿使用长句。读读这个例子,看看你是否能想出替代性章节标题(参见示例117.1)。

6. 写出一个清单,列出所有单元标题(参见示例117.2)。

7. 在第5步的基础上,确定场景的人物主要行动。给场景加上标题。各单元的标题都应该支撑整个场景的标题。同样,请勿使用长句(参见示例117.3)。

8. 如果一个场景中途发生了转变,那么发生的主要转变是什么(参见示例117.4)?

9. 就我们如何成为人类而言,这个场景向我们展现了什么论点或者提出了什么问题?这些论点或问题不一定与人物或者事件相关,也可以是非常抽象的论点或问题(参见示例117.5)。

示例 117.1

第七章 船长和船东的对话。

（单元：船长放眼全球）

船长，在一个光亮的小池子里。他有一个小的破旧地球仪，上面标有时区、经纬等。他旋转着地球仪。

（单元：船东打扰船长）

（单元：船长挑战船东）

船长：（指着那个小而破旧的地球仪）把你的手指放到地球仪上，放到任何地方都行。

我敢打赌我去过那里。

（他旋转着地球仪）

（单元：船东突然拉住船长）

（船东将他的手指放下来）

（单元：船长澄清事实）

去过那里。巨蟹座、摩羯座、赤道、平行线，我都见证过。

（单元：船东说了算）

船东：安全返航，现已抵港。

船长:我还没有累垮。我也是,船也是。

船东:它已精疲力竭。

船长:我的船?

船东:我的船。

船长:你的是财产,我的是感情。

船东:那艘老船的开船时间到了。

(单元:船东安抚)

船长:不……永远不会。

船东:公司承认你所做的一切……(递给他一个包裹)
你也会有一笔丰厚的退休金。(船长从包裹里拿出一块手表和链条)

(单元:船东再踏上一脚①)

船东:我们把它开进来。

[你继续写]

示例 117.2

- 船长放眼全球。
- 船东打扰船长。
- 船长挑战船东。

---

① 原文为"puts the boot in",俚语意为"在某人已经倒地时再踢他",或者是指人物的批评或不友好,使得原本糟糕的状况变得更糟。

- 船东突然拉住船长。
- 船长澄清事实。
- 船东安抚。
- 船东再踏上一脚

[你继续写]

示例 117.3

场景的主要行动：船东说了算。

示例 117.4

场景中的主要转变（环境或命运）：船东的希望破灭。

示例 117.5

我们的个人欲望被非个人力量所控制。

效果

在我们所完成的练习中，"转变"这个词已经出现过很多次。在这个练习当中，我们将整个场景拆开，看看人物动作、主题事件和情绪氛围的主要转变发生在哪里。单元标题都是明显的主动动词：打扰、挑战、暂停打击。这些都揭示了场景的内在博弈：两个对立观点之间的激烈博弈。也就是说，场景标题——场景的主要行动包括了所有的行动单元,且为行动单元提供支撑。

在与演员排练的过程中,我一开始就使用这种剖析场景的方法。这可比坐在那儿猜测场景中发生了什么,猜测人物的"动机"是什么要有效得多。哪怕在剧本的起始阶段,剖析场景的方法也同样适用。

第二部分——在起草阶段划分场景

1. 以一个正在创作的剧本为例(个人剧本或团体剧本),在初稿阶段,看看其中的一个或者系列场景。将上述方法一步步地应用于剖析这些场景。在剖析的过程中,感受这如何有利于我们修改,确定哪些地方需要修改。本小节的示例,我将以曼金德·维尔克的一部戏剧进行演示,我最近和她一起担任戏剧编导(参见示例117.6 和示例 117.7)。

2. 请以你创作戏剧的开场场景为例,采用剖析场景方法对其进行分析。在练习的第一阶段,你要尽可能严格,就像对待已经公演的戏剧那样。转变在哪里?是什么转变?内部的驱动力是什么?各单元标题是否支持整个场景的标题?哪儿还有累赘?哪儿还缺失骨架?

3. 按照上述过程,分析该剧的所有场景。

4. 列出一份清单,记录全剧所有场景的标题。

5. 在第 3 步的基础上,拟定全剧主要行动的标题,并将标题写出来(参见示例 117.8)。

6. 在整个练习的基础上,哪里有差距?哪些段落、章节或场景是多余的?还缺少哪些方面的交代?还需要充实或增加哪些人物?

示例 117.6

曼金德·维尔克撰写的剧本《光辉》第一稿中的一系列场景。

库尔温德是一个 14 岁的亚洲女孩。安东尼是一个 13 岁的白人小男孩,也是库尔温德最好的朋友。这段情节发生在该剧的三分之一处。在剧中,库尔温德一心想要赢得拳击比赛,为此她一直在训练,一直期望能够"证明自己"。在这一系列场景中,她受到安东尼带来的消息的挑战。

(场景:安东尼试图确定库尔温德是否得到了同样的信息)
　　〔安东尼进入〕
　　安东尼:你看到她了吗?你是库尔温德吗?
　　库尔温德:你在说什么?
　　安东尼:特蕾西·拉姆齐!
　　　　(场景:库尔温德揶揄当前话题)
　　库尔温德:那个渣滓。
　　　　(场景:库尔温德对这个话题表现出一定兴趣)
　　库尔温德:那她呢?
　　　　(场景:安东尼继续询问)
　　安东尼:你看到她了吗?
　　库尔温德:暑假之前就没见过她了。
　　　　(场景:库尔温德盘问安东尼)
　　库尔温德:为什么?她怀孕了?
　　　　(场景:安东尼对事实作了完整描述)
　　安东尼:不,她在电视上!

库尔温德:《犯罪观察》吗?

安东尼:不,是《流行乐坛》,我亲眼看见她了。

库尔温德:什么?

安东尼:她在参加《流行乐坛》的试镜!她实际上是在电视上,库尔温德,特蕾西·拉姆齐,她在电视上展示了好长一段时间,唱的是《我的脑海不能没有你》。

库尔温德:不是吧!

安东尼:她看起来真的很好,不像凯莉,但她会唱歌。

场景标题:
- 安东尼试图确定库尔温德是否分享了相同的信息。
- 库尔温德揶揄当前话题。
- 库尔温德对这个话题有些感兴趣。
- 安东尼继续进行他的主要调查。
- 库尔温德继续盘问安东尼。
- 安东尼对事实作了完整描述。

系列场景单元有可能的标题:
- 安东尼让库尔温德感到不安。
- 库尔温德与安东尼争吵。
- 安东尼未能打动库尔温德。

剧本的开发要点:

曼金德和我讨论了这个系列场景单元的功能,它是揭示库尔温德不安全感的重要时刻。通过运用场景剖析方

法,我们认为特蕾西·拉姆齐在电视上的成功所带来的威胁需要更加直接。我们最后做出了以下决定:

- 与其让安东尼汇报特蕾西·拉姆齐出现在电视上,还不如让特蕾西·拉姆直接出现在舞台上。
- 增大特蕾西·拉姆齐对库尔温德的威胁,使得库尔温德对蕾西·拉姆齐出现在电视上的想法深感不安。
- 以上两点将会使库尔温德的斗争情绪火上浇油。

示例117.7

曼金德·维尔克的《光辉》第二稿的系列场景单元:根据剧本的开发要点,改写后的系列场景单元标题修改如下。

(场景:安东尼使得库尔温德上弦待发)
[安东尼和库尔温德正在一起看电视。]
安东尼:哦,我的天,是特蕾西·拉姆齐。
库尔温德:什么?
安东尼:哦,我的天,是特蕾西·拉姆齐!
库尔温德:不可能。
安东尼:哦,我的上帝! 是特蕾西·拉姆齐!
(场景:库尔温德一巴掌把安东尼打倒在地)
库尔温德:好了! 我第一次就听到了。
安东尼:她在电视上,库尔!
库尔温德:我看得见。
(场景:库尔温德贬低了主题事件)

她穿的是什么？她看上去真漂亮。

（**场景**：安东尼把库尔温德的鼻子擦得很脏）

安东尼：我不敢相信，这么长时间电视都在播放她。看看她，我们和她一起上学，而她却上了电视！我不相信！我不相信我们和她一起上学。看看她！

库尔温德：好了，别让自己心脏病发作。

安东尼：我希望她能通过。

库尔温德：不可能的。

安东尼：我简直不敢相信。

库尔温德：你能冷静下来吗，你让我心烦意乱！

安东尼：她看起来真不错，你不觉得吗？虽然不像克里斯蒂娜·阿奎莱拉那样，但她会唱歌①。

示例 117.8

在此列出《哈姆雷特》主要行动的可能标题："年轻的王子没有给他那死于谋杀的父亲报仇，导致整个宫廷的死亡和毁灭。"这句话包含了主人公所面临的困境，以及他没有处理好这个困境的结局。我之所以说"可能"，是因为你完全可以通过不同方式进行界定。问题在于，假如我们当中的任何一位希望排练这部戏剧，那就需要清楚地明白人物

---

① 克里斯蒂娜·阿奎莱拉为美国女歌手和演员。1992年加入电视节目"新米老鼠俱乐部"后开始演艺生涯，曾在《滚石》杂志评选的"史上最伟大的百位歌手"中位列第58位，曾入选美国《时代》周刊最具影响力100人。

> 行动的主要推动力。同样的道理，当我们在编写剧本时，我们也需要确定故事的主线。

效果

我们已经看到，如何以科学的方式拆开一个序列、一个场景、一幕戏剧、一整部戏剧，以便确定：(a) 正在发生什么；(b) 戏剧空白在哪里；(c) 什么是多余的。我们还看到，"行动标题"如何揭示出戏剧的内在驱动力，而内在驱动力导引全剧的主要行动。

持续转变

从首个重大转折点开始，我们已经研究过伴随重大事件发生的转变。尽管如此，变化是不断发生的，只是存在程度上的差异。我们看到一个开场场景如何被分解成几个单元，每个单元都转向具有活力的崭新驱动。我们看到了这些转变如何导致并支撑着场景中的主要变化。

在下面的练习中，我们将看到"转变"如何每时每刻地发生。同样，这些练习可供演员和导演在排练开始阶段使用，以便帮助他们掌握故事的驱动力。这些练习对编剧也同样有用，可以帮助编剧在剧本开发过程中对剧本进行微调。

练习 118　攻击、退却、坚持

第一部分

人与人之间的全部心理互动都可以归入以下三类：我攻击、我退却、我坚持我的立场。

> **示例 118.1**
>
> 我批评你（我攻击），我向你道歉（我退却），我为我的行为辩护（我坚持我的立场）。"批评""道歉"和"辩护"是描述心理行为的动词。我们也可以用描述物理行为的动词来描述心理行为。我"推倒"你（我攻击），我"屈服"了（我退缩），我"挖掘我的脚跟"①（我坚持我的立场）。

第二部分　攻击、退却、坚持

在这三个标题下，写出可以应用于心理互动的行动（单字或众所周知的表达方式）的清单。高层次的行为出现在列表的顶部，向下延伸到底部的低层次行为。

> **示例 118.2**
>
> | 我攻击 | 我退却 | 我坚持我的立场 |
> |---|---|---|
> | 消灭 | 缩手缩脚 | 拒绝让步 |

---

① "to dig one's heels in"为英语习惯用语，意为"拒绝做一些事情"，例如有人非常努力地让你这么做，你却拒绝改变自己的观点或计划。

拒绝	撤退	蔑视
指挥	让步	抵制
降级	投降	坚守
教育	扔掉毛巾	坐稳了
幽默	退缩	忽略不计
编制	崩溃	拒绝
挠痒痒	放弃	挖掘
……	……	……

练习 119　操作文本

第一部分

从你已经统稿过的剧本当中提取一段话。记住行动单元的标题,确定每个对话单元的"频次"(或者称为"节拍")。

示例 119.1

(单元:船东制定规矩)

船东:[我安置你]安全返航,现已抵港。

船长:[我拒绝了这个提议]我还没有累垮。

　　　[我表态]我也是,船也是。

船东:[我判断]它已精疲力竭。

船长:[我较量]我的船?

船东:[我说明]我的船。

船长:[我主张]你的是财产,我的是感情。

船东:[我谴责]那艘老船的开船时间到了。

第二部分——操作文本

从你已经统稿过的剧本当中提取一段话，记住行动单元的标题，确定每个对话单元的"频次"（或者称为"节拍"）。对话单元的"节拍"是否锁定？对话单元的"节拍"能否支撑本场的行动标题？哪儿是累赘？又缺少些什么？

效果

我们现在已经看到，戏剧中不断发生"转变"，如同时钟上的秒针不停地走动。在一出戏剧当中，可能会有几段描写"无聊的谈话"，但就段落建构而言，这些不是什么无聊内容。一切都有一个目的：推动故事的发展，并为下一个重大变化做好准备。戏剧的全部内容都是为最终结局做准备的。

剧作基础

我们已经看到，一部戏剧是如何"关乎"主题事件（故事主线）以及"关乎"主要议题（人类普遍关注）的。这些都是由每个故事的核心联系起来的：关于人类生活和活动的若干重大问题或主张。从来没有戏剧会向观众挑明戏剧的重大问题，但作者必须清楚重大问题何在，因为这是全剧的根基，也是创作的原因。这可以用一句话清晰地表达出来：故事结局和主题将会回答或证明/反驳该剧的重大问题或命题。

《麦克白》故事提出的一个重大问题可能是："如果放弃更为善

良的天性,去满足世俗权力的渴望,我们会失去获得精神救赎的权利吗?"

《小红帽》故事提出的一个重大命题可能是:"只有违背规则,历经磨难考验,我们才能获得全面成长。"

从来没有戏剧会向观众挑明戏剧的重大问题,但故事及其主题会不断揭示戏剧的重大问题,从而在观众脑海中引发问题和期待。戏剧的重大问题是将我们吸引到故事当中,并且使我们一直等待最终结局的原因。

《麦克白》提出的重大问题可能是:"麦克白会设法自我救赎吗?"

《小红帽》提出的重大问题可能是:"小红帽能经受她自己设定的考验吗?"

在写初稿时,建议你专注于叙述故事和塑造人物,而没有必要过于操心重大问题和命题。有些编剧也许会从一个问题或一个抽象命题开始创作,但我不建议你这样做。作为一名编剧,我们所要追求的是:使故事变得精彩,使语言更具新意,使人物栩栩如生。现在你已经进入第二稿写作,有必要思考一下剧本的根源何在,也就是戏剧到底"关乎"什么。

练习 120　戏剧的本质

参与者:各种团体,个人

主要问题或命题就是剧本的本质,也就是你(可能是无意识地)一直忙于处理的宏大理念或抽象思考。迄今为止,你已经完成了本章的全部练习。你认为你所创作的这部戏剧要解决什么重大问题和命题？以下方法可能有助于你回答这个问题。

你已经完成了其中的部分工作。

1. 分割场景并给场景命名。(a) 主要行动；(b) 主要转变；(c) 主要问题或命题。

2. 如果该剧按照人物行动来编排结构，那么也要给人物行动命名。(a) 主要行动，(b) 主要转变，(c) 主要问题或命题。

3. 列出所有场景引发的主要问题或命题。

4. 列出所有行动引发的主要问题或命题（参见示例120.1）。

5. 就人们对某些思考、观点或问题的普遍性关注，第4步表明了什么？是否存在固定的模式？有没有引发不同角度的思考？有没有出现过引发共鸣的语句？是否出现主导性观念？出现过哪些形象？（参见示例120.2）。

6. 在第5步的基础上，为整个剧本列出几个可能的问题或命题。试着用一个简单的两部分组成的句子，去描述这部戏剧的本质（参见示例120.3）。

7. 从以上的问题当中，选择一个问题。

8. 在你的剧作当中测试一下，该剧的各个部分是否都以某种方式突出了这个命题或问题，与这个命题或问题产生了共鸣，或者反映了这个命题或问题？

9. 当一个命题或问题似乎能够体现该剧本质，那就将这个命题或问题写在卡片上。

10. 将这张卡片贴在书桌的顶部，或者贴在创作电脑的顶部。

11. 直接面朝卡片，铭记这个命题或问题，去重写你的剧本。

12. 请你记住，如果剧情发展出新方向，那你随时可以改变。

示例 120.1

一部五幕戏剧的五个主要问题[①]：

- 第一幕：我们是一起游泳，还是一起沉没？
- 第二幕：在死亡当中，我们如何创造出新的生命？
- 第三幕：对待逆流而上，我们有何感想？
- 第四幕：我们如何冷静下来，看到我们可以生存？
- 第五幕：为什么有权力的人，不去倾听孩子们的意见？

示例 120.2

- 引起共鸣的词语：游泳、沉没、水流。
- 引起共鸣的词语：沉没、死亡、强大。
- 引起共鸣的词语：一起、创造、生命、感觉、平静、生存、倾听、孩子。
- 图片：一起游泳、一起沉没、逆流而上、倾听孩子们的意见。

示例 120.3

- 如果我们创造了一个彼此恐惧的世界，那么我们孩子的未来会怎么样呢？

[①] 剧本结构一般可分为开端、发展、转折、高潮、结局，不同编剧的处理不同，戏剧结构会发生变化，但并不都是五幕；莎士比亚的戏剧被认为是经典的五幕剧结构，分为序章、开场、发展、结局和尾声。

> - 如果我们不分青红皂白地接受别人告诉我们的事情，那么当没有人倾听我们意见的时候，我们就无法表达出自己的抱怨。
> - 是要让世界上的消极力量主宰我们的生活，还是要逆流而上？
> - 是要在生活中寻找垃圾，还是从中寻找天鹅？

效果

- 正如我们看到的那样，通过剖析整个场景，我们可以将戏剧的内部动态揭示出来。给各部分和不同场景赋予有用的标题，我们发现了场景的主要行动是什么，以及场景的主要变化是什么。将这种方法运用到整部戏剧，我们看到了故事的整个弧线是如何被所有其他结构元素所支撑的。
- 我们已经看到，刻意安排和强调的关键词或图像从一开始就暗示该剧的一个或多个重大主题。
- 我们已经看到，重大主题与主要故事行动如何交织在一起，从而引发作为该剧基础的重大命题/问题。作为戏剧的基础，重大命题/问题反映在戏剧的每个瞬间，并与每个瞬间产生共鸣。

戏剧的主要命题/问题是该剧的基础。
一个节拍（说话的单位）是最小的戏剧性时刻。
一个片段（对话单位，或情节）是一连串具有相关性的节拍。
一个场景是一连串的片段，介绍并完成一个重要事件。
一幕是一连串的场景，戏剧性地结束了一系列重要事件。

一次事件是主人公遭遇的一次重大压力时刻和转折点。

首次重大转折点是启动情节的事件。

情节是由事件描绘出来的,故事围绕情节发展,主题与故事交织在一起。

最终结局是对故事重大主题的总结。

重大主题是由故事背后的主要命题体现出来。

主要命题/问题是戏剧的基础。

在撰写第二稿之前,我们还有一些事项需要考虑。

"因为"或者"如果"

让我们想象一下,戏剧可以分为两种类型。一种类型是戏剧包含有"因为"主要命题;另一种类型是戏剧包含有"如果"主要命题。

练习121 "因为"

完成下列句子(不要包括"如果"这个词)。

- 人们杀人,那是因为……
- 人们相爱,那是因为……
- 人们从事艺术创作,那是因为……
- 人们去打仗,那是因为……
- 人们持有偏见,那是因为……
- 人们从事工作,那是因为……

示例 121.1

- 人们杀人,那是因为他们充满了愤怒。
- 人们相爱,那是因为这让他们感觉良好。
- 人们从事艺术创作,那是因为他们有想象力。
- 人们去打仗,那是因为他们认为自己是正确的。
- 人们持有偏见,那是因为这使他们具有优越感。
- 人们从事工作,那是因为他们需要钱。

练习 122 "如果"

完成下列句子(不要包括"因为"这个词)。

- 如果人们杀人,那么……
- 如果人们相爱,那么……
- 如果人们从事艺术创作,那么……
- 如果人们去打仗,那么……
- 如果人们持有偏见,那么……
- 如果人们从事工作,那么……

示例 122.1

- 如果人们杀人,那么他们就会毁灭自己。
- 如果人们相爱,那么他们必须自由地给予爱。
- 如果人们从事艺术创作,那么他们可以改变世界。

- 如果人们去打仗,那么他们应该确定这样做是正确的。
- 如果人们持有偏见,那么他们很容易被引导。
- 如果人们从事工作,那么他们可以赚到生活所需要的钱。

练习 123　人们杀人,那是因为……

请补充成完整句子,共完成五次。

示例 123.1

- 人们杀人,那是因为他们充满了愤怒。
- 人们杀人,那是因为他们在电视上看到杀人。
- 人们杀人,那是因为他们感到害怕。
- 人们杀人,那是因为他们不珍惜人的生命。
- 人们杀人,那是因为他们认为这样可以解决问题。

练习 124　如果人们杀人,那么……

请补充成完整句子,共完成五次。

示例 124.1

- 如果人们杀人,那么他们会毁灭自己。

- 如果人们杀人,那么他们必须准备好面对后果。
- 如果人们杀人,那么他们会辜负了自己。
- 如果人们杀人,那么他们不可能再快乐。
- 如果人们杀人,那么他们必须有赎罪的机会。

效果

在此前练习当中,我们已经探讨过"如果剧"和"因为剧"的区别所在。

- "因为剧"倾向于去寻找一个封闭式答案——因此也是一个解决方案:如果愤怒被消除了,人们就会停止杀人。"因为剧"还会接受:在当前条件下,杀人是人类生活的因素之一,所以是必然的。
- "如果剧"不会倾向于去寻找根本原因。"如果剧"也会认为杀戮可能继续下去,但对探索杀戮行动带来的后果更为关心:杀人行为究竟是如何毁灭杀手的?
- "因为剧"倾向于为社会问题提供解决方案。萧伯纳和布莱希特的戏剧试图去揭露腐败,或者抨击不公正的社会制度,且在揭露和抨击的过程中提出更好的生活制度。宣传戏剧、论坛戏剧和某种形式的"教育戏剧"寻求诊断社会或政治弊端的根源,同时为观众提供克服这些弊端的方法。
- "如果剧"剧目通常不会质疑社会的基本结构,"如果剧"倾向于观察人类个体在其所处环境范围内的具体运作。在其创作的《私生活》当中,诺埃尔·考沃德对宠坏主人公的那个社会并不关心,他关注的是主人公迷恋的后果①。

- 或许,最有趣的戏剧既包含"因为",又包含"如果"。契诃夫倾向于创作"如果剧"——契诃夫自己当然不会说,如果世界上的财富被平均分配,玛莎就开心了②,但是戏剧当中的社会阶层——主人和仆人、小官僚和地主——揭示出一幅社会腐蚀人际关系的图景。在戏剧当中,卡里尔·丘吉尔清楚地表明,不公正的社会关系给戏剧所刻画的女性带来了生活压力。在剧作《阳光下的葡萄干》当中,洛琳·汉斯贝瑞质疑,当一个黑人梦想过上更好的生活,那将会发生什么事情?这揭露出当时社会否定其梦想的根源。
- 无论我们处于剧本创作的何种阶段,我们都可以问问自己:剧作有多少"因为"和多少"如果"?

次要情节

一系列次要的动作通常被称为次要情节。次要情节所涉及的人物并不那么重要,但这些人物的作用也同样重要。次要情节可能与主要故事密切关联,或与其平行,或与其形成对照。在伊丽莎白和詹姆斯一世时期的戏剧当中,次要情节反映主要情节,通常是低级别的喜剧,而且人物的社会地位不高。在莎士比亚的戏剧《皆

---

① 阿曼达和埃利奥特已经离婚 5 年,各自带着新伴侣在多维尔一家酒店度蜜月,巧合地入住了相邻套房。两人在阳台偶遇,重新点燃了激情,但几天过后,两人便发生了争执。

② 此处的玛莎是契诃夫创作的四幕话剧《三姊妹》中的人物,该剧讲述的俄罗斯边远小城的一个军官家庭中的三个女儿及其哥哥的故事,玛莎内心渴望自由,厌弃鄙俗的现实世界。

大欢喜》当中,贵族罗莎琳德和奥兰多的爱情故事的发展,与牧羊女同林务员的求爱、追求和失恋并列。其中次要情节的作用是为戏剧重大主题投射不同的光芒。在戏剧《麦克白》当中,麦克德夫家族充满爱心和荣誉感是次要情节,这与充满仇恨和背叛的麦克白家族形成了鲜明的对比。在上述两种情况中,次要情节都具有阐明戏剧重大主题的作用。

练习 125 次要人物

问自己以下问题:

1. 你的剧本是否包含次要人物以及行动序列?
2. 次要人物的戏剧功能是什么?
3. 次要人物的旅程是否紧扣主要情节和戏剧主题?
4. 如果你的剧作没有次要情节,那么添加次要情节会有好处吗?

人物角色目标

在本章早些时候,我们研究过人物如何一直在"完成"(对话背后的行为)。从一个时刻,到另一个时刻;从一个章节,到另一个章节;从一个场景,到另一个场景,等等,人物都有希望实现的目的和目标(自觉或不自觉的)。这适用于所有人物,尤其适用于主人公。

练习 126　主人公的目标

就创作作品当中的主人公,请你回答以下问题:
1. 主人公在戏剧当中的目标是什么?
2. 主人公在这个场景中的目标是什么?
3. 主人公在该序列中的目标是什么?
4. 主人公在该时刻的目标是什么?
5. 主人公的人生目标是什么?

示例 126.1

- 麦克白在戏剧当中的目标是为了生存。
- 主人公的人生目标是满足自己的野心,同时维持好人形象。

示例 126.2

- 小红帽在故事中的目标是将食物送给外婆。
- 小红帽答应妈妈,她会直接去外婆家,这时她的目标是做一个听话的女儿。
- 在采摘鲜花的时候,小红帽的目标是为了取悦自己。
- 在看到打扮成外婆模样的大灰狼时,小红帽的目标是为了得到安慰。
- 小红帽的人生目标可能是发现生活所能提供的一切。

场景形态

我们已经研究了"变化",以及这种变化在叙事中是如何持续存在的。重大的变化发生在场景中:主人公的命运在场景结束时发生了变化。变化可能或大或小,或情感或物质,等等,这取决于你所写的故事和叙事的需要,但人物在离开场景时都会发生某些变化。

我已经提到,演员如何运用打斗方式来与观众打交道。在讨论戏剧场景的时候,运用战场形象是很有用的:有人会成为胜利者,有人会被打败(或者他们可能在斗争后陷入僵局)。以下练习将使用正方形和三角形形状在纸面上演示斗争。

为了实现训练目标,我希望大家将场景当成连续时间框架内发生的行动序列。

- 将场景想成是一个正方形。将其当成一个情感战场,或足球场。
- 场景内包含两个人物,A 和 B,一开始,我们对这两个人物一无所知。来到这个场景,我们赋予他们同等的地位(球场上的空间)。
- 在场景结束时,角色 B 已经"侵犯"了球场,以至于角色 A 被逼到墙角。
- 在下一幕结束时,角色 A 已经夺回了许多地盘。
- 在下一幕结束时,角色 C 已经加入了角色 B 的逐力,他们几乎把角色 A 赶出了球场。

练习127　突破底线

1. 你有三个角色：A、B和C。

2. 将A和B放在相同环境当中，保持简洁，第一场戏在球场。

3. 在一出戏的前三个场景中写下笔记。它们将根据下面建议的形状的进展开始和结束。

4. 请记住，即使最后一幕以B和C"逼迫"A结束，这也不意味着他们会（随着剧情的发展）最终赢得战斗。

第一场开始：A和B正在分享一个社交时刻。他们似乎在球场上不相上下。

第一场结束：B把A推到了防守的位置。

第二场开始：A仍然处于防守状态。发生了一些事情，提供了一个开口。

第二场结束：A已经夺回了大部分阵地，B则处于防守状态。

第三场开始：A现在有信心，他几乎已经控制了整个球场。C现在进入球场，与B合作，他们一起把A推到一个非常狭窄的角落。

示例 127.1

场景一

- 查尔斯和西塔在同一个办公室工作。
- 他们俩站在走廊的饮水机旁，正聊着天。
- 有人一直在向其他员工发送辱骂的电子邮件。
- 在这一场结束时，西塔暗示查尔斯是负责任的人。

场景二

- 后来，查尔斯无意当中听到西塔在打电话。她正在向其他人，重复她早先对查尔斯说的话。
- 在这一场结束时，查尔斯与西塔发生了冲突。查尔斯说，西塔之所以会指控他，那是因为他们都申请了相同的晋升职位。查尔斯指责西塔试图破坏他在公司的声誉。
- 西塔试图为自己辩护，解释说她不知道他们是这个职位的竞争对手，这一点令人难以置信。

场景三

- 查尔斯在问自己是否可以和老板谈谈。查尔斯要投诉另一名员工的行为。
- 西塔正在用电脑工作，但她显然被无意中听到的东西激怒了。
- 吉恩进来了，手里拿着一封电子邮件的拷贝，她声称邮件是从查尔斯的邮箱地址下载来的。
- 西塔看了看自己的邮件，发现了一个相似信息。
- 在吉恩的支持下，西塔又开始攻击查尔斯，而查尔斯似乎没有办法解释，他的电脑如何发送了这些信息。

练习 128　运用三角形

这是探讨场景形状和场景内动态变化的另一种方法（场景内的动态变化导致场景结束时的改变）。

1. 你将为包含三个人物的叙事性剧作，撰写一个简短的（三步骤)大纲。

2. 在第一步,我们对这些戏剧人物一无所知。根据我们了解的情况,这些戏剧人物的地位是对等的。

3. 在场景推进过程,戏剧人物的联盟关系、身份地位等都会发生变化。记住此前"操作文本"的训练,寻找有力的行动来给序列命名。

4. 为了描述人物之间的变化性质,我们将使用一个三角形图像。

5. 运用三角形各点之间的连接,标示出人物之间的联盟关系。随着人物联盟关系出现变化,三角形形状也会发生变化。

示例 128.1

• 伊始:坦尼娅、斯图尔特和芭芭拉秘密策划,以便安排一个让母亲惊喜的八十岁生日聚会。

• 期间:斯图尔特和芭芭拉怀疑坦尼娅对这个事务的承诺。

• 结束:坦尼娅、斯图尔特和芭芭拉放弃了这个想法。

练习129 涛涌之桥①

我们已经讨论过场景形状,诸如正方形的争论主题,以及运用

---

① 英文原文为"The Bridge Over Troubled Waters",当前已有多首同名歌曲,中文有译为《乱世之桥》《浊水桥》《恶水桥》等。作者主要是提醒读者注意,戏剧创作不但要关注人物的行动,而且要关注人物的无意识。正因为如此,本书将其译为"涛涌之桥"。

三角形。我们已经看到了,如何以价值观的改变(物质的、情感的、情境的、精神的等等)来结束场景。将场景结构想象成为一座桥,这座桥将我们从开场时刻 A(陆地)带到了收场时刻 Z(陆地)。人物的过桥步骤代表人物的行为,桥下的水代表人物的无意识。

1. 以此前最后一个例子为例(坦尼娅、斯图尔特和巴巴拉的故事)。这个场景期间的行动序列是"斯图尔特和芭芭拉怀疑坦尼娅对这个事务的承诺"。

2. 通过增添两个人物行为,使场景期间的行动序列更为复杂(参见示例 129.1)。

3. 人物在桥的中间,那里的水最深。我们从"行动"当中知道人物在做什么,想一想"行动"表象之下所发生的事情。

4. 记录场景期间的行动序列。我们知道,这个场景是以和谐开局,以不和谐结束。充分探索场景期间的这个环节,如何推动人物前进,以便能够到达桥的彼岸?

示例 129.1

- 图尔特和芭芭拉怀疑坦尼娅对这个事的承诺。
- 坦尼娅和斯图尔特指责芭芭拉在控制他们。
- 芭芭拉和坦尼娅站在一边,共同反对斯图尔特。

效果

通过将场景想象成正方形、三角形和桥梁,我们进一步探索了场景如何具有形式上的底层结构。场景结构最终将支撑全剧结构。正如我们当前看到的那样,整个故事也可以想象成结构化形状。

故事形态

在第一章中,我们看到了故事如何循环,故事在开端处结束:练习 27。我们现在来看看,有哪些其他的形式结构可供运用。

1. 线性故事,按照事件连续发生的顺序,颇为经典的情况是,时间、地点和人物行动的戏剧性统一。

2. "中国盒子"故事,一个大故事包含小故事,形成故事中的故事。

3. 系列故事,一系列互相独立的故事,不是通过人物或戏剧叙述关联起来,但可能在主题、地点等方面具有一致性。

4. 插入故事,其间插入有其他故事的长故事。

5. 接力赛故事,由人物连接起来的一连串故事。

6. 平行故事,两个或多个故事组成,但故事在叙事上并没有关联,在时间、地点等方面可能会有差异,在主题等方面可能相互关联。

7. 倒叙故事,一个调整过正常时间顺序的故事。

8. 循环故事,即故事在开端处结束。

体裁/类型

体裁/类型

词典定义:种类、类别或排序,特别用于指代文学或艺术作品。

泛型

词典定义:适用或者用来指代整个类别或群体。

波洛涅斯:那班戏子们已经到这儿来了,殿下。

哈姆雷特:嗤,嗤!

波洛涅斯:以我的名誉起誓——

哈姆雷特:那时每一个伶人都骑着驴子而来——

波洛涅斯:他们是全世界最好的伶人,无论悲剧、喜剧、历史剧、田园剧、田园喜剧、田园史剧、历史悲剧、历史田园悲喜剧、场面不变的正宗戏或是摆脱拘束的新派戏,他们无不拿手;塞内加的悲剧不嫌其太沉重,普鲁图斯的喜剧不嫌其太轻浮。无论在演出规律的或是自由的剧本方面,他们都是唯一的演员。

(《哈姆雷特》第二幕,第二场)①

有趣的是,波洛涅斯列出两个主要(西方)戏剧类别之后——悲剧和喜剧——就继续将戏剧类别复杂化了。这就如同莎士比亚承认,"类型"概念并没有像字典上说的那样严格。悲剧可以是喜剧。牧歌可以是悲剧性的喜剧。

那么,我们如何定义所写剧本类型呢?我们需要知道所写剧本类型吗?我认为这是一个有益练习,因为这个练习可能帮助我们对当前创作领域进行定位。在此所说的就是戏剧风格和类型。

一位作曲家知道他们创作哪种类型(古典或现代)作品:奏鸣

---

① 转自《莎士比亚悲剧五种》,朱生豪译,北京:人民文学出版社,2014年版,第216页。

曲、交响乐、说唱、雷盖①、蓝调②等等。即使他们创作的东西不属于这些类型，看上去是全新的作品，那也会以某种方式借鉴或回应这些作品类型，或其他传统类型。在《等待戈多》当中，我们看到了古典结构的迹象；在《她的生活尝试》当中，我们又看到了《等待戈多》的迹象。作为剧作家，我们是在戏剧传统中创作，这个戏剧传统可以追溯到古典希腊戏剧，而古典希腊戏剧又将我们带入来自地中海流域、中东、印度和其他地区的史诗故事当中。你正在创作的剧本看起来可能与任何戏剧类型都不相符，但它会借鉴某种戏剧类型，或者其他戏剧类型，或者几种戏剧类型。波洛涅斯从"悲剧"和"喜剧"开头，所以让我们自此开始。

在西方文化传统中，也就是我自己所处的文化传统，有两种关于人类生活的伟大观点，它们都是从古希腊和古罗马剧作家那儿流传下来的。

- 悲剧：奋斗人生的不幸结局。生命是没有意义的，充满了无法释放的痛苦，没有救赎，注定会失败且令人绝望，或者是丧失人类价值的故事。

- 喜剧：奋斗人生的幸福结局。生活是有意义的，具有补偿性和救赎性，且充满着希望，或者是获得人类价值的故事。

对这两种视角，你的剧本如何进行定位？最有可能的是，你的

---

① Reggae，港台地区又译雷鬼，20世纪60年代中期起源于牙买加，其显著的特征是强调反拍的重音。雷盖音乐与当地穷苦人信仰的拉斯塔法里教Rastafari有密切关联，表达被压迫群众梦想获得解救的心理。雷盖音乐的代表人物是鲍勃·马利，其使雷盖音乐广为流传。

② Blues，又译布鲁斯，在美国的南北战争之后，黑人群体中产生的一种民间演唱形式，与黑人的种植园歌曲有一脉相承的关联。蓝调音乐从一开始就有很强的幽怨色彩，因此又被称为是"怨曲"，成为忧郁的象征。

剧本似乎会在这两种视角之间浮动。这很好，因为"悲剧"和"喜剧"两个词汇在现实生活当中的作用不大。假如所有新闻报道都用这个词概括令人遗憾的事件，那么我们如何去写悲剧呢？一个伊拉克儿童被炸弹炸伤（可怕，但不是悲剧）；一个宠物庇护所被关闭（悲伤，但不是悲剧）。假如电视节目都是去怂恿我们傻笑，什么都不去思考，那么我们如何去写喜剧呢？一位妻子在真人秀节目上遇到了丈夫的情妇，并且打了丈夫情妇的脸（搞笑，但不是喜剧）；一个单口相声演员吐槽电视节目，调侃他与电视节目的"关系"（值得窃笑，但不是喜剧）。

如果"纯粹"的喜剧和悲剧再划分成子类型，那么了解这些子类型可能也是有益的。

悲剧：叙事形式的类型，其结果往往是主人公的堕落，或是对人类状况的负面看法。

- 家庭悲剧
- 情节剧
- 谋杀之谜
- 惊悚剧
- 高级歌剧
- 心理剧
- 社会剧
- 鬼故事
- 家庭传奇

喜剧：叙事形式的类型，其结果往往是主人公的救赎，或是对人类状况的积极看法。

- 家庭喜剧
- 风俗喜剧

- 浪漫喜剧
- 轻喜剧
- 讽刺诗
- 情景喜剧
- 闹剧
- 童话剧
- 小歌剧
- 杂耍剧
- 音乐喜剧
- 小品

如今戏剧已经脱离了"悲剧"和"喜剧"这两个"纯粹"类别。了解各种新故事是如何借鉴"悲剧"和"喜剧",以及借鉴"悲剧"和"喜剧"细分的子类型戏剧,这对我们自己创作是极为有益的。自己的戏剧借鉴了何种类型/流派?在询问这个问题之前,你不妨先尝试下其他叙述作品,采取各种方式对其进行改编。

练习 130　故事重述

1. 以一个众所周知的故事/传说/神话(不是戏剧)为例。

2. 故事越简单越好。选择一些看起来没有深度或者复杂性的故事:民间故事、童话故事、寓言故事等。此前我们已经运用过《小红帽》,我打算在这个练习中继续运用这个故事。

3. 把故事的事实弄清楚,将故事写出来,或者绕着圈子复述一遍故事。回头再添加些任何你觉得有必要的细节。无论弄清故事的事实,还是增添故事的细节,这两种情况都要保持叙述的简单性。

4. 列出故事当中小红帽的重要行动清单。只关注故事当中的事件，而不要关注思考和情感(参见示例130.1)。

5. 以多种方式改编或重述故事。

- 改编成一首说唱歌曲。
- 改编成一则令人震惊的恐怖性电视新闻报道。
- 改编成在女权会议上的一场演讲。
- 改编成一则八卦新闻[参见示例 130.2(a)—示例 130.2(d)]。

6. 用多种不同的戏剧体裁或形式重写这个故事。你可以使用整个故事，或其中的某些部分。你可以使用对话、叙述、舞台指导等。

- 作为一个希腊悲剧，她是注定要失败的女主角。
- 作为一部法庭剧，她因谋杀未遂而受审。
- 作为一部城市青少年爱情喜剧，她是一个街头流浪儿[参见示例 130.3(a)—示例 130.3(c)]。

7. 看看你正在创作的剧本。就风格和形式而言，这个剧作是否与某种戏剧类型吻合？其中存在不同类型的形式和风格吗？你是否有刻意借助不同戏剧类型，来营造特定的效果、情绪等？你是否认为，你打算创作某种戏剧类型，而实际上素材却适合其他戏剧类型？

8. 看看当前正在开发的剧本。

示例 130.1

- 她听说外婆生病了。
- 她戴上小红帽。

- 她拿起了装食物的篮子。
- 她答应妈妈,走大路穿过树林。
- 她穿过了树林。
- 她看到了小路边的花。
- 她走进了树林去摘花。
- 她在树林里迷路了。
- 她遇到了大灰狼。
- 等等。

示例 130.2(a)

她是树林里的小红帽
这可不是什么好事情
当时她的母亲受惊吓
也让她的外婆很不安
由于是夜晚
在树林另一边
树林的另一边
树林的另一边
所以拿着她的食物
这个女孩并不粗鲁
可她炫耀她的东西
然而这还不太足够
等等

示例 130.2(b)

大家晚上好,现在是晚间 10 点新闻。现在报道一则让人不安的消息。一名小女孩被她的母亲送入森林,孩子独自一人。孩子的母亲说,她让女儿去做一件善事,到森林另一边,给生命垂危的外婆送去一些食物。有专家指出,每年的这个时候,森林都会有狼群出动。当时孩子孤独地穿过这个危险的地方,孩子穿的红色外套无疑会吸引狼血一般鲜红的眼……

示例 130.2(c)

妇女朋友们!我们总是被告知,晚上要待在屋里!我们总是被告知,世界如同丛林,必须保护自己免受其害!不过,我要说的是,我们必须以小红帽为榜样。小红帽的外婆生病,躺在森林的另一边,她有没有说"我非常害怕,不敢出门"?没有!她穿上了鲜艳的衣服,大步迈入夜色中。当她看到路边的野花,她有没有说"我必须什么事情都听我母亲的"?没有!她看到了那些野花,她想要那些野花,她想摘下那些野花……

示例 130.2(d)

那位母亲应该因为自己的做法感到羞愧。难道你没听说吗?整个村子的人都在谈论这个问题。嗯。我不是一个喜欢八卦的人,但你只要看看他们就知道了。当然,孩子没有父亲,这就是问题所在。还有那个可怜的老外婆,她被孤零零地留在树林的另一边。你没看到那个女孩吗?……穿着那件可笑的红色外套,戴着头罩……今晚要到树林里去吗?提醒一下你,她也不比她的母亲好多少,装腔作势……

示例 130.3(a)

[当小红帽去路边采野花,森林之神俯视着小红帽。]

神:现在看看,她是如何抛弃母亲的叮嘱,她是如何偏离德行的道路。
　　她正从光明走向黑暗。
　　她正一步步走向最终的毁灭。
小红帽:为什么我要一直向妈妈低头?
　　她表现得好像一个女王,好像我是她的奴隶。
　　我要采摘那些野花,我要把它们戴在我的头发上,我要比妈妈更加漂亮。
神:那么,她会受到诅咒。
　　如果孩子反叛,世界就会分崩离析。
　　她会后悔自己这样做……

示例 130.3(b)

[小红在被告席上。她正在接受检察官的盘问。]

检察官:那么,请小红帽小姐说一说,在犯罪未遂的那一天,你母亲让你去看望你外婆吗?

　　小红帽:她病得很重,自己一个人,住在森林的另一边。

　　检察官:你说你非常喜欢你的外婆?

　　小红帽:她给我做了这件红色外套。

　　检察官:这并没有回答问题,小红帽小姐,请回答问题。假如你这么喜欢你的外婆,那么为什么当警察进入房子,却发现你的外婆倒在血泊之中?

　　小红帽:你把我搞糊涂了!那头大灰狼。

　　检察官:哈!大灰狼来了!

　　法官:我必须提醒你,请不要反复取笑证人,以免迷惑证人……

示例 130.3(c)

　　[小红帽在公园里遇到了大灰狼。她穿着一件红色的运动衫,提着一塑料袋食品]。

　　大灰狼:嘿,小红帽!你去哪里了?

　　小红帽:将你的爪子从我身上移开,大灰狼。

　　大灰狼:那你上星期怎么对我那么好?

　　小红帽:我不想再和你一起跑了。

　　大灰狼:现在是妈妈的乖女儿,嗯?过来吧,让我放松一下。

> 小红帽：我会乖乖就范①？我得走了，我不想不负责任。
>
> 大灰狼：对你自己负责任，小红帽！你要对自己负责任，也对我们负责任。
>
> 等等。

效果

  通过梳理故事并确定其中的主要行动（练习中的第3和第4步），我们发现这个看上去显得简单的故事，却提供了多种方式复述故事的可能性。每一种创作类型和创作形式的试验，都能够揭示出故事的层次性，而层次性给故事能带来不同的光芒。作为讲述故事的方式，所有这些方法都是有效的。

  在《等待戈多》中，埃斯特拉冈和弗拉基米尔一度戴着帽子在音乐厅表演喜剧。这出戏以埃斯特拉冈的裤子掉下来而告终。这些事件发生在戏剧中，剧中的主人公显然意识到自己生活近乎绝望。虽然契诃夫《海鸥》中的人物显然都不快乐，而且有一个主人公在结尾处开枪自杀，契诃夫却称《海鸥》是一部"喜剧"。

  在从事戏剧创作的时候，我们很有必要问问自己，创作什么类型的戏剧，以及为什么创作这类戏剧？当有人问："你在写什么类型的剧本？"，我们可能没法回答"这是一部悲剧"或者"这是一部喜剧"，但我们自己如果对戏剧类型及其创作方法有所了解，那确实会有所裨益。既然如此，那就让我们再返回至波洛涅斯吧！②

---

  ① 此处英文原句为"Like a leg?"，意指像腿一样弯曲（屈服）。
  ② 此处是指《哈姆雷特》第二幕第二场，波洛涅斯对戏剧的介绍。本书关于"类型"介绍当中曾提及。

故事类型

诚如我们看到的那样,即使如今已经不存在纯粹意义上的喜剧和悲剧,我们还在借鉴喜剧和悲剧样式,问一问自己在讲述什么"类型"的故事,这对我们也是有益的。有人说,故事类型的数量极为有限,而且在所有文化当中都有故事类型。虽然我不确定是否存在权威的故事类型清单,但这些是我自己确定的故事类型。在这些故事类型的基础上,增添你自己的建议。问一问你自己,你所创作的戏剧有没有接近于以下某种戏剧类型。

• 复仇故事。我想到了詹姆斯一世时代的戏剧,如《复仇者的悲剧》,但复仇故事也可能是喜剧性的:经典的法国闹剧可能围绕被戴绿帽子的丈夫,因为受人羞辱而展开复仇。

• 救赎故事。那些主人公从罪恶的生活中,或从过去的错误中救赎自己的故事。席勒的《玛丽亚·斯图亚特》就是一个例子,在这部作品中,女王为信仰殉道走上了断头台,超越了她生命当中的愚蠢行为。汀布莱克·沃滕贝克的《我们国家的利益》是关于创造力天性的救赎故事[①]。莎士比亚的《皆大欢喜》可以看成是描述爱的救赎力量。这部戏剧也是一个很好的混合戏剧类型示例:戏剧始于复仇悲剧,尔后切换为"田园喜剧"。

• 仪式性故事。这些故事的主人公面临一个或一系列考验,

---

① 英国剧作家汀布莱克·沃滕贝克,根据托马斯·肯尼利的小说《戏剧制作人》改编的剧本,讲述了一群皇家海军陆战队员和囚犯上演戏剧《招募官》的故事。

从而成长和壮大。《小红帽》和世界各地的许多民间故事在此大放异彩。

• 追求的故事。这些故事中的主人公寻求解决涉及重大生活问题的目标或答案。俄狄浦斯在寻求解开一个谜语,而谜语的答案将证明他的堕落。亚瑟王的骑士们踏上征程,去寻找传说中的圣杯。在田纳西·威廉的《卡米诺·雷亚尔》中,基尔罗伊寻求逃脱所困之地。

• 误认身份的故事。在莎士比亚的《第十二夜》中,人物并没有被当成是他本人,从而揭示出人物的真实身份。世界各地的民间故事和神话均有误认身份或者转变为其他生命——通常是动物——的情况(通常以仪式性故事的形式呈现)。

还有一些戏剧类型在形式和内容两方面均具有特定文化意义。其中一些极具地方特色,我们能够迅速确定该戏剧类型源自特定地理或者气候。再次强调的是,你需要思考自己的剧作是否借鉴过这些戏剧,思考自己的剧作与这些戏剧有何共通之处,考虑在我列举的戏剧类型之外,你还能添加哪些戏剧类型,这些都是有益的。

• 牙买加的"庭院剧"。故事发生在后花园公共区,所有的人际互动均在这里展开——这是一种自由空间,在这里上演人物生活,而欧洲人的"隐私"观念在这里并不存在。埃罗尔·约翰的《彩虹披肩上的月亮》就是这类剧作的案例①。

• "草原门廊剧"。我在加拿大温尼伯工作时遇到这个戏,这

---

① 《彩虹披肩上的月亮》是一部 1957 年的戏剧,由特立尼达演员兼剧作家埃罗尔·约翰编剧。该剧被描述为"开创性的"和"英国黑人写作的突破",自在伦敦皇家宫廷剧院首演以来,已在全球范围内制作和复У。该剧以特立尼达的西班牙港为背景,在一个炎热的傍晚,从两座破旧建筑的院子展开。

种戏剧（如同牙买加的"庭院剧"）营造一种氛围，促使人们花费大量时间坐在户外露天阳台。

• "厨房水槽剧"。这个略带贬义的术语被用于描述20世纪50年代英国出现的一种戏剧。"厨房水槽剧"如阿诺德·韦斯克在内的那一代人所创作的戏剧，系此前几代中产阶级家庭背景戏剧的反叛，主要描绘工人阶级家庭的背景人物。

• "街头红人剧"。描写西方文化当中城市年轻人的生活戏剧，借用电影和电视的节奏，往往快速切换并带有暴力倾向。

• 面具戏、庆典戏和仪式剧。形式化的戏剧作品，经常借鉴特定的文化仪式。

俳　句

最后还有一个练习，你可以在任何写作阶段运用，但对写第二稿特别有益。这时——正如我们所看到的那样——你要清楚以下几点：场景、行为或戏剧到底是怎么回事？到底在说什么？到底在做什么？核心和本质是什么？

俳句是一种日本诗歌体裁，其目的是捕捉自然物体的本质，或者是捕捉单一印象的自然观。有三行（不押韵）。第一行有五个音节，第二行有七个音节，第三行有五个音节。

> **示例**
>
> Hai ku is sev en
> teen syll ab les and ess ence
> of what I must say
>
> 日本之俳句
> 七音节成其铿锵
> 吾欲道之质

练习 131

请运用俳句形式，对你昨天完成的主要活动进行整体描述。

> **示例 131.1**
>
> Took train to mum but
> train was late as us(e) u al
> was there by tea time
>
> 乘火车见母
> 列车如常而后至
> 饮午茶时到

练习 132

请运用俳句形式,对你昨天的感受进行整体性描述。

> **示例 132.1**
>
> Ve ry an gry hot
> and bothered wan ted to shout
> at trainman age ment
>
> 盖晚极怒甚
> 吾等皆欲呴吁呼
> 怨治车不善

练习 133

请就一个众所周知的故事,运用俳句形式,勾勒故事的主要线索。

> **示例 133.1**
>
> Girl goes to Gran with
> grub meets wolf in trees he gets
> to Gran first she's dead
>
> 女携食致婆
> 森林途遇大灰狼
> 狼先至杀婆

练习 134

请以一部知名戏剧，运用俳句形式，整体勾勒故事的主要线索。

> **示例 134.1**
>
> Prince can't make up mind
> pretends he's mad takes action
> too late whole court dies
>
> 王子太犹豫
> 装疯卖傻骗仇人
> 延宕酿惨剧

练习 135

就此前的戏剧，运用俳句形式表述该剧可能的核心道德或哲学问题：即戏剧的"宏大主题"。

> **示例 135.1**
>
> If we refuse to
> Do what's right then might we be
> Supporting evil?
>
> 若吾辈全都
> 拒行正义与善举，
> 则势助邪恶？

练习 136

在你所创作的剧本当中,选择一个序列、一个场景,然后是整个剧本。采用俳句的形式,归纳概括每序列(场景、剧本)中的(a)故事—行动和(b)主题。

9 表演项目

本书提供的绝大部分作品可以为大型表演项目和作品构思提供素材:学校、大学、社区等。例如我们所看到的,练习 11—练习 13 以展示集体创作诗歌而结束。这些还可以进一步拓展,加入音乐、动作、服装等。我见过以这些练习素材和其他练习素材作为基础创作出精彩的学校集会发言,或者创作反复循环的歌曲。我最近与一个社区团体共同创作一部大型歌唱表演作品,就使用了其中部分练习作为创作素材。

将练习变成项目

我们已经看到,在第一章的部分单项练习基础上,我们可以创作出大型表演剧本,这些练习提供了(a)结构和(b)主题。这里有几个例子用来说明如何开展这类训练。

练习 137　绕圈的旅程

参与者:各种团体,个人

参见第一章的练习 27,在此基础之上,创作一部大型团体剧。

自以下结构开始:

第一场:角色 A+角色 B。

第二场:角色 B+角色 C。

第三场:角色 C+角色 D。

以此类推,直到对象返回到角色 A。

这是一个理想的进程结构,让每个人都有机会参与戏剧创作,并且可以通过多种方式创作。

• 在第 1 章的例子当中,使用一把剪刀。用不同的物品进行实验。比较不同物品的故事或特征,选择其中最为有趣的一件:一个面具、一顶帽子、一本书等等。如果它是一个面具,那么是什么类型的面具?来自哪里?代表着什么?如果是一本书,里面有些什么,能提供些什么?

• 确定该物品行程的地理位置:你的所在地、某个国家、全世界……在地板上画出一张行程地图。

• 不同的地点提供了哪些戏剧性的可能?

• 利用第一章和第五章的练习,设置人物并展开对话。在行动过程中,人物发生了什么变化?这件物品对人物生活及其选择有何影响?

• 整个故事的时间范围是什么?一天?一个星期?还是一年?比方说,如果有十二个故事,我们要从中午一直追随到午夜吗?

• 为每个场景尝试不同风格:喜剧、悲剧、惊悚剧、哑剧等。加入音乐、动作和歌曲。

• 每个场景都有两个主要人物。如有必要,也可引入其他角色。

• 尝试运用一系列小场景,包括私密场景和群体场景。

- 每个小场景都有自己的主题或议题（见第三章和第四章）。将小场景的主题或议题全部列出来。所有这些场景提出了什么大的主题或议题？从这个主题来看，是否要进行改写，以便使主题更醒目、更清晰？

练习138　更大规模的表演

参与者：各种团体

我已经指出，你们可以将这本书当成"入门"资料，也可以作为循序渐进的创作指南。对于那些希望创作大型表演剧的人们来说，我推荐练习43—练习53，以及练习91—练习93，这是理想的创作指南。每个练习的安排奠定了以下内容的基础：

- 单独的场景和人物。
- 交织的故事和情节。
- 变化的地点和戏剧情绪。
- 导入的音乐和动作。

练习139　根据原作改编

参与者：各种团体，个人

已有的故事可以为团队构思剧作提供基础和结构。请看第八章的练习130。

将一个人尽皆知的故事以不同方式讲述出来，这个练习充分探讨了多样复述的可能性。在一个演员暑期学校，我第一次用这种方式来复述《小红帽》的故事。在所在大楼的庭院和花园，我们进行了一个巡回演出,带领观众从不同的角度来看"小红帽"的个人史:作为革命人物,作为希腊女英雄,作为充满诱惑的妖女,作为大灰狼的毁灭者,等等。这一方面是由于我们对不同类型的故事深感兴趣,另一方面是由于我们期望考察"讲述故事的方式"如何影响观众对故事的接受程度。

根据已有故事改编作品,不仅源远流长,而且体面光荣。莎士比亚确实从此前的作品中借鉴了许多情节。如同在练习中那样,你可以分成几个小组,以不同方式或从不同角度重写已有的戏剧或故事。所有这些或者部分练习创作都可以为创作表演脚本打下基础。根据原作改编方法的其他方式可能包括:

• 接下来会发生什么?寻找一个故事,在原有故事结局基础上,写下此后人物的变化。小红帽的下一场历险是什么?

• 写出故事当中没有出现过的场景。麦克白和麦克白夫人是如何相遇的?

• 让不同故事中的人物相遇。小红帽遇到了《麦克白》里的女巫!

孪生作品

在开展戏剧性活动和从事表演开发过程中,我曾采用过一种方法,那就是让不同团队"结对"进行创作。我在很多场合都使用过这种方法。这个方法能应用于本书提及的许多作品,对那些参与主持宏大戏剧工程的人,这个方法可能有用。

1992年,我与戏剧中心①(一家领先的职业戏剧制作商,专注于年轻人的剧作开发)联合开发一个戏剧项目,两所学校的文化背景截然不同:一所位于诺福克②的乡村平原,另一所位于诺丁汉市③的中心;前一所学校位于乡村,与世隔绝,学生全是白人;后一所学校位于都市,全面融入现代都市。项目命名为"青年之声",由我和戏剧中心的教育官贝基·查普曼主持,主要目的如下:

- 在专业戏剧制作人的指导下,充分发挥学生们的想象力,打造一部涉及学生关注的问题的新作,且最终由学生自己完成演出。
- 在此过程中,两所学校相互合作(远距离),建构一个共同叙事。
- 同每所学校及其教职员工建立工作关系,积极和全面地投入学校生活。

在六个月的时间里,我们往返于两所学校之间,以便推动工作。最初,两所学校的孩子主要是就第一章中的大量练习进行交流:这些练习使得截然不同的两群孩子能够相互了解。例如练习15、练习16、练习17、练习19和练习22。

为了使两所学校的叙事起点保持一致,我们期望提供一些基本内容,用以作为叙事结构的基础,但同时希望尽可能地保持内容的开放性。我们选择了"接下来会发生什么?"的结构:一个现有的

---

① 戏剧中心是英国伦敦的一家巡回演出公司,该公司为慈善机构性质,其口号是"与年轻人一道,为年轻人制作,关于年轻人的大胆表演"。

② 此处应该是指英国的诺福克,诺福克位于东英格兰东安格利亚地区的非都市郡,郡内的主要经济是农业与旅游业,人口稀少。美国也有同名城市诺福克,系弗吉尼亚州第二大城市和港口,位于伊丽莎白河畔,为萨皮克湾咽喉。

③ 诺丁汉郡位于英国英格兰中部,系东米德兰兹区域。诺丁汉郡首府是仅次于伦敦的英国第二大贸易集散地。

故事(事实上是我自己的剧本),其结局是开放性的,包含多种可能性,这也是系列剧作的开始。

我们提供给两个团队的大部分作品,现在对你来说都已经熟悉:旅程、从一个人的手里传到另一个人手里(以及团队之间传递)的物品、绘制地图、创造丰富多样的人物。在这个过程的每个阶段,合作的重点都是"孪生"创作。结对的本质——两个对立的团体——非常自然地产生了"部落"主题,从而产生了差异性、利益冲突、习俗和历史的对比、会议和结局。过程的结局完全反映了戏剧的结局:部落之间的聚会,分享他们的相似之处,正视他们的差异之处。在每所学校上演的集体创作戏剧,其制作方式截然不同。尔后,两所学校在两地之间的一个艺术中心会面,以便分享作品。这是最为重要的学习时刻,两所学校的学生从未谋面,但通过共同的创作过程而相互了解,现在他们终于面对面了,然后他们就会看到,属于他们的那个故事,是怎样以如此截然不同的方式讲述出来。

从那时起,我在国内和国际上的许多其他场合都采用了"孪生"创作方式。来自截然不同背景的人们都能够体验到,如同"世界公民"那样分享创作。我推荐将其作为独特的学习过程。我们也可以在人数更少、当地人更多的两个团队中应用这个方法:班级或年级组之间,年轻和年长的公民群体之间。"孪生"创作模式见证了戏剧进程和戏剧事件如何赞颂我们的差异性和强化我们的共同点。

我们刚刚看到过,练习是如何成为大型作品创作的基础素材。每个团队都将了解到演出的核心所在,即作品的"主题"是什么,我是说,"议题"(主题事件)和"主题"(潜在价值)是什么。无论是团体表现社区某方面历史的合作构思,还是个人为舞台表演而撰写的独创,所有书面表演文本的核心都是"议题"和"主题"。在第三章和第四章中,我们已经讨论过"议题"和"主题"之间的区别。

附录A：适应工作环境

第一次主持写作研讨会的学习，我并没有接受过担任教师、导师或研讨会负责人的正式培训。我所知道的是——经过多年的演员、导演和剧作家工作——就"故事是如何产生的"有一些实用的基本原则，并且这些创作原则能够被传承下去。我曾经遇到过的问题（当然最终问题得到了解决）是项目参与者来源背景复杂，这些人包括学校和学院、社区群体、特殊需求群体、男女同性恋群体、黑人和亚洲人群体、完全陌生的学习者和初出茅庐的专业人士。项目参与者有不同的期望、背景和生活经验，所以方式方法应该灵活，所有人均要截然不同。就学校工作而言，有大量关于"儿童如何学习"的理论，其中一些我略知一二，但大部分我一无所知，这也让我非常害怕。

我跌跌撞撞地走了一段时间，觉得自己是个彻头彻尾的骗子，但人们似乎很喜欢我的存在，这让我深受鼓舞。我一直在努力解决"问题"——如何为每个不同的团队搭配不同的作品集，然后，我不得不在很短的时间内，在准备时间仓促的情况下，带领各种团体——从小学教学班到大学高级课程班——开展多次研讨。我自己展示给每个团队的都是同一套练习集，原以为游戏就这样结束了。所发生的事情是——现在看来很明显，但当时并不明显——我构思出与任何团队开展合作的指导性原则。

- 既要注意合作团队的基本语言能力：他们的词汇量如何，他们的语言技能是怎么样的。

• 又要了解合作团队的一般生活经验：他们的文化和社会视野是什么。

• 给任何小组提供完全相同的创作选项，根据团队的基本语言能力和日常生活经验进行相应调整……不受创作选项的限制。

例如，以第一章的练习11、练习12、练习13和练习14为例。这些练习所运用的指导原则，其实可以为任何情况下的创作提供帮助。我曾经在不同创作群体当中运用这些练习，包括小学生群体、英语作为第二语言的群体、戏剧硕士课程班、有特殊需求的团体、关爱老年人的团体、印度一所大学的工科生、教师培训人员。除此之外的其他案例，我也相当广泛地运用过第一章的练习22和练习23。

在第一章之后章节的具体训练当中，指导原则仍然适用。在第四章中，探讨"什么使得人物发挥作用"这个问题。你会发现《小红帽》和《麦克白》两部作品是一样的，均为问题探讨提供了可能性。我也没有将《小红帽》这个作品的运用局限于任何年龄组：事实证明，《小红帽》用于硕士生创作训练与用于小学创作训练的作用相同。同样，小学生也参与了"他们计划谋杀（或不谋杀）老板"的场景创作，即使他们还没有读过《麦克白》。第二章中，在任何语境之下都可以运用相同的方法去研究"主题"的性质及其含义，只要选择合适的作品就行。

在我所处的全部工作环境中，我都试图提供完全相同的工作。有的时候，我遇到的是一个由不同年龄和不同人生经历的成员构成的团体。看到十二岁的孩子和二十二岁的成年人都能掌握故事重大转折点的原理（还记得那个命名"大转折"的小学生吗?），能够没有年龄界限地讨论这个问题，我感到非常高兴。他们都是剧作家。

附录 B：引领进程

本书适用于从事个人创作的作家和从事表演文本创作的团体。本书也适用于主持创作进程的负责人，无论是班级的老师、工作室的负责人、作家的个人导师、客座导师、一对一辅导的戏剧家，抑或是课程的负责人。本书实践练习旨在帮助所有上述人员就他们从事工作的背景，创建和引领研讨会或课程。我希望以下说明会对具体创作有所帮助。

与老师一起工作

与老师们一起上课，我开始理解和慎重对待许多事情。对那些不太熟悉这种做法的人们来说，以下几点可能有用：

• 老师们承受着巨大的压力。很多人欢迎作家/戏剧工作者的到来，重视作家/戏剧工作者的付出，即便如此，受欢迎也可能成为一种额外的负担。要让老师真正站在你这边，但你不能想当然地认为老师一定会这么做。主动了解他们在学习班做了些什么，为什么他们对你的到来充满热情，以及你能够提供些什么，使他们在你离开之后仍然能继续融入他们的工作。始终清楚你的界限在哪里，清楚你能创造性地提供什么，不过，这要与班级正在完成的任务保持一致。

- 创造机会让其他成员了解你,尤其是校长,让他们知道你在做什么。如果一开始有人怀疑,那也不要生气。我与一位校长建立了良好的工作关系,在我感到有些不被信任时,他曾这么对我说:真正的好学校无法轻易取得信任,你必须深入其中,而不是敷衍了事。

- 请求学校让另一位教职员工与你一道上课。在这个问题上,你一定要非常坚决。最理想的人选当然是班主任,但是如果班主任被叫走,那就请学校派其他人前来协助。老师会在课堂上支持你,他们希望你不受到干扰,这样你就能够顺利驾驭课堂。如果课堂纪律不好,或者学生产生不良情绪,这些都不会是你要处理的问题。

- 学生们承受着难以置信的压力,他们要面对严酷(和恐怖)的考试。你以陌生人的身份进入这个班级,而且——谁知道呢——你可能是另一个前来检查、记录和报道他们表现的政府官员。你所要做的工作可能是让学生放弃此前根据课程需要制定的创作惯例:"最佳写作"——纠正拼写和标点符号错误等。如果处理得不恰当,可能会引发学生极大的焦虑。与协助的老师进行交流,讨论在创作过程中需要提醒学生什么,讨论如何使学生在不担心拼写、书写等问题的情况下,创作出最好的作品。确保协助教师与你的立场相同,同时也向学生承诺,创作训练绝不是对其进行测试。反复提醒学生这一承诺。

- 始终告诉学生——尤其是年轻的学生——画画与创作一样有益。人物和关于人物的故事同样重要。

- 如果遇到以英语作为第二语言的学生,一定建议他们运用自己的第一语言。让这些学生给第一语言为英语的学生讲授自己母语中的单词和短语。

• 有求必应,使学生们了解你。如果你是一位作家,那更应如此。我经常先问学生,他们认为自己可能会做些什么,(a)明年这个时候,(b)五年以后,(c)十年以后,以及(d)他们认为自己毕业后会如何挣钱。然后我会说,我编写故事,这就是我的谋生方式。这一点非常重要。有一些学生可能会说,他们想成为兽医、护士或飞行员;另一些学生则会想象,自己作为流行歌星或电影明星的美妙生活。你能够让学生知道,你今天要和他们共同完成的事情——编故事——是可以谋生的。

作为一个团队工作

除非所参与的团队活动有明确的传统、严格的规章和敌对目标(类似足球、军队那样),否则我们通常会认为协同工作会存在一些问题。这当然是笼统的说法,但是在观察和领导了许多具有创作背景的团队后,我注意到,在可能开展合作的情况下,质疑和自负伴随而起。任何开展活动的团队或导师主持的研讨会都必须考虑这种倾向。正因为如此,除了完成创造性写作之外,另一项(通常没有说出来的)议程就是"如何作为一个团队工作"。制定一些基本规则可能是有益的,以下是我所发现的一些有益规则,特别是就彼此工作给予反馈时特别有益。

• 总是在第一时间说"是的",同意对方的想法。("我认为妈妈的猫死了那场戏很精彩。")

• 当我们同意对方的想法时,会给对方以信心。我们有可能说(并且也能接受)"是的,但是"。("我认为妈妈的猫死了那场戏很精彩,但我更想知道在丈夫死时,她是什么感受。")

- 当采用了"是"和"是的,但是"的表述时,我们会发现,我们对自己以及对方都有足够的信心去说(和接受)"不"。("我认为戏剧当中,猫最后说的话实在不可信,也不具备戏剧作用。")

- 反复提醒自己,诵读自己作品可能是一件让人深感紧张的事情。你希望自己的作品怎样被关注,那就以同样的方式去倾听他人的作品。我总是强调说——无论我已经写了多少年的剧本——首次朗读作品总是让人害怕,其中不无恐惧,且使人深受折磨。

- 就某项工作进行集体性反馈评价,不要将全部的"意见"都表达出来。"大家对这个场景有什么意见?"会场通常会抛出这类问题,而所获得的反馈也最为糟糕。负面反馈也就不可避免地产生。我的建议是,多多采用结构化反馈的方法。

结构化反馈的方法

无论是与专业演员开展合作,还是在学校主持研讨会,我和许多同事在首次通读新的剧作时,都会运用这种方法来反馈新作。这种方法不仅能让每个人的声音都能被听到,而且避免了无益的"意见",从而为一系列建设性对话打开了大门。这个方法非常简单,并且行之有效,所以我强烈推荐它。

首先读完这篇文章,尔后不要讨论。自己独立完成(如果更为合适的话,也可以分小组完成),按照以下方式进行。你可以根据具体情形和所在团队情况,运用全部或者其中任意方法:

- 记录你印象中最为深刻的几张图像/图片。
- 记录作品当中你最喜欢的三件事。

- 记录故事当中你感兴趣的三件事。
- 记录与这个故事有关的三个问题。
- 以小组为单位,宣读每类对象的清单(先是所有的图像/图片,然后是所有喜欢的事情,等等)。
- 在宣读清单的同时,创作者要记录这些对象,但创作者不需要就此进行回应,包括不要回应问题。有些答案、回答和问题极为相似,有些则截然不同。所有这些内容都应该被记录下来:在许多方面,相似的答案是最有用的,因为相同/相似的图像/问题可能指出作品的部分关键内容。
- 最后,作者把所有这些都记录在纸上。作者将就接下来的工作开展常规讨论,结构化反馈方法为讨论(如果合适的话)奠定了扎实的基础。
- 我始终要强调的是,以上任何内容都是"免费建议/咨询",可以根据意愿采纳/放弃。最终引导作者的还是他们自己的直觉。

展示自我

我已经谈过一点关于教师/导师/工作坊负责人的角色,以及这些角色之于我作为一名戏剧从业者所带来的工作影响。我已经暗示,但并没有明确提及:教学的一个重要方面,就是向你执教的人适当展示自我。这是我的教学信念。

假如我不提供练习、示例和结果,而你又要获得你想要的东西,这确实是难以实现的目标。尽管如此,我确实认为,假如我们要通过创造性实践来揭示人们的心灵,向个人或群体偏见发起挑战,那么我们必须准备好,向这些持有偏见的个人或群体,以任何适当方式展示自我。

　　我曾与一些黑人和亚裔同事交谈过，他们从其他角度努力应对偏见问题。就族裔而言，没有什么可隐瞒的。人们对他们的认知偏见，使得他们受到约束。他们所遇到的族裔歧视与我所遇到的同性恋偏见是一样的。无论是作为教师，还是作为引导者，我们都必须正确处理好"我们是谁"与"我们教什么"的关系。

译后记

佛家讲因果，我与戏剧，似乎也有缘分。

我最初接触的是衡阳花鼓戏。这是一种用衡阳方言演唱的小戏，故事情节和说白穿插于表演过程中，这方面与苏州评弹倒有些相似。当然，衡阳花鼓戏的成熟度和知名度都不能与苏州评弹相提并论。衡阳花鼓戏比较贴近生活。除此之外，衡阳花鼓戏有不少语气助词，如哇、哎、呀、啊、喂、咧、哪、哟嚯、约喂等，听上去很具音乐性，有快板和小曲的韵味。在互联网尚未普及之时，那是VCD和DVD大放异彩的时代，像《蔡老娘遇十怪》《三代婆媳》《新说理》等一批衡阳花鼓戏就是以光盘形式流传的。为了保存VCD和DVD，我甚至买了一台电脑，将光碟压缩成ISO文件保存，这些文件至今保存在我的移动硬盘当中。

就读硕士研究生的时候，我参与导师毕光明教授主持的《海南当代文学史》的编写，接触到"红色娘子军"相关史料，对"红色娘子军"及其创作产生了兴趣。"革命现代京剧"和"革命现代芭蕾舞剧"两个版本的《红色娘子军》我都是反复看过的。为了弄清"红色娘子军"的创作源，我还比较过电影剧本、琼剧、电影、报告文学等多个版本的《红色娘子军》。正是在熟悉《红色娘子军》系列作品的过程中，我对整个"样板戏"及其相关研究产生了兴趣。当时选修张琦教授开设的《中国当代戏剧研究》课程，又接触到不少"新时期"以来的戏剧，如《狗儿爷涅槃》《桑树坪纪事》《恋爱的犀牛》等。

与"样板戏"的"旧戏改造"模式不同,这些剧作思路外转,积极借鉴西方现代派创作手法,所以课程引起我对"实验戏剧"和"先锋戏剧"的关注。在此之前,我只对传统旧剧和改造新剧感兴趣。

进入博士研究生阶段以后,我就读的是中国现当代文学专业。虽然不是戏剧影视专业,但南京大学文学院的文化氛围,使得我有机会阅读剧本、观看戏剧、讨论戏剧。在南京大学鼓楼校区的礼堂,我曾观看过校园话剧《蒋公的面子》、苏州评弹改编版《雷雨》、滑稽剧《顾家姆妈》等。阅读、欣赏、讨论戏剧也启发了我的当代文学研究,在校期间我曾就《红色娘子军》《红灯记》《绝对信号》《车站》等作品发表过史料考证和分析评论方面的文章,发表在《南方文坛》的《"红色娘子军"创作素材之史实考证》还被报刊复印资料全文转载,尔后不久,另外一篇分析戏剧的论文《从就业制度的角度解读〈绝对信号〉》也同样被全文转载,这更是激发了我对戏剧的兴趣,也使得我的戏剧研究倍受鼓舞。

在博士毕业之后,我进入贵州师范大学文学院工作,其实也与戏剧有缘。当时的学科带头人朱伟华教授,系南京大学董健教授的学生,同时她也是贵州文史馆的研究馆员,在贵州戏剧界很有影响。在朱伟华教授的带动下,文学院有较好的戏剧研究氛围,例如汪青梅副教授发表过评贵州现代改编花灯戏的文章;张挺玺博士发表过评丁西林戏剧的文章。贵州师范大学此前排演过校园话剧《王阳明》,后来又排演了原创话剧《天眼之魂》,一所省属师范院校能有这样的戏剧氛围,实属难能可贵。值得一提的是,贵州还有一种知名的地方戏"傩戏",又叫"傩坛戏",以德江的傩戏影响最大。傩戏发源于宗教祭祀,演员佩戴面具进行表演,所以当地人又称之为"杠神"。当前傩戏已经演变为民族民间风俗活动,吸引着外地游客观赏。

调入广东外语外贸大学之后，我又一次与戏剧相遇。中国语言文学学科以"国际化"和"创意写作"方向为牵引，开设了汉语言文学（创意写作）本科专业，且被立项为国家一流本科专业建设点。此前我承接了《剧本欣赏与写作》课程的选修课教学任务，这次又承接了"创意写作译丛"编剧教材的翻译任务。译完此作之后，我回顾这些年来的人生经历，整理与戏剧相关的记忆，也心生感慨。无论是从戏剧而言，还是从翻译来说，我都不是专业人士，但对戏剧的喜爱，使得我愿意花费时间和精力去尝试，采取"摸着石头过河"和"现学现卖"的方式探索。古人说，教学相长，这样的尝试和探究对我而言也是一次自我提升的过程。我非常感谢选修《剧本欣赏与写作》课程的学生们。正是他们的选择、肯定、包容，使得我持续不断地改善课程教学。我也非常庆幸能够成为中国语言文化学院的一员，在这个务实、包容、探索、创新的团队当中，我有机会去发展自己的爱好。借此机会，感谢为我调动做过工作的领导们，包括李斌教授、周东兰书记、陈彦辉教授、陈恩维教授、伍芳斐教授、朱志刚副教授、林炜娜博士等。工作调动极为不易，但他们的鼓励和帮助，使得整个过程变得更为顺利。同样感谢中国现当代文学专业的各位前辈和同事，无论是教学科研，还是日常生活，我都受惠于他们的指点、提携、帮助。

特别感谢"创意写作译丛"主编陈彦辉教授，也感谢译丛策划卢文婷博士，正是他们的信任、鼓励、支持，使得我有机会承接教材翻译任务，也使得我全身心地投入任务当中。原著涉及大量的人名和作品名，中文读者对这些人名和作品未必熟悉。为了帮助读者理解行文表述，本书添加了不少译注。这些注释参考了维基和百度的百科词条介绍，在此也对相关词条的贡献者表示感谢。我爱人吴旭就读的是英语专业，对语法与词汇运用规则较为熟悉，所以为改善翻译质量提出了许多有益建议。在翻译过程,我们多次就翻译问题进行交流。在中文译稿出来之后,她又通读中文译稿,为译稿润色出力。译稿的文本校对也得到选课学生的支持,中国语言文化学院的孙宏宇(2019级)、谢曼妮(2021级)、谢琳(2022级)三位同学参与了中文译稿首轮文字修订工作;谢曼妮(2021级)、孙宏宇(2019级)、叶诗婷(2021级)、李秋丹(2021级)、陈宇欢(2021级)、王静菲(2019级)、江欣茹(2021级)、黄佩瑶(2019级)八位同学参与了中文译稿的次轮文字修订工作;2022—2023学年第一学期《剧本欣赏与写作》选修课程班的同学参与了人名、作品名、专业术语提取工作。在此一并致谢。

　　限于个人的学识、能力、水平等多方面的原因,本书的翻译也存在诸多遗憾之处。首先是译稿与原文无法保持一致的情形。比方说示例19.1的作品人物命名,生造的人物无法翻译为中文,只好列出英文原文并加上译注,建议读者采用同近义替换或谐音的方式对作品人物进行命名。又比方说练习28的字母表—对话,原著要求创建一组人物对话,每一条对话初始单词中的首字母,依次按照从A至Z的规则出现。与英语的表音不同,汉语是象形文字,所以中文译稿无论如何都不会对应。再比方说,原著在介绍日本俳句的时候,为了吻合俳句"五言/七言/五言"的节奏,将英语单词进行了拆分。英文版的"俳句"译为中文,不仅失却原有的"俳句"雅韵,而且在表情达意方面也无法兼顾。由于表述方式的差异,译文无法全面或者准确表达的情况,本书采用了双语对照模式,目的是让读者更好地领悟英文原著表述的内在逻辑,而不是给中文读者增添困惑。

　　其次是原作者以知名剧作为例演示编剧的技巧与方法,但限于我对这些剧作的熟悉程度和领悟能力,个人觉得还有进一步提升的空间。例如原著在介绍剧作如何描述人物的时候，以贝克特的《等待戈多》为例进行说明，但这是一部颇具争议的作品，具有多样阐释的可能，而我对这部作品不够熟悉，至于研究更是谈不上，所以就会有表述不到位的情况。例如示例56.2，Without Vladimir, he would be nothing more than a little heap of bones. 这句话最初翻译为"如果没有弗拉基米尔，他不过是一小堆骨头"，检查时总是觉得有些不合逻辑，后来再细读《等待戈多》，看到弗拉基米尔说过"你早就成了一堆枯骨"，遂将其修改为"如果没有弗拉基米尔，你早就成了一堆枯骨。"这只是能够得到纠正的个案，但原作涉及大量作品，个人觉得译作肯定还有表述不到位和不够精准的情况。

最后是译名的规范与协调问题。在已有中文译名的情况下，选择已有中文译名；在存在多个中文译名的情况下，选择当前较为流行的译名。比方说，洛琳·汉斯贝瑞的 *A Raisin in the Sun*，知网论文有译为《阳光下的葡萄干》《太阳下的一颗葡萄干》《太阳下的一粒葡萄干》，百度百科将同名电影标注为《日光下的葡萄干》，综合比较之下，中译本选择《阳光下的葡萄干》这一译名。再比方说电影 Hook 有《小飞侠》《虎克船长》《胡克船长》《铁钩船长》等多个中译名，除了《小飞侠》之外，其他三个中文译名都很流行，不分伯仲。在这种情况下，我只好依据百度搜索的检索页面的数量，最终选择了《铁钩船长》译名。以上是一个相对容易处理的案例，但不是所有的译名选择都会如此。比方说，原作大量引用莎士比亚的剧作，莎士比亚戏剧中译本甚多，包括朱生豪、梁实秋、方平、孟凡君、孙大雨、辜正坤等人的译本。个人觉得朱生豪译本不仅成书时间较早，而且影响持久，学界评价其最具神韵。正因为如此，凡英文原著引用莎士比亚戏剧，本书一律采用朱译本的翻译。不过，朱译本将 Hamlet 翻译为《哈姆莱特》，而根据百度搜索的网页数量判断,当前《哈姆雷特》这个译名更为流行。这是一个两难困境:一方面是引用应该充分尊重原作,不得增删修改;另一方面是全著译名应该统一,避免一词多译。本书最后只好将朱译本的"哈姆莱特"修改为"哈姆雷特",这样做当然不完美。再比方说,练习129的标题"The Bridge Over Troubled Waters",作者说得很清楚,桥代表人物的行动,水代表人物的无意识;戏剧创作不但要关注人物的行动,而且要关注人物的无意识。正因为如此,本书将其译为"涛涌之桥"。尽管如此,"The Bridge Over Troubled Waters"也是多首歌曲的名称,中文有译为《乱世之桥》《浊水桥》《恶水桥》等,本书没有从已有译名当中选择,而是另译为"涛涌之桥",这又是一个难以统筹兼顾的案例。为了避免译名给读者带来阅读困扰,译著附录了本书人名和作品名对照表以供参考。

谬漏之处在所难免,特此附上电子邮箱 luochangqing@foxmail.com,祈请各位专家和读者批评指正。若日后有机会再版,届时再作修订。

译著附录1 人名对照表

说明：
1. 含剧作家人名、艺术家人名、剧作人物名等。
2. 区分全名和简称，分别列出，以方便读者查找。
3. 按中文名的拼音排序，以方便中文读者查找。

阿基米德　Archimedes
阿加莎·克里斯蒂　Agatha Christie
阿诺德·韦斯克　Arnold Weske
阿瑟·艾许·米勒　Arthur Asher Miller
埃罗尔·约翰　Errol John
埃斯特拉冈　Estragon
埃文斯　Evans
艾伦·贝内特　Alan Bennett
艾欧娜·奥佩　Iona Opie
爱德华·邦德　Edward Bond
爱德华·格雷格　Edward Grieg
爱丽丝·道奇森　Elyse Dodgeson
安德鲁·杰克·惠特克　Andrew Jack Whittaker
安迪·肯普　Andy Kempe

安东·契诃夫　Anton Chekhov
安东尼　Antony
安妮　Anne
安妮·蓝妮克丝　Annie Lennox
奥古斯托·鲍尔　Augusto Boal
奥拉·阿尼马沙温　Ola Animashawun
奥兰多　Orlando
奥斯卡·王尔德　Oscar Wilde
芭芭拉　Barb
贝多芬　Beethoven
贝尔托·布莱希特　Bertolt Brecht
贝基·查普曼　Becky Chapman
比尤莱·坎德拉　Beulah Candeppa
彼得·奥佩　Peter Opie
波洛涅斯　Polonius

勃朗特姐妹　The Bronte Sisters	凯莉　Kylie
布莱希特　Brecht	凯特·欧文　Kate Owen
布兰妮·斯皮尔斯　Britney Spears	康斯坦丁　Konstantin
布伦达·摩尔　Brenda Moor	考德　Cawdor
查尔斯　Charles	科迪莉亚　Cordelia
戴维·黑尔　David Hare	克里斯蒂娜·阿奎莱拉　Christina María Aguilera
丹尼斯·波特　Dennis Potter	
邓肯　Duncan	克里斯托弗·威利巴尔德·格鲁克　Christoph Willibald von Gluck
多萝西　Dorothy	
俄狄浦斯　Oedipus	肯尼思·泰南　Kenneth Tynan
弗兰克·辛纳屈　Frank Sinatra	库尔温德　Kulwinder
菲尔·克拉克　Phil Clark	库利·蒂亚雷　Kully Thiarai
菲利普·奥斯曼　Philip Osment	夸梅·奎-阿玛　Kwame Kwei-Armah
菲利普·泰勒　Philip Tyler	劳伦斯·埃文斯　Lawrence Evans
弗拉基米尔　Vladimir	李哈娜　Lihn
庚斯博罗　Gainsborough	理查德·克莱　Richard Clay
哈雷什·夏尔马　Haresh Sharma	理查德·诺拉克　Rikard Nordraak
哈罗德·品特　Harold Pinter	利比·梅森　Libby Mason
哈姆雷特　Hamlet	琳达　Linda
亨弗莱·鲍嘉　Humphrey Bogart	卢克·迪克森　Luke Dixon
亨利克·易卜生　Henrik Ibsen	露丝·杨格　Ruth Younger
华兹华斯　Wordsworth	罗杰　Roger
基尔罗伊　Kilroy	罗密欧　Romeo
吉恩　Jean	罗莎琳德　Rosalind
吉米·波特　Jimmy Porter	罗莎蒙德·赫特　Rosamunde Hutt
简·奥斯汀　Jane Austen	罗斯·福德姆　Rosy Fordham
卡尔·米勒　Carl Miller	洛琳·汉斯贝瑞　Lorraine Hansberry
卡里尔·丘吉尔　Caryl Churchill	马丁·克林普　Martin Crimp
卡萨诺瓦　Casanova	玛格丽特　Margaret

玛丽·罗布森　Mary Robson
玛莎　Masha
玛雅·安吉罗　Maya Angelou
玛雅·乔德瑞　Maya Chowdry
迈克·麦科马克　Mike McCormack
迈克尔·贾奇　Michael Judge
麦当娜　Madonna
麦克白　Macbeth
麦克德夫　Macduff
曼金德·维尔克　Manjinder Virk
梅德维登科　Medvedenko
米勒　Miller
米娜哈　Minh
米歇尔·旺多　Michelene Wandor
纳尔逊·索恩斯　Nelson Thornes
奈丽　Nelly
尼娜　Nina
诺埃尔　Noel
诺埃尔·格雷格　Noël Greig
诺埃尔·考沃德　Noel Coward
诺丽　Noelie
诺利　Nollie
欧文·奥穆雷迪　Owen O'Mulready
乔治·伯纳德·萧　George Bernard Shaw
乔治·莱考夫　George Lakoff
塞利尔·莱昂内尔·罗伯特·詹姆斯　Cyril Lionel Robert James
塞缪尔·贝克特　Samuel Beckett

塞西尔·菲利普·泰勒　Cecil Philip Taylor
沙比娜·阿斯拉姆　Shabina Aslam
沙布南·沙布纳兹　Shabnam Shabnazi
莎拉　Sarah
莎士比亚　Shakespeare
山姆·夏普德　Sam Shepherd
舒亚·雷诺兹　Joshua Reynolds
斯图尔特·穆林斯　Stuart Mullins
塔雷什　Taresh
坦尼娅　Tanya
汤姆森·海威　Thomson Highway
特雷弗·约翰　Trevor John
特蕾莎·柯林斯　Therese Collins
特蕾西·拉姆齐　Tracey Ramsey
田纳西·威廉姆斯　Tennessee Williams
汀布莱克·沃滕贝克　Timberlake Wertenbaker
托马斯·庚斯博罗　Thomas Gainsborough
托马斯·肯尼利　Thomas Keneally
托马斯·拉尼尔·威廉姆斯三世　Thomas Lanier Williams III
托尼·麦克布莱德　Tony McBride
威利　Willy
威利·洛曼　Willy Loman
威廉·莎士比亚　William

译著附录1 人名对照表

Shakespeare
薇欧拉·史波琳　Viola Spolin
维克·李　Vic Lee
沃尔特·李普曼　Walter Lippman
西蒙·迪肯　Simon Deacon
西塔　Sita
希德　Sid
席勒　Schiller
萧伯纳　Bernard Shaw
谢菲尔德　Sheffield
雅科夫　Yakov
亚历克·吉尼斯　Alec Guinness
亚瑟王　King Arthur
岩谷小波　Iwaya Sazanami

扬·科恩·克鲁兹　Jan Cohen-Cruz
耶稣基督　Jesus Christ
伊迪丝·琵雅芙　Edith Piaf
伊丽莎白·泰勒　Elizabeth Taylor
尤金·奥尼尔　Eugene O'Neill
约翰·奥斯本　John Osborne
约翰·宾尼　John Binnie
约翰·詹姆斯·奥斯本　John James Osborne
约瑟夫·雅各布斯　Joseph Jacobs
赞特　Zanthe
詹姆斯·鲍德温　James Baldwin
詹姆斯一世　Jacobean
朱丽叶　Juliet

译著附录2　作品名对照表

说明：
1. 含戏剧、电影、剧评等各类作品名。
2. 按中文名的拼音排序，以方便中文读者查找。

《彩虹披肩上的月亮》 Moon On A Rainbow Shawl
《爱的礼赞》 Hymne à L'Amour
《爱情之歌》 The Love Poem
《被压迫者剧场》 Theatre of the Oppressed
《捕鼠器》 The Mousetrap
《单身的间谍们》 Single Spies
《等待戈多》 Waiting for Godot
《第十二夜》 Twelfth Night
《第一个圣诞节》 The First Noel
《东方快车谋杀案》 Murder on the Orient Express
《东区人》 Eastenders
《俄狄浦斯王》 Oedipus
《弗兰克·辛纳屈之声》 The Voice of Frank Sinatra
《犯罪观察》 Crimewatch
《非普通读者》 The Uncommon Reader
《非洲女王号》 The African Queen
《复仇者的悲剧》 The Revengers Tragedy
《光辉》 Glow
《哈姆雷特》 Hamlet
《海》 The Sea
《海鸥》 The Seagull
《黑人怨》 Blues for Mister Charlie
《亨利八世》 Henry VIII
《加冕街》 Coronation Street
《皆大欢喜》 As You Like It
《经典童话故事》 The Classic Fairy Tales
《剧场即兴表演》 Improvisation for

the Theater
《卡米诺·雷亚尔》 Camino Real
《卡萨布兰卡》 Casablanca
《凯尔特童话》 Celtic Fairy Tales
《柯林斯英语词典》 Collins English Dictionary
《蓝衣少年》 The Blue Boy
《流行乐坛》 Popstars
《涛涌之桥》 Bridge Over Troubled Waters
《论诚实的重要性》 The Importance of Being Earnest
《论日常戏剧》 On Everyday Theatre
《罗密欧与朱丽叶》 Romeo and Juliet
《绿色之诗》 The Green Poem
《玛丽亚·斯图亚特》 Mary Stuart
《麦克白》 Macbeth
《玫瑰花环》 A Wreath of Roses
《玫瑰人生》 La Vieen Rose
《南亚故事》 Tales of South Asia
《尼罗河上的惨案》 Death on the Nile
《牛津童谣辞典》 The Oxford Dictionary of Nursery Rhymes
《牛津文学术语词典》 Oxford Dictionary of Literary Terms
《怒目而视》 Look Back In Anger
《日本童话故事》 Japanese Fairy Tales
《善》 Good
《圣经》 The Bible

《私生活》 Private Lives
《她的生活尝试》 Attempts on her Life
《铁钩船长》 Hook
《推销员之死》 Death of a Salesman
《卫报》 The Guardian
《我的老爷》 Milord
《我的脑海不能没有你》 Can't Get You Out of My Head
《我们国家的利益》 Our Country's Good
《沃尔特的战争》 Walter's War
《无怨无悔》 Non, je neregrette rien
《武器与人》 Arms and the Man
《戏剧制作人》 The Playmaker
《相见恨晚》 Brief Encounter
《小红帽》 Little Red Riding Hood
《写作家庭》 Writing Home
《阳光下的葡萄干》 A Raisin in the Sun
《伊菲姬妮在陶里德》 Iphigénie en Tauride
《英国童话》 English Fairy Tales
《舆论》 Public Opinion
《与祖国同在》 In Which We Serve
《招募官》 The Recruiting Officer
《仲夏夜之梦》 A Midsummer Night's Dream
《最终货物》 Final Cargo

译者附录3　术语对照表

说明：
1. 仅列出与戏剧及创作相关的术语。
2. 按中文名的拼音排序，以方便中文读者查找。

悲剧　tragedy
背景；经历　background
悖论；矛盾的人或事　paradox
标题；名称；题目　title
表演；演出；完成工作　performance
材料；素材　material
草原门廊剧　prairie porch play
场景；场面；情景　scene
厨房水槽剧　kitchen sink play
处境；场境；情境　situation
传说；传奇　legend
创造力；创造性　creativity
次要情节　subplot
次要人物　secondary characters
大团圆结局　happy ending
大型作品　large-scale work
大转折　The Big Bit

导演　director
倒叙故事　the flashback story
地方；地点；位置　location
第二稿　second draft
第一稿；初稿　first draft
独白；单口相声　monologue
短篇小说　short story
对话　conversation
对话；对白　dialogue
开发要点　development points
法庭剧　courtroom drama
泛型　Generic
范例；范式；模式　model
非自然主义　non-naturalistic
肥皂剧　soap operas
风格；样式；款式　style
风俗喜剧　comedy of manners

歌剧	opera
童话剧；哑剧	pantomime
个人历史	personal history
个体声音	individual voice
个体作家	individual writer
共鸣	resonance
故事大纲	story outline
故事弧线	arc of the story
故事模型	story model
故事片段	snatches of story
故事线；故事情节	story lines
故事形状；故事轮廓	shape
关键词	keyword
关键情节	key episodes
核心；本质	heart
宏大主题	grand theme
话题	topic
环境；布景	setting
环境；状况；境况	circumstances
荒诞剧	absurdist drama
即兴创作	instant writing
家庭悲剧	domestic tragedy
家庭喜剧	domestic comedy
简短场景	short scene
经典形式	classic form
建议；任务；命题	proposition
教育戏剧	Theatre-in-Education (TIE)
接力赛故事	the relay race story
街头红人剧	street-cred play
激励事件	Inciting Incident
节奏；韵律	rhythm
结构；框架	structure
惊悚剧	thriller
开场场景	the opening scene
开场段落	the opening passage
刻板印象	stereotype
客观环境；自然环境	environment
类别；种类	category
历史剧	historical drama
灵感	inspiration
流言八卦	gossip
轮廓；大纲	outline
论坛戏剧	forum theatre
矛盾冲突	conflict
模板	template
谋杀之谜；剧本杀	murder mystery
闹剧	farce
俳句	The Haiku
配角	peripheral character
品质；性格；特性	characters
平行故事	parallel story
潜台词	subtext
潜意识	subconscious
轻喜剧	light comedy
清唱剧	oratorio
情感独白	emotion monologue
情节点	plot-points
情节剧	melodrama

情景喜剧	situation comedy	戏剧冲突	dramatic conflict
庆典戏剧	pageant play	戏剧功能	dramatic function
驱动力	driving force	戏剧活动	drama activity
人物类型	types of characters	戏剧结构	dramatic structure
人物塑造	character creation	戏剧进程	the process of drama
人物行动	action	戏剧类型	particular category
上下文;语境	context	戏剧事件	the event of theatre
设置议程	setting the agenda	戏剧图景	dramatic image
社区戏剧	community play	戏剧性情境	dramatic situation
生活史	life history	戏剧性时刻	dramatic moment
俗语;格言	proverb	戏剧性事件	dramatic event
题材;议题	issue	戏剧性叙述	dramatic narrative
体裁;类型;	genre	系列剧	series drama
田园喜剧	pastoral comedy	现场戏剧	live theatre
庭院剧	yard play	现代社会剧	modern social drama
通常原理	general principle	现实主义	realism
大型团体剧	large group play	线性故事	the linear story
完整对话	full dialogue	小歌剧	operetta
未来主义戏剧	futuristic drama	心理剧	psychological drama
文本;剧本;文稿	text	行动序列	sequences of action
舞台布景	tableau	虚构人物	fictional character
舞台说明	direction	序幕诗	prologue poem
舞台行动	onstage action	序曲	overture
舞台指导	stage-directions	叙事发展	narrative development
希腊悲剧	Greek tragedy	叙述根基	basis of a narrative
喜剧	comedy	循环故事	the circular story
戏剧;剧院;剧场	theatre	仪式剧	ceremonial play
戏剧编导	dramaturge	音乐喜剧	musical comedy
戏剧表演	theatrical performance	引信和炸弹	fuse and bomb

尤里卡时刻　Eureka moment
原始素材　raw material
圆形人物　fully rounded character
韵文;诗;诗节　verse
杂耍剧;杂耍表演　music hall
中国盒子故事　the Chinese box story
重大压力时刻　The Major-Pressure Moment(MPM)
重大转折点　The Major Turning Point

周围的环境;环境　surroundings
主角;主人公　protagonist
主题事件　subject matter
主线;脊柱　spine
主要冲突　the main conflict
主要情节　the main plot
转变时刻　moments of change
自然主义　naturalism
最终结局　the final outcome